아웃런

일러두기

1. 지명은 orkneydictionary.scot 근거하여 국립국어원 외래어 표기법 규정을 따랐다.
2. 도서는《》, 그 외 작품은〈〉로 구분한다. 단, 노래 제목은 원어 병기를 하지 않았다.

The Outrun

아웃런

떠나고 돌아오고 멈추고 날아오르다

에이미 립트롯 Amy Liptrot 지음

홍한별 옮김

오크니 제도

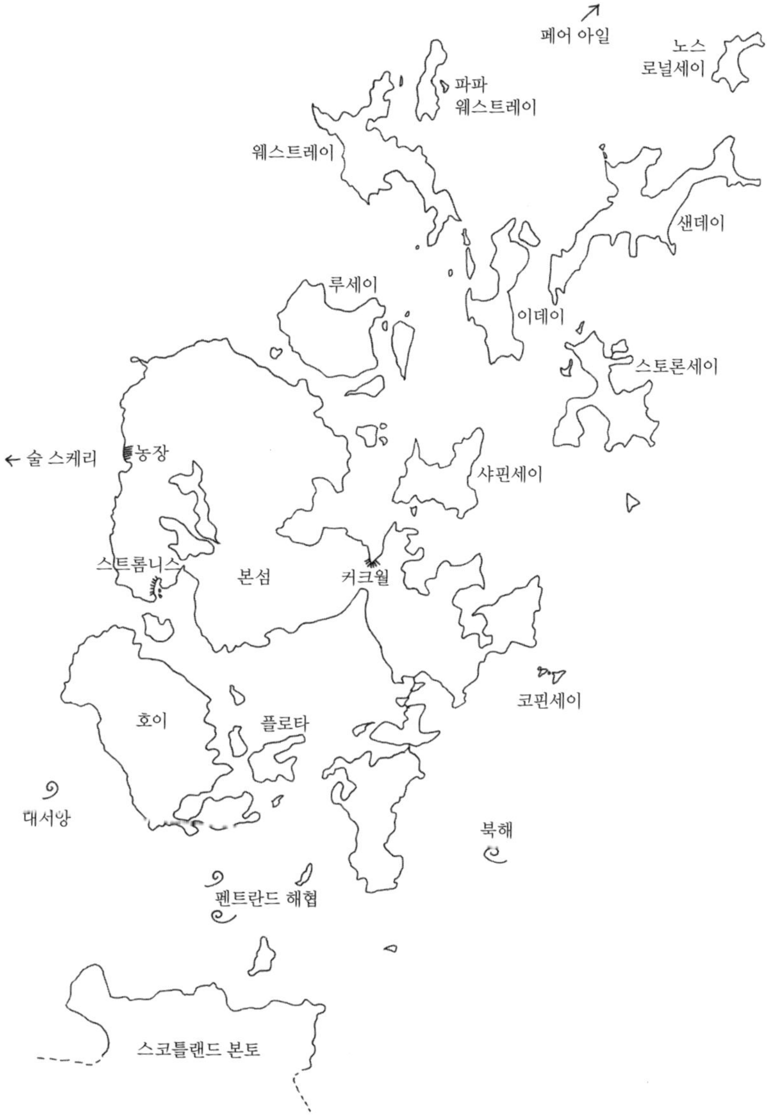

페어 아일
노스
로널세이
파파
웨스트레이
웨스트레이
샌데이
루세이
이데이
스토론세이
술 스케리
농장
샤핀세이
스트롬니스
본섬
커크월
코핀세이
호이
플로타
대서양
북해
펜트란드 해협
스코틀랜드 본토

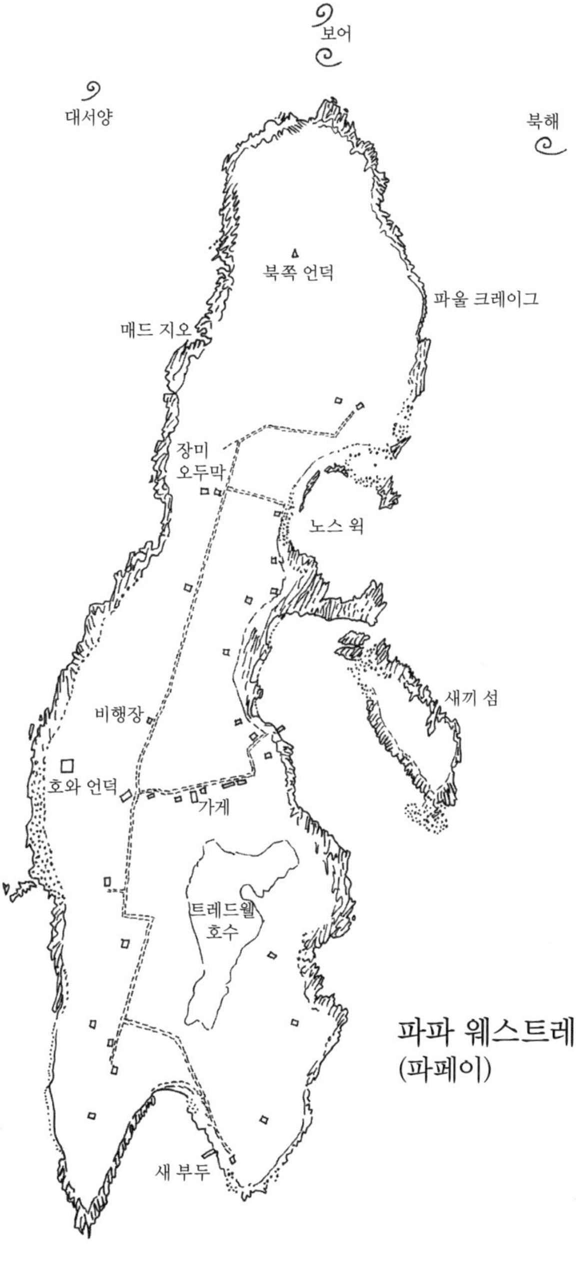
보어
대서양
북해
북쪽 언덕
파울 크레이그
매드 지오
장미
오두막
노스 워
새끼 섬
비행장
호와 언덕
가게
트레드웰
호수
새 부두

파파 웨스트레이
(파페이)

차례

프롤로그

윙윙 도는 헬리콥터 날개 아래, 갓난아기를 안은 젊은 여자를 휠체어에 앉혀 섬 비행장 활주로 위에서 밀고 간다. 다른 쪽에서 구속복을 입은 남자를 휠체어에 태워 밀고 와, 두 사람이 만난다.

그날, 스물여덟 살 동갑 남녀는 가까이에 있는 작은 병원 두 곳에 각각 입원해 있었다. 여자는 병원에서 첫아기를 낳았다. 남자는 소리를 질러대고 제어불능 상태라 구속복으로 묶인 채 진정제를 투여받았다.

오크니 제도—스코틀랜드 북쪽 북해와 대서양 사이에서 바다에 깎이고 바람에 두들겨 맞는 섬들—에 웬만한 편의 시설은 다 있다. 병원, 비행장, 영화관, 중학교 두 군데, 슈퍼마켓 등. 딱 한 가지 없는 게 있는데, 정신이상 진단을 받아 자신이나 다른 사람에게 해를 끼칠 위험이 있는 사람을 수용하는 시설이다. 정신보건법에 따라 입원 치료 명령을 받은 사람이 있다면 남쪽 멀리 애버딘으로 보내야 한다.

굴착 노동자와 우편물을 싣고 스코틀랜드 본토에서 북해 유전으로 가는 비행기에서 내려다보면 나무 한 그루 없는 황량한 땅 위에 비행장 활주로가 두드러져 보인다. 강풍이나 바다 안개 때문에 툭하면 며칠씩 폐쇄되곤 하는 이 비행장에서 떠나고 돌아오는 일상의 드라마들이 펼쳐진다. 항공관제 하에서, 고만고만한 섬들 사이에서, 광막한 하늘 아래에서.

그날, 5월 어느 날 저녁, 날이 저물어 데이지꽃이 오므라들고 바다오리와 세가락갈매기가 새끼들 먹일 까나리를 잡아 벼랑으로 돌아오고 양떼가 돌담 옆에 깃들 때, 이제는 내 이야기가 펼쳐질 차례가 된다. 내가 이 섬 세계에 도착하면서 아빠는 섬 밖으로 끌려나갔다. 내가 3주 일찍 세상에 나오면서 아빠의 조증 발작을 일으켰기 때문이다.

엄마는 작디작은 딸에게 그 남자—나의 아빠—를 뵈어 주고 그의 무릎 위에 나를 잠깐 동안 올려놓는다. 곧 남자는 비행기로 끌려가 멀리 날아간다. 엄마가 아빠에게 하는 말은 엔진 소리에 묻히고 바람에 흩어진다.

1

아웃런

집으로 돌아온 첫날 나는 낡은 냉동고 옆 따끔따끔한 쐐기풀밭에 자리를 잡고 바다 너머에서 다가오는 비구름을 본다. 쉼 없이 부서지는 파도 소리가 런던 거리의 자동차 소리와 그다지 다르지 않다.

우리 농장은 오크니 제도에서 가장 큰 본섬 서쪽 가장자리에 있다. 위도로 보면 오슬로나 상트페테르부르크와 같다. 우리 농장과 캐나다 사이에는 벼랑과 바다 말고는 아무것도 없다. 농사 방법이 바뀌어서 새 건물과 기계를 들였지만 낡은 헛간과 도구도 그 자리에 남아 소금기를 머금은 공기 속에서 삭아간다. 망가진 트랙터 삽은 양 여물통으로 쓴다. 전에 소를 매어두던 축사에는 안 쓰는 농기계와 우리 집에서 쓰던 가구들을 들여놓았다. 어릴 때 나는 축사 문 위쪽 서까래에 외줄그네를 묶고 다리를 건 채 거꾸로 매달려 있곤 했다. 지금 그 문은 녹슬어 땅 속으로 녹아들어간다.

농장은 남쪽으로 바닷가를 따라 죽 뻗어 모래밭으로 이어진다. 모래밭을 따라가면 1마일 길이 해변이 있는 스케일 만이 나오는데 여기에 석기 시대 마을 스카라 브레이가 있다. 농장 북쪽에는 벼랑이 있고 그 위에는 헤더(스코틀랜드 산지에 자라는 식물로 보라색이나 흰색 작은 꽃이 핀다—옮긴이)가 자란다. 뜰마다 평범한 이름을 붙여놓았다. 집으로 올라오는 길에 있는 들은 '앞뜰' 사방이 돌담으로 둘러싸인 곳은 '새끼 양 뜰'이라고 부른다. 가장 큰 들은 '아웃런'이다. 농장 꼭대기에서 바닷가까지 뻗은 들인데 연중 바람에 두들겨 맞고 바닷물이 흩뿌려져 풀이 길게 못 자란다. 여름이면 어미 양과 새끼 양들이 양육장에서 나와 아웃런에서 풀을 뜯는다. 붉은 털에 큰 뿔이 솟은 하일랜드 소는 아웃런에서 광활한 하늘 아래를 누비며 겨울을 난다.

오래된 농경 관련 기록을 보면 농지를 두 부분으로 나누기도 한다. 농장 건물 가까이에 있는 경작 가능한 '안쪽 땅'과 '바깥쪽 땅' 또는 '아웃런'으로. 아웃런은 농가에서 더 먼, 경작되지 않은 방목용 황무지로 주로 구릉에 있다. 과거에는 아웃런을 여러 농장의 공동 방목지로 쓰기도 했다. 농장의 가장 바깥쪽 땅이고, 절반만 길들여져 가축과 야생동물이 공존하고, 사람의 발길이 잘 닿지 않기 때문에 정령들이 자유로이 오가는 곳이다. 오크니 민담에서는 트로위trowie(트로trow라고도 한다. 오크니와 셰틀랜드 지역 민담에 등장하는 조그만 말썽꾸러기 정령으로 스칸디나비아 설화의 트롤과 비슷하다—옮긴이)들이 둔덕 안이나 언덕 사이 분지에 모여 산다고 한다. 여름에 거친 땅에서 나와 말썽을 부리는 난쟁이인 힐리언hillyan들이 등장하는 민담도 있다.

1980년대에 아웃런에서 찍은 사진이 있는데 그 사진에서 나는 아빠 어깨 위에 무등을 타고 있고 아빠와 엄마는 놀러 온 잉글랜드 친구들에게 자기들이 산 황막한 땅을 보여주고 있다. 부모님은 농장을 사고 싶었는데 가진 돈으로 구입할 수 있는 농장을 찾아서 계속 북쪽으로 올라오다보니 여기까지 오게 됐다. 가족들도 친구들도 놀랐고 두 사람이 과연 해낼 수 있을까 미심쩍어했다. 이곳 오크니 사람들도 떠름하게 보기는 마찬가지였다. 남쪽 사람들이 기대를 품고 이곳 섬으로 이주했다가 겨울을 몇 차례 겪어보고 다시 떠나곤 하는 것을 심심찮게 봤기 때문이다.

나는 이 벼랑 옆에서 자랐다. 나는 높은 곳이 무섭지 않았다. 내가 어릴 때 아빠는 우리 가족을 데리고 벼랑 꼭대기로 가곤 했다. 나는 엄마 손을 뿌리치고 벼랑 가장자리로 가서 저 아래 날뛰는 물을 내려다보곤 했다. 농장 가장자리에는 깎아지른 듯 가파른 거대한 회색 판석이 있었다. 이 거대한 석벽과 가차 없는 자연의 힘이 섬과 내 세계의 경계를 이루었다.

옛날에 우리가 키우던 개가 거기를 넘어간 적이 있었다. 콜리 강아지였는데 강풍 속에서 토끼를 쫓아갔다가 낭떠러지를 미처 못 보았고 그 뒤로 돌아오지 못했다.

바람이 많이 분다. 나는 냉동고 옆 은신처에서 나와 몇 년 만에 아웃런으로 걸어나가며 깊은 숨을 들이마신다. 농장에는 나무가 없어 이 탁 트인 땅에 공간이라면 얼마든지 있다.

바위가 전부 바다 쪽으로 내리막이다. 나는 미끄러지지 않으려고 장화 신은 발로 너른 바위가 갈라진 틈을 디디며 걷는다. 뒤로 묶은 머리카락 몇 가닥이 흘러내려 눈과 입 안으로 들어가고 물보라에 젖은 얼굴에 들러붙는다. 내가 어릴 때 양치기 개들을 쫓아 울타리 문 아래로, 돌담 너머로 돌아다닐 때가 떠오른다.

내가 가장 좋아하는 장소를 찾는다. 벼랑 꼭대기에 아슬아슬한 각도로 얹힌 너른 바위. 십 대였을 때는 옷을 차려입고 헤드폰을 쓰고 풀이 잔뜩 죽은 채로 여기로 와서 이 섬을 벗어나기를 갈망하며 한없이 수평선을 바라보곤 했다. 바위 위에 앉아 부서지는 파도, 갈매기, 바다 위로 지나가는 전투기를 구경했다.

맑은 날에는 남쪽 펜랜드 해협 너머 스코틀랜드 본토의 산정山頂들이 보였다. 벤 호프, 벤 로열, 케이프 래스. 아웃런에서 정서쪽을 봤을 때 수평선 언저리에 술 스케리가 있다. 술 스케리에는 한때 영국에서 가장 외딴 유인 등대가 있었다. 바다 멀리 수면 위에 실험 중인 파력 장치가 보인다. 지금 썰물이라 저 아래 벼랑 밑동 언저리 바위가 물 위로 드러났다. 내가 열한 살 때 고기잡이배가 좌초된 곳이다.

너른 바위 위에 앉아 북쪽 마윅 곶을 본다. 여기에 키치너 경을 기리는 탑이 있다. 1916년 영국 군함 HMS 햄프셔가 이곳에서 2마일 떨어진 바다에서 독일 U보트가 설치한 기뢰에 부딪혀 침몰했을 때 키치너와 사병 655명 중 643명이 목숨을 잃었다. 생존자 열두 명 가운데 몇몇은 농가에 피신했는데 그 집이 나중에 우리 집이 되었다.

생존자인 선원 W. M. 필립스는 햄프셔 호의 침몰을 기록으로 남겨 비극적인 밤을 생생하게 전한다. "장화는 벗고 옷은 다 입은 채로, 마지막 인사와 함께 일렁이는 바다 속으로 뛰어들었다." 필립스는 천운으로 구명정 위로 기어오를 수 있었다. 군함을 가볍게 하기 위해 구명대가 있는 사람들은 '뛰어내리라'는 지시가 있었다고 한다. "열여덟 명이 명령에 응했고 웃으며 '우리 먼저 가 있을게'라는 말을 남기고 너울 속으로 뛰어들었다. 나머지 동료들이 실낱같은 생존 기회를 잡아볼 수 있게 하려고 스스로를 희생한 것이었다."

구명정 위의 선원들은 배가 파도에 밀려 바위에 부딪혀서 최후를 맞을까봐 몇 시간 동안 벌벌 떨었다. 그러다 구명정이 아웃런에 있는 작은 만(네비 지오) 위로 올라갔다. 해안을 따라 걸으며 나는 필립스가 묘사한 대로 구명정이 “마치 사람 손으로 그 사이에 밀어넣은 듯이 벼랑 사이에 낀” 모습을 상상한다. 당시 농부들이 어둠 속에서 생존자가 더 있는지 바닷가를 수색하다가 보았다는, 선원들의 시신이 바위에 널린 모습을 떠올린다.

오크니에서는 바람이 거의 끊임없이 분다. 농장에 부는 바람 중 바다를 몰고 오는 서풍은 최악이다. 서풍이 불 때면 수톤짜리 바위가 밤새 이동해 아침이면 지형이 바뀌어 있기도 한다. 가장 아름다운 바람은 동풍이다. 동풍이 조류와 마주 불어 파도 꼭대기에서 물보라를 일어내면 물방울들이 햇빛에 부딪혀 반짝인다. 강풍을 버텨낼 수 있게 지은 오래된 농가 주택들은 오크니 사람들처럼 땅딸막하고 옹골지다. 나는 이런 견고한 균형을 타고나지 않았다. 나는 멀대처럼 크고 말랐다.

익숙한 바닷가를 따라 걸으면서 휘청이지 않으려고 애쓴다. 여기서 산 게 벌써 10년 전 일이다. 어린 시절의 기억이 최근의 일들과 뒤섞인다. 나를 다시 오크니로 돌아오게 한 일들. 녹슨 철창문을 열려고 낑낑대다가 나를 공격한 사람에게 되풀이해서 했던 말을 떠올린다. "내가 너보다 더 세."

겨울의 끝 무렵이라 땅은 누렇고 빛을 잃은 아웃런은 황량해 보이지만 나는 그 안에 숨은 비밀을 안다. 무너져 풀로 뒤덮인 돌담은 신석기 시대에 지어진 것이고, 남쪽으로 6마일 떨어진 곳에 있는 브로드거 고리Ring of Brodgar(오크니 본섬에 있는, 거대한 돌을 둥글게 세워놓은 선사 시대 유적—옮긴이)에 쓰인 돌 중에는 여기에서 북쪽으로 조금만 가면 있는 채석장에서 나온 것도 있다. 비슷한 모양의 돌이 부서진 채로 이곳 언덕 비탈에 있다. 4000년 전에 브로드거 고리를 만들려고 가져가던 길에 떨어뜨린 것인지도 모른다. 전에 극제비갈매기 무리가 여기에 둥지를 틀기도 했다. 짝짓기 철에는 우리 머리를 향해 급강하해서 덤벼들었다. 날갯짓이 느껴질 정도로 가까이 스치고 갔다. 여름에는 멸종 위기종인 뒤영벌이 나타나 붉은토끼풀을 가루받이한다. 가을에는 환각버섯이 돋는다. 파도가 몰아치는 바위투성이 북쪽 해안에만 나타나는 푸쿠스 디스티쿠스라는 희귀한 모자반을 한 해 내내 볼 수 있다.

아웃런 끝에는 '스포드' 또는 '바퀴 더미'라고 불리는 시스택sea stack이 있다. 전에는 벼랑의 일부였지만 지금은 홀로 우뚝

선, 고층건물만 한 높이의 해식 기둥이다. 여름에는 바다쇠오리가 이 바위에 둥지를 틀고 풀머갈매기, 가마우지, 검은등갈매기, 큰까마귀도 함께 깃든다. 나는 조심조심 토끼굴을 피해가면서 풀로 덮인 비탈을 내려가 선반처럼 튀어나온 바위 위로 가곤 했다. 여기 틀어박혀서 바위탑에서 분주히 오가는 바닷새들을 관찰하면 딱이다. 풀머갈매기들은 야단을 떨며 둥지를 지키고 바다쇠오리들은 바다 멀리에서 이곳으로 돌아온다.

아웃런에는 양들이 바위 너머나 벼랑으로 떨어지지 않게 막는 울타리가 없다. 농장을 시작한 지 얼마 되지 않았을 때는 아빠가 벼랑 아래로 내려가 선반바위에 오도 가도 못 하고 갇힌 양을 구해오곤 했지만 시간이 흐르면서 이제는 지리적 지식과 조심스러운 발놀림이 양떼들의 혈통에 스며들었다.

얼마 전 비가 와서 바다로 흐르는 시내에 물이 넘친다. 남동생 톰과 내가 작은 돌다리 아래에서 개들을 데리고 놀던 곳이다. 검은머리물떼새와 마도요가 트랙터가 지나간 바퀴 자국에 둥지를 짓곤 해서 우리는 쫓아가 새끼 새를 잡아 부드럽고 따스한 몸을 손아귀로 느껴보고 다시 놓아주기도 했다.

나는 어릴 때 이웃이 새로 산 트랙터를 세우면서 시동을 켠 채 핸드브레이크도 채우지 않고 문을 열고 내렸던 자리에서 걸음을 멈춘다. 그 사람이 고개를 돌리자마자 트랙터가 내리막을 따라 굴러 내려가기 시작했다. 멈출 수 없는 힘에 끌려가며 점점 속도가 빨라져서 도저히 따라잡을 수가 없었다. 한 재산 들인 기계가 벼랑 가장자리로 넘어가 대서양 바닥으로 가라앉았다.

그날 늦은 오후 나는 하일랜드 소를 먹이러 다시 아웃런으로 간다. 어릴 때처럼 아빠 트랙터 운전석 옆에 끼어 앉는다. 아직도 땅의 굴곡을 기억하고 있어 필요할 때면 손잡이를 꽉 쥘 수 있다. 아빠가 트랙터 위에 얹은 건초더미를 둥근 여물통에 내려놓자 소떼가 몰려온다. 벌써 날이 어둑하다. 트랙터에 앉은 채로 아빠가 트랙터 헤드라이트 불빛 속에서 소가 먹을 수 있게 건초더미를 싼 얇은 검정색 비닐을 잘라 벗겨내는 모습을 본다. 아빠 머리카락은 이제 거의 하얗다. 아빠는 계절과 상관없이 늘 누빔 작업복을 입지만 이제 장갑은 끼지 않는다.

아웃런은 낮은 언덕 너머 바닷가 옆에 있어서, 적당한 위치에 서면 사방 어디를 봐도 사람의 자취가 보이지 않고 길에서도 그곳을 볼 수가 없다. 아빠는 자기가 흥분했을 때, 그러니까 조증기일 때에 여기에 나와 잤다고 말한다. 하루 일을 마치고 바람을 피해 다시 냉동고 옆에 웅크리고 앉아 담배를 말며 가축들을 보고 있으니, 나는 우리 아빠가 된다.

2

진동

아웃런에 나갔다가 돌아오면, 이제는 우리 집이 아닌 농장 집 대신 농기계 보관장에 있는, 지금 아빠가 사는 캐러밴(이동식 주택)으로 간다. 양치기 개가 캐러밴 밖에서 기다리고 있고 말들은 축사 문 너머로 머리를 내밀고 건초를 달라 한다. 아빠는 낡은 캐러밴이 바람에 날아가지 않도록 콘크리트 블록으로 눌러 놓았다. 창문 하나는 지난겨울 강풍에 날아가 나무판으로 막았다.

캐러밴 안에서도 아빠는 작업복 차림이다. 작업복 주머니에는 늘 노끈과 칼이 들어 있고 엄마가 떠준 스웨터를 해진 팔

꿈치를 때워가며 아직도 작업복 아래 입는다. 아빠는 커다란 아크릴 창문으로 농장과 들, 만 너머 곶까지 볼 수 있는 구석 자리 의자에 앉아 있다. 대서양에서는 하루 동안에도 날씨가 급변하면서 하늘빛과 바다 물빛이 계속 바뀐다. 구름이 걷히면 햇빛이 물 위에서 눈부시게 빛난다. 썰물 때에는 바위가 물 위로 드러난다. 가끔 빛이 곶 너머 남쪽에 있는 호이 섬 언덕들의 섬세한 윤곽을 잡아낼 때도 있지만 안개가 내린 날에는 아무것도 보이지 않는다.

밖에서 묻혀온 흙먼지와 아빠가 말아서 피우는 담배 연기 때문에 겨울 해의 빛줄기로 비치는 공기가 뿌옇게 보인다. 문가에는 집 밖에서 입는 옷과 장화가 있고, 낮은 테이블 위에는 농장 관련 서류가 펼쳐져 있고, 가스난로가 탄다. 다른 쪽에는 침실이 있고 개는 동굴 속의 늑대처럼 캐러밴 밑에서, 아빠 바로 아래에서 잔다.

"거기서 뭐 느꼈니?" 아빠가 묻는다. 전에도 한 이야기지만 아빠는 또 진동 이야기를 꺼낸다. 신화 속의 메스터 머클 스투어웜(오크니 민담에 나오는 거대하고 사악한 바다뱀. 유독한 입김으로 작물을 오염시키고 사람이나 짐승을 죽인다—옮긴이)이 처음 나타났고, 석기 시대 스카라 브레이 사람들이 살았고, 햄프셔 호가 침몰했던 이 벼랑과 바다에는 알 수 없는 비밀이 있다.

아빠를 포함해 오크니 서쪽 해안에 사는 사람들은 가끔 진동이나 쿵 하는 소리를 느낀다고 한다. 낮은 메아리 같은 것이 울리는데 섬 전체를 뒤흔들 정도로 강력하지만 그런 한편 잘못 들은 건가 싶을 정도로 작은 소리다. "들린다기보다는 느끼는 쪽에 가까워." 아빠가 말한다. "멀리에서 울리는 천둥처럼 낮은 소리야. 창문이나 선반이 흔들릴 정도로 땅이 떨려. 한번 울리고 나서 몇 시간 동안 몇 차례 더 반복될 때가 많아." 이곳 사람들은 몇 년 전부터 그 진동을 느꼈지만 어떤 주기로 나타나는지는 파악이 안 된다고 말한다. 지리적인 요인에 의한 건지, 인위적인 건지, 초자연적인 건지, 아니면 실제로 그게 일어나는 일인지조차 확실하지 않다.

진동을 이해하려면 오크니의 지형을 자세히 살펴보아야 한다. 본섬 서쪽 해안에는 마윅, 예스나비, 호이 등 높은 벼랑이 있고 시스택, 비스듬히 누운 바위, 배를 좌초시키는 위험한 해류 등이 있어 가장 의심스럽다. 땅 아래 깊이 있는 동굴에서 일어나는 파도의 작용 때문에 소리와 진동이 일어나는 것일 수도 있다. 큰 파도가 막다른 동굴 안으로 밀려들어갈 때 공기를 가두어 고압으로 압축한다. 파도가 물러날 때 공기가 터지면서 뻥 하는 소리가 난다.

어떤 사람들은 군대 때문이라고 한다. 제트기가 음속을 돌파할 때 나는 폭음이라고. 혹은 오크니에서 60마일 떨어진 스코틀랜드 본토 케이프 래스 국방부 사격장에서 훈련을 하기 때문이라고 한다. 주민이 거의 없어 '큰 거'를 터뜨릴 수 있는, 영국에서 몇 안 되는 지역 가운데 하나다. 대공 중화기 정도를 발사해야 오크니까지 음파가 전달될 테지만 그것도 바람 방향이 딱 맞아야 여기까지 닿는다. 고속 항공기도 급강하 폭격 훈련을 할 때 밀도 높은 공기 속으로 내려야 음속 폭음이 발생할 수 있다. 하지만 아빠는 제트기를 보고 소리를 들을 때가 가끔 있지만 진동하고 같이 나타나지는 않는다고 말한다. 무언가 다른, 알 수 없는, 신비로운 섬의 힘이 작용하는 게 아닌가 하는 생각이 든다. 아시패틀과 메스터 머클 스투어웜 전설에는 세상을 감쌀 정도로 크고 혀만 날름거려도 도시를 무너뜨릴 수 있는 거대한 바다괴물이 나온다. 아시패틀이라는 게으름뱅이가 세상을 구하겠다는 몽상을 하다가 운 좋게도 스투어웜의 간에 달궈진 토탄(땅속에 묻힌 시간이 오래되지 않아 완전히 탄화하지 못한 석탄. 흙덩이처럼 보인다—옮긴이)을 쑤셔넣어 배 속부터 서서히 익혀서 죽인다. 스투어웜은 고통으로 몸부림치다가 머리를 부딪혀 이빨 수백 개를 떨구었는데 그게 오크니, 셰틀랜드, 페로스 제도를 이루었다고 한다. 스투어웜은 지구 가장자리로 기어가 웅크리고 죽었고 스투어웜의 타들어가는 몸이 아이슬란드가 되었다. 아이슬란드에 온천, 간헐천, 화산이 많은 까닭은 그래서다. 그 간이 아직도 불타고 있으니 스투어웜은 아직 죽지 않은 것일 수도 있다. 아직도 바닷가에서 촉수를 움찔거리고 있고 우리가 느끼는 진동은 괴물의 마지막 몸부림의 여진일지도 모른다.

아빠와 진동에 대해 이야기하고 있자니 살짝 불안해진다. 우리는 주로 농장에 대한 이야기만 한다. 무슨 일을 해야 한다거나 양이나 땅 상태가 어떻다거나. 그래서 아빠가 묘한 느낌과 기이한 지형에 대해 이야기하는 걸 들으니 조증이 오는 건 아닌가 걱정이 된다. 엄마는 나에게 늘 조짐을 살피라고 일렀다. 처음에는 아빠가 말도 많이 하고 기대와 열정이 넘치는 걸 보면 나도 덩달아 들떴다. 하지만 아빠는 그러다가 곧 값비싼 숫양이나 농기계 따위를 충동구매하고, 밤새 자지 않고 새벽 4시에 가축들을 이동시키는가 하면, 시간을 바꾸고 날씨를 조정할 수 있다는 과대망상에 빠진다.

캐러밴에 놓인 의자 하나는 우리 집에서 쓰던 것인데, 아빠가 십 대 때 병원에서 만든 거라고 했다. 아빠는 열다섯 살에 처음 조울증(요즘은 양극성 장애라고 부른다)과 조현병 성향 진단을 받았다. 그 뒤로 아빠의 기분은 일정하지 않은 진폭으로 주기적으로 오르내렸다. 우리 가족의 생활도 조울증 주기에 따라 널뛰는 파도를 타고 출렁였다. 아빠가 격리되고 구속되고 정신병원에 입원해 떨어져 지내야 했던 기간도 있었지만, 아빠가 몇 달 동안 단 한마디도 하지 않고 침대에만 누워 있을 때도 있었다. 오늘은 기분이 좋지만 또 아빠가 조용할 때에는 울증 기간이 시작되어 기나긴 동면에 들어가려는 조짐이 아닌가 걱정이 된다.

내가 열한 살 때 아빠 상태가 너무 안 좋아서 온 집 안을 돌아다니며 창문을 한 장씩 다 깬 적이 있다. 바람이 방 안으로 휘몰아쳐 내 책상 위에 있던 숙제를 날려버렸다. 의사가 경찰과 구급차를 대동하고 진정제를 투여하러 왔을 때 나는 그 사람들에게 가라고 소리를 질렀다. 아빠는 스스로 어찌할 수 없는 무언가에 사로잡힌 것이었다. 진정제 약효가 돌기 시작했을 때 나는 내 방구석에 아빠와 같이 쭈그려 앉아 바나나를 나누어 먹었다. “착한 딸이야.” 아빠가 말했다.

내 삶에 정신병이 미치는 영향은 엄마의 극단적 신앙과 내가 태어난 풍광, 언제나 쉼 없이 밀려오는 파도의 부딪힘 때문에 한층 증폭되었다. 나는 모래톱에서 파도가 부서지는 과정에 대한 글을 읽었다. 파도는 점점 높아지다가, 해변으로 다가와 얕은 물에 닿으면 부서진다. 이 에너지는 결코 고갈되지 않는다. 바다 멀리에서 달려온 파도의 에너지가 소리와 열과 진동으로 변환되어 땅에 흡수되고 세대를 넘어 전달된다.

아빠는 청소년일 때부터 총 56차례 전기충격 요법 치료를 받았다. 전기충격 요법은 중증 정신병에 사용하는 치료법으로 뇌에 전기충격을 일으켜 경련을 유도한다. 왜 어째서 효과가 있는지는 확실히 밝혀지지 않았지만 치료를 받고 나면 일시적으로라도 기분이 나아진다고 하는 환자들이 꽤 있다.

내가 태어난 날에 파동이 시작되었다. 나는 먼 곳으로 떠났지만 음주가 심해지면서 경련이 닥쳤고 그 떨림이 나마저 사로잡은 것 같았다. 쓸쓸한 런던의 방에서, 나이트클럽 화장실에서, 손목과 턱이 굳고 팔다리도 맘대로 움직이지 못하게 되어버리곤 했다. 내가 몇 년 동안 내 몸 안에 쏟아부은 알코올이 벼랑에 부딪히는 끝없는 파도처럼 물리적 손상을 일으키기 시작했다. 내 신경계에서 무언가가 무너져내리고 강력한 파동으로 내 몸을 흔들어 몸이 굳고 침을 질질 흘릴 지경이 됐다. 그러다가 마침내 경련이 가라앉으면 또다시 술 한 잔을 따르거나 파티에 끼었다.

3

플로타

오크니에서는 아무리 해가 쨍한 날에도 바다에서 서늘한 바람이 불어온다. 그러면 여기가 섬이라는 게 실감이 난다. 군도에서 가장 큰 섬을 '메인랜드' 즉 '본토'라고 부르고 그 아래 땅덩이들은 전부 '남쪽'이라고 뭉뚱그려버리지만 말이다. 8월 초에 농산물경진대회도 여름도 끝나버리고 나면 그 뒤로는 죽 강풍이 몰아친다. 가을은 짧고, 나무는 몇 그루 없고, 순식간에 겨울이 닥친다.

10년 전 나는 집에서 몇 달을 보내러 추분 바람을 맞으며 오크니로 돌아왔다. 대학을 졸업했지만 도시에서 일자리를 구하지 못했다. 그해에 부모님이 이혼했다. 많은 사람들이 이혼하지만, 대부분 사람들이 그렇듯 나도 우리 부모님이 이혼하리라고는 생각을 못했다. 사실 조울증 환자와 거듭난 기독교도가 그렇게 오래 같이 살았다는 게 신기한 일이지만.

나는 플로타 섬 유류 터미널에 청소부로 취직해 매일 새벽에 하우턴 부두에서 노동자 통근선을 탔다. 1970년대 초 이래로, 북해 유전에서 송유관과 유조선을 이용해 이곳 터미널로 원유를 가져온다. 해저에 묻힌 검은 에너지가 여기 모인다. 석유산업이 오크니에 호황을 가져왔고 고소득 일자리도 생겨났지만 청소부는 그 가운데 가장 바닥이다.

이 일에서 가장 좋은 점은 출퇴근이었다. 날마다 동틀 무렵 차를 몰고 섬을 가로질러 갔다가 해질 무렵 돌아왔다. 오크니 지역 방송이나 드럼 앤드 베이스(1990년대 초에 유행한 전자음악의 한 종류다—옮긴이)를 들으며 지평선을 넘어가면 스캐퍼 플로만의 물빛에 따라 바뀌는 파스텔 색조의 안개가 나타나 섬을 둘러쌌다. 저녁에는 금속성을 띤 붉은색과 오렌지색이다. 터미널에서 초과분 가스를 태우는 불꽃색이나 바다 위 유조선 불빛을 닮았다.

일을 마치고 작업복을 벗어도 표백제 냄새는 가시지 않았다. 엄마는 얼마 전에 집에서 나갔고 아빠는 다른 어딘가로 가서 나 혼자 어릴 때 살던 농장 집에서 지냈다. 나는 벼랑 가장자리에 있는 집에서 혼자, 식구들이 같이 밥을 먹던 부엌 식탁에서 술을 마시고 담배를 피웠다. 하고 싶지 않은 일을 하며, 아빠가 담근 술을 마시면서 한밤중에 멀리 있는 친구들에게 전화를 걸었고, 그러는 동안 우리 식구들은 뿔뿔이 흩어졌다. 때로는 와인 한 병을 다 비우고, 차로 5마일을 달려야 있는 가장 가까운 가게로 가서 한 병을 더 샀다. 다음 날이면 헤드폰을 쓰고 숙취와 분노와 쓰라림 속에서 통근선을 탔다.

유류 터미널에서 노동자 숙소를 청소하고 화장실 바닥을 닦고 복도 청소를 하고 침대를 정돈했다. 나는 다양한 종류의 때에 대해 잘 알게 되었다. 침대 시트의 땀은 눈에는 안 보이지만 냄새가 난다. 발자국에 남은 마른 흙은 진공청소기로 빨아들이면 사라진다. 거울에 튄 치약 방울을 보면 누가 양치질을 열정적으로 하는지 드러났고 창문턱 재를 보면 누가 금연실에서 담배를 피웠는지 보였다. 작업반장이 마른 똥과 젖은 똥을 구분해서 다른 방법으로 닦아야 한다고 일러주었다. 변기 시트 위에는 꼬불꼬불한 음모가 떨어져 있었다. 어느 방에 들어가도 마시다 만 언브루Irn-Bru(스코틀랜드의 '국민음료'라 불리는 탄산음료다—옮긴이) 병이 있고 양탄자 속에는 잘라낸 손발톱이 묻혀 있기도 했다.

마치 내가 유령이 된 것 같았다. 대걸레를 들고 웅웅거리는 형광등 아래 특징 없는 복도 위를 헤매는 유령. 바깥세상, 저 아래 남쪽 세상은 외딴섬에서 쓰레기봉투를 들고 혼자 힘으로 세탁물 수레를 밀고 여닫이문을 통과하려고 낑낑대는 나를 이미 잊었다. 나는 눈이 달린 벽이었다. 노동자들이 어젯밤 자기 숙소에서 잤는지 어쩐지 나는 알았다. 나는 발걸음 소리가 들리면 서둘러 자리를 피하는 그림자였다. 오크니로 돌아왔다는 건 실패를 뜻했고 나는 오로지 다시 떠날 돈을 모으기 위해서 청소부 일을 했다.

열여덟 살 때 나는 간절히 떠나고 싶었다. 농부의 삶은 더럽고 힘들고 돈벌이도 안 됐다. 나는 편안하고 화려한 삶을 원했고 모든 것의 중심에 있고 싶었다. 자연에 가까이 있을 수 있게 시골에서 살고 싶다고 말하는 사람이 도저히 이해가 안 됐다. 동물보다는 사람이 훨씬 흥미로웠다. 겨울에 흉측한 작업복을 입고 축사를 치워야 하는 시골보다는 뜨겁게 고동치는 도시를 꿈꿨다.

하지만 학생용 아파트에 있을 때면 도심 위에 150에이커인 우리 집 농장을 겹쳐 그려보곤 했다. 우리 식구와 가축들만 살던 공간과 같은 크기의 땅에 수천 명이 살았다. 다세대 주택 안에서 누군지도 모르는 사람과 단 몇 미터 거리에 있다는 생각을 하면 미칠 것 같았다. 내 왼쪽과 오른쪽, 위쪽과 아래쪽에 얇은 벽을 사이에 두고 다른 사람들이 자고 있었다. 새로 사귄 친구들에게는 오크니 이야기는 별로 하지 않았다. 하지만 바람 부는 날 침대에 누워 바람 소리를 들으면 다시 농장 돌집에 돌아간 것 같았고 추운 바깥에 나와 있는 가축들 생각이 났다.

남쪽에 있을 때에는 내가 '스코틀랜드 출신'이라거나 '오크니에서 왔다'고 쉽게 말했지만 진짜 오크니 사람에게는 그렇게 말하지 않았다. 나는 오크니에서 태어났고 열여덟 살까지 그곳에 살았지만 말씨에 오크니 억양도 없고 부모님은 잉글랜드 출신이다. 부모님은 열여덟 살 때 맨체스터에 있는 대학에서 만났다. 아빠는 처음으로 병이 발작해서 놓친 A레벨(영국에서 대학에 입학하기 위해 필요한 시험이다—옮긴이)을 다시 치르고 있었고 엄마는 경영학과에 다녔다. 엄마는 서머싯에 있는 농장에서 자랐고 아빠는 랭커셔 주의 교사 집안에서 태어나 맨체스터 교외에서 자랐다. 아빠는 엄마네 농장에 가보고 농업대학에 가기로 결심했다. 부모님이 오크니에서 산 지 30년이 넘었고 당신들 생의 절반 이상을 여기에서 보냈지만 오크니에서는 여전히 잉글랜드 사람, '남쪽 출신'으로 간주된다.

잉글랜드 사람들은 내 억양이 스코틀랜드식이라고 하고 스코틀랜드 사람들은 잉글랜드식이라고 한다. 오크니에서는 자고로 누군가의 출신지를 물을 때 이렇게 묻는다. "당신은 어디 소속이오?" 부모님은 오크니에 처음 왔을 때 이런 질문을 종종 들었다. 나는 오크니에서 왔지만 내가 오크니 소속은 아니라고 생각할 때가 많았다. 초등학교에서는 '잉글리시'라는 말을 욕으로 썼다.

내가 어릴 때 중학교에 단 한 명뿐이었던 흑인 학생이 실종된 일이 있었다. 예스나비 벼랑 근처에 사는 아이였다. 그 아이 동생이 우리 초등학교에 다녀 버스를 같이 탔는데 버스 정류장에서 어른들이 심각한 목소리로 이야기를 나누던 게 기억난다. 일주일 정도 지난 뒤에 실종된 아이의 시신이 바닷가에 떠밀려왔다. 운동장에서 일어나는 일들을 보면 인종주의가 그 아이를 절벽 너머로 몰아갔을 거라는 생각이 들었다.

십 대 때 나는 오크니를 천국 같은 섬으로 포장하려는 음모에 가담하고 싶지 않다는 생각을 했다. 관광 안내서들은 아름다운 풍경과 오랜 역사를 떠들고 선돌이나 스트롬니스의 구불구불한 예쁜 길 사진을 보여주지만 내 눈에는 단조로운 건물과 잿빛 하늘밖에는 보이지 않았다. 하지만 툭하면 오크니를 두고 투덜거리는 나도 누가 오크니 뭐 볼 것 있느냐는 식으로 말하면 바로 방어적인 태도를 취한다.

그게 오크니 젊은이들이 흔히 느끼는 애증일 것이다. 우리는 결국 다시 여기로 돌아오고 또 돌아온다. 피할 수 없는 조류처럼 밀려온다. 나는 무한한 하늘 아래에서, 막대한 공간감 속에서 자랐지만, 또 한편 섬과 농장이라는 테두리에 갇혀 있었다. 청소 일을 안 하는 날, 커크월 항구로 내려가자 생선 비린내와 경유 냄새가 섞인 바람이 내 머리카락으로 스몄다. 북쪽 섬 낮은 언덕에서 불빛이 반짝였다. 샤핀세이, 샌데이,

그리고 저 멀리 수평선 너머 파파 웨스트레이까지. 먼 곳에서 살다 돌아온 나는 그 작은 동네에서 낯설고 뚱한 존재였다.

어릴 때 우리는 관광객들을 비웃었다. 유네스코 세계문화유산이라는 이곳은 휴가객들이 표를 사서 보러 오는 곳이었지만 또 우리 집이기도 했다. 관광버스가 떠나고 나면 나와 남동생과 친구들은 손가락 없는 장갑을 끼고 일회용 카메라를 들고 신석기 시대 돌집과 무덤 위로 기어올랐다. 아침이면 관리인들이 다 타버린 양초와 빈 술병을 치우곤 했다.

나는 겁이 없고 무모한 아이였다. 돌담이나 헛간 지붕 위로 기어올랐다. 높은 서까래에서 짚단이나 양털자루 위로 몸을 던졌다. 나중에는 파티, 알코올, 약물, 관계, 섹스에 몸을 던졌다. 극단적인 것을 경험하고 싶었고, 결과는 걱정하기 싫었고, 센세이션을 추구했고, 떨어질지 모르니 가장자리를 조심하라고 경고하는 사람들에게 대들었다. 내 삶은 거칠고 바람 잘 날 없고 뒤죽박죽이었다.

바람 속에서 자라면 단단해지지만 한편 삐뚜름해지고 피할 곳을 잘 찾게 된다. 농가를 팔고 부모님이 재산을 나눌 때 나는 그곳을 떠나 먼 곳에 살고 있었다. 아빠는 농장은 팔지 않았고 여자친구 집에서 자지 않는 날 농장에서 잘 수 있도록 캐러밴을 가져다놓았다. 엄마는 읍내에 집을 샀고 이제 농장에는 가지 않았다.

엄마는 농부의 아내이고 농부의 딸이었지만 당신도 농부였다. 요리와 집안일은 물론 트랙터도 몰았고 축사도 치웠고 울타리와 돌담도 세웠고 트랙터 길에 움푹 팬 자리를 메우고 또 메웠다. 엄마와 아빠는 함께 양들에게 구충제를 먹이고 부제증腐蹄症 감염을 일으킨 양의 발굽을 잘라주었고 돌을 주웠으며 해마다 지구의 맨틀을 향해 땅을 파고 갈아서 보리를 뿌렸다. 아빠는 양털을 깎았고 엄마는 양털을 말아 단단한 꾸러미로 묶었다. 이혼한 뒤에 엄마는 농장을 너무나 그리워했지만 쉽게 갈 수가 없었다.

청소부는 모두 여자고 우리가 청소하는 방은 전부 남자 방이었다. 여자들은 근무 시간에 종일 치우고 문지르고 닦고 그러고 집에 가서 남편과 아이들을 위해 똑같은 일을 몇 년이고 했다. 전문가였다. 작업반장이 정교한 솜씨로 대걸레를 딱 적당한 압력과 각도로 짜서 물과 비눗물이 적당히 남아 있게 하는 걸 보면서 나는 절대로 저런 기술은 습득하지 못하리라고 생각했다. 나는 여기 화부火夫들이 자기 빨래나 침대 정돈 정도는 스스로 할 줄 알았다.

때가 안 빠진 양말짝을 맞추고 버려진 포르노 잡지를 치우고 변기를 닦으면서 나는 차라리 여기를 떠나지 않았더라면 더 행복했을까 생각했다. 같이 학교에 다녔던 누군가와 결혼하고 인터넷 세상 따위에는 얼씬하지 않았다면, 내 갈망과 현실 사이에 간극이 더 작았다면 덜 힘들었을까? 나는 엄마를 생각했다. 엄마도 더 많은 것을 바랐을지도 모른다. 엄마는 그때 나보다 별로 많지 않은 나이에 아이 둘을 낳았고 아이를 낳는 날 혼자 버려졌고 그 뒤로도 여러 차례 그렇게 되었다. 엄마는 능력 있고 다정한 여성이었지만 낯선 섬 벼랑 끝 농장에서 극단까지 내몰렸다.

엄마는 내 동생과 내가 어릴 때 교회에 빠졌고, 남편이 바다 건너 200마일 멀리 정신병원에 있는 동안 농장과 아기 둘을 혼자 힘으로 돌봤다. 한번은 혼자서 도저히 감당이 안 되고 남편이 언제 돌아올지 알 수가 없었기 때문에 양떼를 전부 팔아야 했다. 이것으로 농장은 끝이라고 생각했지만 그래도 어찌

어찌 다시 재건했다. 엄마의 신앙 덕에 가족이 오랜 시간 버텼다고 할 수 있지만, 나중에는 그게 가족이 깨진 원인의 일부가 되기도 했다.

아빠는 현대 복음주의 교회가 엄마를 착취하고 세뇌했다고 말하곤 했다. 엄마는 자기가 구원받았다고 말하곤 했다. 내가 어느 쪽이 맞다고 생각하는지는 누구와 이야기하느냐에 따라 달라진다. 아빠가 병원에 있을 때 교회 사람들이 일을 도와주고 거실을 꾸며주던 일이 기억난다. 아빠는 돌아와보니 성경책과 종교서가 집 안 곳곳에 있었다는 걸 기억한다.

날이 짧아져서 내가 아침에 플로타 섬으로 가려고 출발할 때에도 사방이 어둑하고 밤에 돌아올 때도 캄캄했다. 오크니의 길고 황량한 겨울의 끝이 다가올 때 나는 점점 흐릿해졌고 자꾸 그림자 속으로 숨어들었다. 그러다 어느 오후 진공청소기를 들고 유리 계단을 올라가다가 햇빛 한 줄기 속으로 걸어 들어갔다. 나는 주위에 아무도 없는지 돌아보고 양탄자 위에 누웠다. 빛이 내 머리카락을 따스하게 어루만졌다.

어느 날 화장실 안에서 울고 있다가 작업반장에게 들켰는데 그게 처음도 아니었다. 작업반장은 최대한 다정한 말투로,

떠나라고 했다. 여기는 내가 있을 곳이 아니라고. 다음 봉급을 받는 날 나는 통근선을 마지막으로 탔다. 며칠 뒤에 나는 우리 농장 집 방들을 하나씩 둘러보며 작별 인사를 하고 배낭과 런던행 편도 티켓을 들고 떠났다.

4
런던 필즈

5월은 나에게는 변화와 가능성을 뜻하는 힘찬 달이다. 내 생일이 있는 달이고 내 가운데 이름도 메이May(5월)다. 공기 중에 새로이 들뜬 기운이 감돈다. 나는 머리를 자르고 아침 6시에 목욕을 하고 그림을 그리고 이상하게 생긴 옷을 입고 이력서를 내고 약을 먹는다. 새로운 사람을 만나 사랑에 빠지고 불꽃을 내며 사람들을 끌어들이고 잠도 덜 자고 먹기도 덜 먹는다. 더 많이 마신다. 몸은 상쾌하며 꼿꼿하고 힘차게 도시를 돌아다닌다. 새로운 경험을 찾아나서고 싶은 이런 날에는 누가 부르면 바로 좋다고 부츠를 발에 꿰고는 들뜨고 불안정한 상태로 집을 나선다.

우리는 이런 나들이를 피크닉이라고 불렀다. 뭘 먹으러 오는 사람은 없고 먹을 것도 거의 없지만. 구멍가게에서 사온, 햇볕에 딱딱하게 굳은 디핑 소스 몇 통과 방울토마토 한 팩이 전부였다. 우리들은 무지개무늬 담요 주위에 둘러앉았다. 그해 들어 처음으로 진짜 더운 날이었고 맨발에 내리쬐는 햇빛이 호사스럽게 느껴졌다. 나는 손으로 긴 치마 속 다리를 위아래로 문질렀다.

런던에서는 보통 먼 거리를 통근하고 이용 구역이 정해져 있는 교통카드(런던에서 지하철과 버스 등을 이용할 때 사용하는 트래블카드는 사용기간과 사용가능한 지역의 범위에 따라 가격이 정해진다—옮긴이)를 쓰고 집세가 비싸기 때문에 고립되기가 쉬워서 어울릴 친구들을 스스로 찾아야 한다. 날이 화창한 주말이면 우리는 런던 필즈 파크로 갔다. 런던 필즈에서는 스스로 쿨하다고 생각하는 젊은이들은 술집, 술가게, 현금지급기가 가까운 이 더러운 풀밭에 모이고 가족이나 개를 산책시키는 사람들은 건너편 놀이터 쪽으로 간다는 불문율이 있다.

이곳은 교외의 멋진 집이나 패션 잡지의 이상이 거의 실현

되는 곳이다. 나는 헤드폰으로 전자음악을 들으며 친구들을 찾으러 고딕 스타일 발레리나, 육지에 묶인 선원 등의 스타일로 차려입고 잔디에 늘어진 사람들 사이를 누볐다. 공원에 있는 여자들 전부 공들여 코스튬을 입었다. 깅엄 드레스에 머릿수건을 맨 1950년대 가정주부, 레오타드와 레깅스 차림의 1980년대 에어로빅 강사, 우아한 히피들. 남자들은 모드족이나 스케이트보더나 체중미달인 벌목꾼같이 보였다. 오크니에서는 볼 수 없는 더운 날씨다. 외국에 온 것 같았다.

런던으로 이사했을 때 나는 여기에 몸을 던졌다. 나는 약간의 자신감이 있었을 뿐 아무런 확신도 없이 혼란 상태에서 런던에 왔다. 일주일에 몇 번은 버스를 타고 잡지에서 본 소호와 쇼디치 나이트클럽으로 갔다. 나는 원래 밝은색인 눈썹을 붉은 아이라이너로 색칠하거나 드레스 뒤쪽을 가위로 잘라내고 술병을 들고 버스 정류장으로 가곤 했다. 첫해에는 사람들을 많이 만났다. 밴드가 오기를 기다리는 동안 인터넷 게시판에서 본 사람들을 만나 인사를 했다. "나 새로 왔는데 돈이 없어요. 당신 블로그에 글을 써도 될까요?" "프렌드스터에서 당신 봤어요." "인터넷에 쓴 글 읽었어요."

우리 그룹에서 누군가가 술을 사러 가겠다고 하면 마음이 놓였다. 사람들이 지폐를 주며 사이더나 와인을 사다달라고 했다. 술이 오기를 기다리며 여자아이들은 화환을 만들거나 서로 머리를 땋아주고, 남자아이들은 누군가의 바이크를 돌아가면서 탔다. 우리는 성인이 아니라 웃자란 아이들이었다. 재미를 찾아 무모하게 덤벼드는. 문자메시지로 사람들을 더 모으고, 다음 파티 장소를 섭외하고, 더 많이 더 세게 놀아보자고 약속했다. 매주 지난주보다 더 엉망이 되었다. 우리는 돈도 없으면서 택시를 타고 술을 사면서 돌아다녔다.

우리 옆에서 어젯밤을 꼴딱 세운 클럽 죽돌이들이 사자갈기 머리 장식을 하고 서로 사진을 찍으며 웃어댔다.

우리는 어떤 일자리가 있나, 인턴을 하면 정규직이 될 수 있나, 이런 이야기를 하고 유명 디자이너, 잡지, 레코드 레이블들을 잘 아는 양 들먹였다. 19세기 귀족처럼 레깅스를 입은 어떤 남자는 자기 프로젝트 예산이 1만 파운드밖에 안 된다며 큰 소리로 불평을 쏟아부었다. 어떤 여자가 사람들에게 LSD(환각제—옮긴이)가 있냐고 물으며 돌아다녔다. 영원히 계속되는 축제의 마지막 날 같았다. 누군가가 전화에 대고 말했다.

"여기서 한몫 단단히 잡겠어."

오후가 저녁이 되어가면 우리는 해를 따라 움직였고 그 많은 사람들이 전부 담배꽁초와 빈 깡통으로 뒤덮인 잔디 한구석에 모였다. 옆에서 남자들이 얇은 파란색 비닐에 든 도수 높은 맥주를 마시며 길 위에 희한한 조합의 책과 장신구를 늘어놓고 팔았다. 분홍색 플라스틱 전화기, 퐁뒤 요리에 대한 책, 어린이용 롤러스케이트 한 켤레, 뚜껑이 없는 주전자. 적당한 사람한테 물으면 대마초 한 봉지도 살 수 있었다.

글로리아 생일이었고 누군가가 파퍼(아질산알킬을 함유하여 흡입하면 흥분감을 일으키는 일종의 마약이다—옮긴이) 한 병을 가져왔다. 십 대 때 멋모르고 마셨다가 두통에 시달렸던 일을 떠올리며 다들 됐다고 하면서도 분홍색 스파클링 와인을 마시는 중간 중간에 파퍼를 돌려가면서 들이마셨다.

메그는 짧은 반바지와 홀터넥 탑과 롤리타 선글라스 차림이었고 한쪽 발은 남자친구 허벅지에 끼우고 몸은 다른 쪽을 보고 있었다. 날씨에 비해 너무 더워 보이는 정장 차림의 남자가 다가와 메그에게 사진을 찍어도 되겠냐고 물었다. "스트리트 스타일 웹사이트에 올릴 사진이에요." 메그는 짜증난다는 표정을 짓더니 이내 알겠다며 전문가처럼 포즈를 취했다.

부모들이 유모차를 밀면서 지나갔다. 외계 종족 같았다. 메그가 평범하게 행동하라고 말했다. "하지만 난 평범한 게 싫어." 글로리아가 말했다. 글로리아는 하늘색 점프수트를 입었다. 메그는 우리가 들큰한 칵테일을 만들 때 쓰는 꿀을 코르크 웨지 샌들을 신은 가는 발목에 발랐다. 개미들이 메그의 다리 위로 기어올라왔다. 우리는 취해서 조그만 개미들이 달콤한 죽음으로 몰려가는 것을 구경했고 글로리아는 병을 가지고 비누방울을 불었다. 누군가가 메그더러 잔인하다고 했지만 메그는 개미들도 재미있을 거라고 우겼다. 메그가 너무 예뻐서 나는 마구 흔들어주고 싶었다.

술을 사러 가는 일이 점점 잦아졌고, 목소리는 더 높아졌고, 파퍼는 계속 돌았다. 누군가, 나였을 수도 있는데 병을 떨어뜨려서 술이 무지개무늬 담요 위에 쏟아졌다. 우리는 모두 술이 쏟아진 데로 달려가 머리를 처박고 술을 빨아먹었다. 여물통의 돼지처럼 드러누워 다리를 위로 쳐들고 낄낄거리고 꿀꿀거렸다. 바보 같고 한심하고 재미있었다. 나는 파퍼를 들이마시고 드러누워 하늘을 봤다. 지평선이 기우뚱했고 나는 따스한 빛에 감싸여 친구들과 같이 하늘을 날았다. 팔다리, 선크림, 꿀, 개미, 모두 끈끈하고 달콤했고 해가 눈이 부셨고 이렇게 기분이 좋은 적은 없었다.

해가 졌다. 사람들이 점점 가까이 모여들었다. 풀린 발목, 늘어진 손목, 담배를 든 손이 한데 모였다. 그늘진 눈으로 풀밭을 내려다봤고 취한 정신은 비행기의 궤적이 가로지른 저 하늘 어딘가에 있었다. 주말이라 면도를 하지 않은 그의 까칠한 얼굴에 내 맨발이 닿았다. 그의 멍든 어깨를 보았고 내 고동치는 야망을 느꼈다.

나중에 창고 파티에 갔다. 일행을 놓쳤지만 혼자 있는 게 싫지는 않았다. 머리를 꼬아 높이 틀어 올리고, 긴 드레스를 입고, 술과 드럼 비트에 들떠 나는 저 멀리에 있었다. 나는 점점 더 나 자신이 되어가는 것 같았다. 사람들 사이에서 흰 어깨와 붉은 입술을 과시하고 담배 연기를 손을 까딱해 날려 보냈다.

가끔 아는 얼굴이 보였고 아는 사람들이 있다는 사실이 좋았다. 거기 사람들 다 무언가 하는 일이 있었다. 작곡을 하거나 나이트클럽을 운영하거나 옷을 디자인하거나. 하지만 그걸로 생계를 꾸려나가지는 못했다. 우리 모두 5년 뒤에는 무언가를 이룰 거라고 생각했다.

서른이 다 되어가는 미대 졸업생 한 무리가 창고를 개조해서 그 안에 살았다. 조립식 창고 안에서 자고 드넓은 창고 공간의 나머지 부분을 뮤직비디오나 실험 영화를 찍는 데 썼다. 춤판이 벌어지기 전에 술을 마시며 서로 질세라 파티 장소를 흠잡았다. 클럽들이 문을 열었다가 금세 닫곤 했는데 문 닫은 클럽들을 입에 올리며 아쉬워했다. 티를 뜯으면서 자신의 고상한 취향과 풍부한 경험을 자랑했다.

창고가 '쿨 파티' 촬영 장소로 쓰이다보면 집주인이 임대료를 올려서 결국 살던 사람들이 나갈 수밖에 없었다. 그러면 이제 그곳에서는 더 이상 쿨 파티가 열리지 않았다. 그날은 이사 나가는 것을 기념하는 파티가 열렸다. 축하할 일이 참 많기도 많았다. 스칸디나비아에서 온 어떤 남자는 여기가 대체 뭐하는 곳인지 대체 왜들 그렇게 많이 마시는지 모르겠다고 했다. "계속 춤을 출 수는 없는 거잖아요." 그가 말했고 나는 무슨 말인지 이해할 수 없었다.

그러고 나서 나는 혼자 길 위를 걷고 있었다. 재킷은 한 팔 위에 걸치고 맥주 한 병을 들고 맨살로 밤공기를 느꼈다. 피곤했지만 아직도 목말랐다. 도시를 내 살갗에 문지르고 싶었다. 거리를 들이마시고 싶었다. 나는 낡은 부츠를 신은 발로 버스보다도 더 잰 발걸음으로 걸었다. 아까 삼킨 약 때문에 숨이 가빠지고 뺨이 움찔거렸다. 내 입술을 깨물었고 먹어버리고 싶었다. 얼굴과 입술과 젖꼭지와 클리토리스가 달아올랐다. 담뱃갑을 열어 담뱃불을 붙였고 숨을 들이켜 갈증을 가라앉혔다. 산소 방울이 알코올을 더 빨리 분해하도록 숨을 깊이 들이마시고 담배 연기를 빨아들이고 숨을 멈추었고 순간순간을 만끽했다.

어찌나 오래 걸었는지 여기가 어딘지 알 수가 없었다. 나는 빛을 향해, 더 높은 곳을 향해 걸었다. 건물 꼭대기에 다다르고 싶었다. 벼랑 꼭대기로, 더 맑은 공기를 갈망하는 내 몸의 욕구를 따라 걸었다.

집에 돌아와서 창문을 열고 침대 위에 누웠다. 남은 와인이 좀 있었고 나는 슬픈 노래를 들으며 위키피디아에서 오크니 제도의 무인도들을 둘러보았다. 밤공기가 아직 따스했고 머리카락은 담배 연기에 절었고 몸은 더러웠다. 밤에 쓰레기통을 비우는 청소차 소리와 버스에서 내리는 취객들 소리가 들렸다.

아파트 바깥쪽에 고가 철로와 공기가 부연 교차로가 있었다. 요란한 스피커를 단 차가 빨간 신호등에 멈추면 베이스음에 맞춰 건물 전체가 진동했다. 바다에 가려면 족히 100마일은 가야 했고 이곳 애들 중에는 바다를 한 번도 못 본 애들도 있었지만, 갈매기들이 가끔 나타났다. 갈매기가 초콜릿 조각을 물고 다니는 걸 본 적도 있다.

내 방은 집 뒤쪽에 있는데 창밖으로 내다보면 해크니에서도 최고로 악명 높은 술집의 야외 테이블이 보였다. 클럽이 다 문을 닫은 늦은 밤까지도 문을 열어 깡패들과 알코올중독자들이 모여든 탓이었다. 소문을 듣고 이 지역으로 갓 이사 온 20대 젊은이들도 여기로 모였다. 술집 위에 있는 공동주택에서 먼저 런던 토박이 가족들이 떠나고, 그다음에 벵골인 가족들이 좀더 나은 주거지를 찾아 런던과 에식스가 맞닿은 동쪽으로 이사 가고 난 다음에 젊은이들이 빈자리를 채웠다.

그날 밤 술집에서는 노래방 기계를 틀었고 〈머스탱 샐리〉나 〈마이 웨이〉 같은 노래를 음이 안 맞게 열창하는 소리가 잠결에 들렸다. 어떤 사람은 우스꽝스럽게, 어떤 사람은 진지하게 불렀지만 어쨌거나 다들 취해서 차이가 없었다. 노랫소리가 내 방으로 흘러들어오고 웃음소리와 말다툼소리가 뒤섞였다. 거기를 비어가든이라고 부르지만 가든(정원)이라기에는 흙도 식물도 없고 재떨이와 맥주 광고가 박힌 파라솔밖에는 없다.

검은 하늘 아래쪽에 파란색과 오렌지색이 섞여들기 시작한다. 이웃집 냉장고가 고장 난 모양이다. 창턱에 탄산수와 고기를 올려놓았다. 길 건너 새로 생긴 사무실에는 불이 훤히 켜져 있지만 사람은 보이지 않는다. 지금은 쓸모없는 굴뚝이 있는 공장 안에 사는 미대생들이 이제 침실 불을 끄고 노트북을 덮었다. 4000제곱미터 땅 안에 비밀번호로 보호된 수백 개의 와이파이가 있고 지갑을 사타구니 가까이 간수하고 지내는 사람 수천 명이 있다.

아침이면 잠결에 창밖 차 소리를 듣고 시간을 짐작했다. 모스크에서 기도 시간을 알리는 외침 소리도 들렸다. 알람시계가 울리고 몇 초 동안은 몸도 마음도 붕 뜬 기분이었지만 공포에 사로잡히기 전에 정신을 차렸다.

내 셋방 이웃들은 계속 바뀌어서 여기 누가 사는지, 직업 같은 게 있다면 뭘 하는지 기억하기가 힘들었다. 요즘에는 밤보다 낮에 사람이 더 많은 것 같았다. 해크니 조세·실업수당 사무소에서 보낸 봉투와 체납고지서가 우편함에 쌓였다. 런던에 오면 저마다 호적수를 만나게 된다. 자기 동네 클럽에서 가장 잘 나갔던 사람도 여기 오면 스타일에서 밀리고 학교에서 성적이 가장 좋았던 사람들도 머리로 밀린다. 사람들은 인턴 자리가 있다거나 주말에 멋진 파티가 열린다거나 하는 별것 아닌 미끼를 덥석 물고 이곳 런던으로 온다. 우리는 성공과 재미의 가능성을 보고 불확실성과 과밀도까지 함께 택한 사람들이다.

플랫메이트 중 바에서 일하는 음악가가 한 명 있었는데 어쩌다 나와 부엌에서 마주칠 때면 기획사에서 이메일을 받았다거나 하는 소소하게 좋은 소식들을 들려주었다. 하지만 동화에 나오는 소원을 들어주는 요정인지, 물어뜯으러 달려드는 상어떼인지 구분하기는 쉽지 않았다. 클레오파트라 가발과 비키니 차림의 댄스플로어의 여신이 다음 날 아침이면 안경을 끼고 보험회사 안내 데스크에 앉아 인터넷을 검색했다. 스트리퍼 한 사람은 쉬는 날에 테크노클럽을 열었다. 나는 도시 건너편에 있는 자치구 의회 주차관리부에서 임시직으로 일했는데, 스프레드시트 밑에 문서창을 띄워놓고 음반 리뷰를 썼다.

아래층에서 가게를 하는 아프가니스탄 사람만이 유일하게 내가 술을 얼마나 마시는지 대략 알았을 것이다. 며칠, 몇 달이 지나면서 나는 점점 더 자주 가게를 찾았다. 창문 위에 세일 품목을 광고하는 형광색 별 모양 종이가 다닥다닥 붙어 빛을 가리는 바람에 가게 안이 컴컴했다. 아파트 문밖에서 늘 똑같은 사람이 나한테 하루는 돈을 달라 하고 하루는 담배를 달라 하고 하루는 안아달라고 했다. "자기야, 자기야, 잔돈 있으면 좀 줘." 이튿날이면 눈빛이 저 멀리를 헤매고 있고 나를 알아보지 못했다.

오크니에 있을 때 내 친구 헬가가 루세이 섬 서쪽에 헤더 블레더라는 나타났다 사라졌다 하는 신비의 섬이 있다는 이야기를 해주었다. 오크니에 그 섬을 보았다는 사람은 있지만, 가본 사람은 아무도 없다.

전설에 따르면 루세이 섬에서 여자아이 하나가 실종되었

다고 한다. 시간이 흘러도 찾을 수가 없자 다들 죽었다고 생각했다. 몇 년 뒤에 여자아이의 아빠와 오라비가 배를 타고 낚시를 하는데 구름이 배를 둘러쌌다. 배는 낯설지만 아름다운 섬에 닿았는데, 그곳에서 이제 자라서 어른이 된 딸을 만났다. 딸은 이곳이 헤더 블레더라는 섬이고 이곳 섬사람과 결혼해서 가족을 꾸렸다고 했다. 딸은 나무 말뚝 하나를 주면서 이게 있으면 다시 이 섬에 올 수 있다고 말했지만, 루세이로 돌아오는 길에 말뚝을 바다에 빠뜨리고 말았다.

이 이야기는 조금씩 다른 여러 버전으로 전해지며 오크니에는 상상의 섬 혹은 사라지는 섬에 대한 전설이 여럿 있다. 마법의 힐다랜드는 오늘날 아인할로 섬과 관련이 있다. 다른 지역에도 주로 바다에 안개가 잘 끼는 곳에 전해 내려오는 비슷한 이야기가 있다. 오크니에서는 겹겹이 쌓인 바다 안개가 순식간에 나타났다 사라졌다 하기 때문에 이런 이야기가 생긴 것 같다.

오늘날에도 실제로 사라지는 섬이 있다. 작년에 남태평양을 연구하는 지리학자들이 오스트레일리아 탐사선을 타고 조사를 했는데 구글 지도를 비롯한 여러 지도에 나와 있는 어떤 섬이 실제로는 존재하지 않는다는 사실을 입증했다. 그래서 샌디 섬은 이제 위키피디아에 '섬이 아닌 섬non-island'으로 정의되어 있다. 발견이 취소된 섬이 되었다. 지도학자들은 유령섬이 '나타나는' 것은 오스트레일리아 북동쪽 산호해가 워낙 광대하기 때문에 실수로 위치가 잘못 기록되었기 때문일 수도 있고, 아니면 없다는 걸 알면서도 장난으로 집어넣었거나 지도를 표절하는 이들을 가려내려고 심어놓았기 때문일 수도 있다고 한다.

그런가 하면 해초로 된 섬도 있고, 플라스틱으로 이루어진 섬, 오물 등 사람이 내놓은 폐기물이 만든 섬도 있다. 화산 폭발로 생긴, 물에 뜰 만큼 가벼운 다공질 암석이 수십 년이고 바다 위를 떠다녀 마치 섬처럼 보이기도 한다. 바닷새들로 이루어진 섬도 있다. 바다쇠오리는 겨울 몇 달 동안 육지로 오지 않고 바다 위에 모여 있다.

헤더 블레더는 여전히 신비스럽게도 아주 드물게만 나타난다. 윤년에만 보인다고 하는 사람들도 있다. 만약에 이 섬을 보면 손에 무기를 쥐고 그 섬을 향해 노를 저어가되 한시도 눈을 떼면 안 된다. 헤더 블레더에 발을 올려놓을 수만 있다면, 섬이 마법에서 풀려나서 사람의 눈으로 볼 수 있게 된다.

페리를 타고 오크니를 떠나던 날은 안개가 가득했다. 영국 본토에 다다르자 새로운 세상으로 들어서는 것 같았다. 바다를 가로질렀을 뿐 아니라 상상의 경계도 가로질렀다. 내가 섬 출신이라 런던은 환상이고 런던 필즈는 나의 헤더 블레더였다. 나는 공원에서 아름다운 사람들과 어울리는 여름날과 파티에서 술 취해 보내는 밤으로 이루어진 지속 불가능한 마법 같은 삶의 방식에 익숙해졌다. 나는 마법이 깨어지리라고는 생각하지 않았다. 안개를 뚫고 집으로 돌아가고 싶지도 않았다.

5

밤 자전거

그가 나를 처음 봤을 때 나는 공중전화 박스 위로 기어오르는 중이었다. 킹스랜드 로드에 있는 빈 가게에서 공연이 열려 우리는 밖에 모여 있었다. 런던 남쪽에서 온 랩 그룹이 플로어 중앙에 있고 군중이 주위를 둘러쌌다. 사람들 사이에서 오리 의상을 입은 모델이 입술을 내밀며 돌아다녔고 눈에 장난기가 어린 소년 같은 미국인이 눈에 들어왔다. 나중에 나는 인도에 주저앉아 지나가는 사람들에게 바닷가로 갈 거라고 말했다. 진동이 느껴졌다.

그날 우리는 이야기를 나누지는 않았지만 나중에 그 사람이 인터넷에 나에 대해 적은 것을 찾아냈다. 내가 걱정이 되면서도 관심이 가더라고 썼다. 나는 용기가 나서 다음 주말에 그 남자가 틀림없이 나타날 클럽으로 갔다. 내가 다가가서 인사를 했고, 팔을 살짝 건드렸고, 동그래지는 검은 눈동자에 비친 내 모습을 보았다. 욕망의 검은 물결이 흘러넘쳤다. 남자가 말을 하자 내 살갗이 곤두섰다.

우리는 같이 택시를 타고 프랑스 DJ 듀오가 공연을 한다는 하우스 파티 장소로 갔다. 우리는 현관 계단에 앉아 아주 자연스럽게 입을 맞췄다. 친구들이 집에 간다고 하길래 나는 먼저 가라고 했다. 우리 집으로 같이 걸어가는데 내 부츠 밑창이 떨어졌다. 그날 밤 일은 잘 기억이 안 나지만 우리가 같이 보낸 그다음 주말, 그 뒤 죽 같이 보낸 열흘 밤은 기억난다. 전류를 동반한 비바람이 불었고 우리는 그의 침실 창문으로 런던 하늘의 천둥 번개를 구경했다.

도시 고층건물 위로 떨어지는 번개는 우리 농장에 치던 것과 달랐다. 농장에서는 바다 위에 번개가 번쩍이면 전기나 전화가 끊어졌다. 폭풍이 몰아치는 동안에 본섬 서쪽에 있는 집들 안에 공 모양 번개(성 엘모의 불이라고도 한다)가 나타났다는 기사를 본 적이 있다.

나는 불타는 분노와 그의 눈동자의 비밀 사이에서 연관관계를 찾으려 했고 내 다리를 그의 몸에 두르고 그의 이름을 생각하며 웃었다. 만날 때마다 내 가슴은 더 빠르게 뛰었다. 나는 아침마다 웃으면서 자전거를 타고 출근했다. 종일 문자를 주고받다가 일을 마치면 만나러 달려갔다.

같이 걸을 때면 그는 뜻밖의 경로를 택하고 낯선 골목길로 나를 데려가곤 했다. 아침에 이따금 그는 동면에서 깨어나는 고슴도치처럼 보였다. 뜨겁고 차가운 것을 비롯한 여러 감각에 민감해서 바람 부는 거리를 자전거로 달릴 때는 춥다고 했고 발은 이불 밖으로 내어 식혔다. 우리는 서로에게 자기가 살던 곳에 대해 이야기했다. 그는 자기 일을 정확하고 기술적인 말로 설명했고 제대로 된 직장이 있다는 점에서 해크니의 다른 힙스터들과는 달랐다. 그에게는 탈출구가 있었다.

처음 몇 주 동안 나는 그의 집에 가는 길에 술집에 들렀고 맥주 몇 잔을 마시면서 술이 우리 사이에 끼어들까봐 겁난다는 편지를 썼다. 우리는 사소한 일상에 대해 편안하게 이야기를 나눴지만, 내가 취해서 곁에 있지 않은 순간들이 공백으로 남았다. 나는 눈이 돌아갈 때까지 마셨다. 그때 그는 내가 울어도 필름이 끊겨도 다 받아주었다.

우리는 공기 방울 안에 있었다. 어느 날 새벽 2시에 달스턴에 있는 그의 방에서 나는 너무나 행복해서 이 순간을 잊을 수 없을 거라고 말했다. 여섯 달 뒤, 서로의 가족을 만나보기도 전에 우리는 같이 살기 시작했다. 해크니 로드에서 경마 도박장 위층에 있는 방 하나짜리 아파트를 구했다.

일을 마치고 나서 저녁이나 주말을 공원에서 보내는 날이 많았고 모이는 사람도 늘었다. 우리가 중심이 된 것 같은 기분이었다. 쿨한 것을 찾아서 사람들이 모였고 혹시라도 재미난 걸 놓칠까봐 다들 불안해했다. 그를 만난 뒤에 나는 그를 데리고 가서 사람들에게 자랑했다. 그때 찍은 사진을 보면 우리는 팔다리와 손가락까지 전부 엮고 서로를 지나치게 꽉 끌어안고 카메라는 보지 않는다.

나는 절대 오크니에는 돌아가지 않겠다고 말했다. 전화도 편지도 무시했다. 농장 집은 팔렸는데 나는 알고 싶지도 않았다. 남동생도 나를 따라 오크니에서 나와 대학에 갔다. 나는 엄마와 엄마의 신앙에 화가 났고 아빠와 아빠 여자친구에게도 화가 났다. 아빠는 몇 년 전부터 바람을 피우고 있었다. 하지만 가끔 공기 중에 감도는 어떤 냄새가 내가 잉글랜드에 있다는 사실을 날카롭게 상기시켰다. 붉은 벽돌집이 늘어서고 나무가 많은 이곳은 내 고향이 아니었다. 나는 오크니의 광막한 하늘과 잿빛 돌을 원했다. 마도요와 검은머리물떼새가 생각났고 검은부리갈매기마저도 그리웠다. 베스널 그린 로드를 따라 걷다가 소리 없이 눈물이 흐르는 걸 깨닫고 놀라기도 했다.

섬에서 나는 큰 존재였다. 당당하고 안정적이었지만 오직 떠나고 싶은 생각밖에는 없었다. 활기와 사건이 끊이지 않는 도시에 나를 억지로 끼워넣은 사람이 바로 나니까 원망할 사람도 없었다. 런던에서는 모든 사람을 다 본다는 게 불가능하지만 그래도 나는 모든 것을 다 접하고 싶었다. 나는 종일 관찰했다. 이렇게 큰 곳에 어떻게든 내 자취를 남기기는 불가능한 것 같았지만 그래도 그렇게 할 생각이었다.

내가 술을 마시기 시작한 때가 남들보다 특별히 빠르지는 않았다. 열다섯인가 열여섯 살 때 경매장에서 열린 십 대들의 댄스 파티에서 처음 술을 마셨다. 경매 전에 소들을 가둬놓는 우리가 있는 곳에서 파티가 열렸다. 학교에서 어설프고 소심해 보였던 친구들이 술기운에 억눌린 것을 떨쳐내고 자신을 드러내는 것을 보는 게 좋았다. 가끔은 반 병 남은 브랜디를 나 혼자 마시려고 가지고 갔다. 나는 술을 마시고 섹스를 하고 모든 것을 사진으로 남기고 싶었지만 결국 끔찍한 상태가 되어 울부짖었고 누군가가 우리 부모님을 불렀다. 나는 뭐든지 경험하고 싶었고 어떻게 해도 나를 막을 수 없었다.

오크니에서 친구들과 같이 들에서 따서 말린 환각버섯을 삼켰고 항구 마을과 공동묘지를 돌아다녔다. 성당의 붉은 돌기둥에 입을 맞추거나 아니면 깨물려고 입을 갖다대고, 20마일을 달려서 농장으로 돌아오고, 있지도 않은 신호등에 차를 세웠다. 집에 와서 사라져가는 느낌을 다급히 기록하려고 공책에 끼적였다.

처음 집을 떠나 런던에 왔을 때에는 내가 학생치고 유난히 술을 많이 마시는 것도 아니었고 숙취도 그다지 심하지 않았다. 다만 지붕 위에 기어오르고 만으로 내려가며 놀던 시골 아이들한테는 캠프나 학교 활동이 너무 심심하게 느껴지듯 나는 대학생 모임만으로는 만족을 못 했다. 나는 약쟁이들이 오는 클럽이나 옥외에서 열리는 광란의 파티장에 갔고 동생도 같이 갈 때가 많았다. 주말에는 '파티 약'을 먹고 주중에는 주로 와인 한 병을 곁들여 책을 읽고 글을 쓰면서 균형을 맞췄다. 그러나 해가 지나면서 점점 더 나빠졌다. 내 주변 사람들은 술도 파티도 줄여나갔지만 나는 더 많이 마셨고 혼자서 파티를 했다.

몇 달 동안 런던 중심가를 한 번도 벗어나지 않고 살았다. 멍한 상태로 주말을, 내 글이 발표되기를, 아니면 숙취가 깨기를 기다리며 몇 년을 보냈다. 술이 나를 사로잡았다. 다른 사람들은 일을 했고 런던에서 다음 사다리를 밟고 올라가기 위해 술 마시자는 초대를 거절했지만, 나는 전화를 붙들고 맥주를 비우며 맥주캔 따는 소리를 감췄고 아직 이루지 못한 야망에 대해서 떠들었다.

내가 모르는 사이에 찍힌 사진이 있다. 그는 내가 그런 모습일 때가 많다고 했다. 가늠할 수도, 달랠 수도 없이 슬퍼 보인다고.

새로 구한 임시직 일터로 가려고 낯선 길로 버스를 타고 가다가 언젠가는 여기가 집처럼 느껴질까, 아니면 늘 새로운 빛에 눈이 부셔 깜박이고만 있을까 막막했다. 나는 하루 종일 글귀들을 곱씹으며 떠돌았다. 밤에는 내 몸이 무너질 것 같은 기분에 시달리며 두 발로 벽을 밀었다. 가끔 행복한 순간이 있었다. 나를 기쁘게 하며 감싸 안는 작은 것들에서 삶의 격렬한 기쁨을 느꼈다. 내가 운이 좋다고 생각했지만 그 운을 붙들 수가 없었다. 또 한 차례 일요일을 멍한 숙취 속에서 눈가에는 화장이 얼룩진 채로 침대에서 보낼 때 어딘가에서는 문이 닫히고 북쪽에서는 여전히 검은 파도가 끊임없이 굽이치고 오로라는 하늘을 훤히 밝혔다.

이따금, 새벽 2~3시쯤, 곯아떨어질 만큼 마시지 않았을 때, 나는 우리 아파트에서 빠져나왔다. 좁은 계단에 불도 안 켜고 벽을 짚으며 자전거를 끌고 내려왔다. 중앙난방이라 늘 덥고 사람들이 많아 몸 냄새가 나는 아파트에서 바깥으로 나오니 공기가 상쾌했다. 내 머릿속처럼 서늘하고 맑았다.

자전거를 탈 때는 우울하지 않았다. 전조등도 안 달고 헬멧도 안 썼다. 나는 5마일 반경 안에 있는 24시간 주유소와 주류 판매점을 전부 다 알았다. 멈춰버린 도시의 형광빛 오아시스들.

신호등 앞에 서서 페달 위에 발을 얹고 힘주어 밀고 출발할 준비를 했다. 이렇게 떠나, 모퉁이를 돌아 달려, 바람 속으로. 해크니 로드에서 출발해, 베스널 그린 안으로 기우뚱 들어갔다. 외로운 택시들과 심야버스와 나 말고는 아무도 없었다. 고양이가 나를 보고 놀라 덜 마른 콘크리트 위로 달려가 영원히 사라지지 않을 발자국을 만들었다.

운하가 도시를 열었다. 여느 때보다 수위가 낮았다. 운하 안에 늘 보이는 깡통과 비닐 말고도 디지털카메라, 톱, 오렌지, BMX 한 대가 보였다. 나는 페달을 더 빨리 밟았다. 벌레와 나뭇가지가 팔다리에 스쳤다. 죽어 부풀어 오른 여우 한 마리가 검은 물 위에 떠 있었다.

5월 내 생일에, 알록달록한 헬륨 풍선을 자전거 안장에 묶고 바구니에는 꽃다발을 얹고는 직장에서 일직선으로 런던 다리를 건너 도심과 쇼디치를 지나 해크니 로드를 따라 달려 우리 집으로 와서 그에게 일자리를 잃었다고 말했다. 퇴근 시간 스모그가 가득한 더운 날이었고 트럭 운전자들이 소리를 지르고 빵빵거렸다. 하지만 밤에는, 내 자전거가 거침없이 빨리 달릴 수 있었다.

자전거를 타는 동안에는 실직이나 실망감 등에 대해 생각하지 않으려고 했다. 공기가 점점 더워졌다. 배달 트럭이 내일 신문과 비닐 포장한 빵을 실어 날랐다. 신호등은 전부 녹색이었다. 탑해트를 쓴 잘생긴 남자애가 버스 정류장에서 술이 깨길 기다리며 앉아 있었다. 머리 위에 경찰 헬기가 있었지만 나를 찾는 것은 아니었다. 나는 새벽 공기를 들이마셨고 문득 하늘이 그리웠다.

계속 페달을 밟고 나아가며 탈주를 꿈꿨다. 십 대 때 어느 밤 농장에서 보름달이 바다 위에서 유혹하듯 빛나길래 집에서 나와 바닷가로 내려갔을 때가 생각났다. 손전등도 필요 없었다. 길 위 웅덩이에 비친 달을 보고 길을 찾았다. 만조라 바다가 만에 가득했다. 나는 모래 언덕 뒤에서 바람을 피하며 완벽한 둥근 달을 올려다보았다. 달빛이 파도 위에 비쳐 바다 위에 빛의 길이 생겼다. 농장 쪽을 돌아보면 달이 홀로 검은 섬을 비추고 있었다. 다른 불빛이라고는 별빛, 창문에서 새어 나오는 안온한 빛, 순간 불타오르는 라이터, 담배 끄트머리 붉은 빛이 전부였다. 농장으로 돌아가는 길에 달빛을 받은 구름 위로 기러기들이 지나갔다.

어느 더운 날, 들뜨고 제정신이 아닌 상태로 일몰을 보러 런던 북쪽에 있는 햄스테드 히스로 달렸다. 강변로에서 속도가 너무 빠른 상태에서 다리 아래로 들어가려고 방향을 틀었다가 중심을 잃고 쓰러졌다. 얼굴이 물에 닿는가 싶더니 자전거 무게 때문에 물속으로 가라앉았다. 나는 운하 안에 잠겨 있다가 몇 초 만에 물 밖으로 나와 젖은 몸을 끌고 강둑으로 올라왔다. 강둑 위에 누워 물고기처럼 파닥거렸다. 오른쪽 신발은 어두운 물속 어딘가에 잃어버렸다.

자전거와 일기장을 건져냈고 일기장에서 더러운 물을 짜냈다. 신발을 한 짝만 신은 채로 자전거를 끌고 피를 흘리며 울면서 그가 있는 집으로 돌아왔다. 그러고 나서 얼마 지나지 않아 그가 더 이상은 못 견디겠다고 했다.

6

튀다

런던에서는 사람들이 늘 일자리 아니면 집 아니면 애인을 구하고 있을 수밖에 없다는 이야기를 들었다. 내가 세 가지 전부를 얼마나 쉽게 빨리 잃게 될지 나는 미처 몰랐다.

나는 울면서 잠에서 깼다. 5월 1일이었고 행복감과 기대를 느껴야 할 텐데 밤사이에 무언가 어두운 불안이 방으로 기어들어 내 꿈속에 들어왔다. 이런 일이 있으리라는 건 짐작했지만 오늘이 그날일 줄은 몰랐다. 그가 나한테는 말도 없이, 자기 짐을 싸려고 하루 휴가를 냈다. 식기, 서류, 옷가지를 내 것과 구분하고, 뒤섞여 산 2년 동안 얽힌 것들을 풀었다. 직장에서 집에 돌아와보니 내 물건만 남아 있고 그의 살림이 있던 자리에는 먼지만 소복했다.

그가 떠난 뒤에 나는 아파트에서 혼자 일주일을 보냈다. 낮에는 직장에서 멍한 상태로 하루를 버텼다. 해고 통보를 받고 남은 기간을 채우는 중이었다. 우리 방은 엉망이었다. 가구 위치가 마구 바뀌었고 벽에는 시구가 적혀 있고 바닥에는 책과 사진이 널려 있었다. 나 혼자서는 그 집 방세를 감당할 수가 없었다.

내가 벽에 사과를 한 알 던졌는데 그게 방바닥에서 썩고 있었고 그가 새로 들어올 사람들을 위해 아파트를 치우러 온 날에도 그 자리에 그대로 있었다. 그는 나에게 이번이 마지막이라고 했다. 일을 마치고 나서 나는 내 배꼽 땀에 들러붙은 그의 가슴털을 셀로판테이프로 모아 내 일기장에 붙여 놓았다.

그에게는 탈출구가 있었고 그 길로 갔다. 그는 공중전화박스 위에 올라가는 길들여지지 않은 여자와 이렇게 깊이 얽힐 생각은 없었을 거다. 내가 세탁물 안의 스타킹처럼 그에게 엉겨 붙었다.

우리가 처음 만났을 때에는 우리 둘 다 취해 있었고, 그러고 나서 가끔 같이 술을 마셨지만 어느 시점부터는 그러지 않았다. 식사에 와인도 곁들이지 않았다. 그는 내가 술을 마실 때에는 가까이 오지도 않으려 했다. 그가 직장에서 늦게 집으로 돌아오면 내가 바닥에 드러누워 있었다. 그는 내 손에서 잔을 뺏고 병에 남은 술을 싱크대에 부어버리려 했지만 나는 울며 내가 뭘 잘못했냐고 물었다. 나에게는 마실 권리가 있다고 했다. 그도 자기 친구들을 만날 때는 술을 마셨다. 나는 아무도 없이 혼자 마셨다. 내가 나를 망쳤다. 나는 늘 이게 첫번째 병인 척했다. 내가 술을 사러 밖에 나가는 소리를 그가 들었다는 걸 알면서도.

우리는 눈을 마주치지 않고 점점 서로 눈을 돌렸다. 나는 그에게서 마지막 사랑까지 짜냈다.

그해 5월이, 그때 내가 느끼기에는 내 생애 최악의 달이었다. 아무 힘이 되지 않는 직장동료들에게 둘러싸여 사무실에 앉아 달달 몸을 떨고, 점심시간 동안에 담배 아홉 대를 피우고, 휴대폰에 강박적으로 집착하고, 내 몸에 맞지 않는 물건들(달스턴 쇼핑센터에서 산 노란색 스키니진)을 사들이고, 미용실에서 속눈썹에 염색을 하고 알레르기 반응을 일으켰다. 네 번 면접을 보고 네 번 떨어졌다.

멋진 호텔 스위트룸에서 고급 보드카를 병째 마시다가 버스 정류장에서 곪아떨어지고 울타리를 타넘고 실크 드레스를 입은 채로 거칠게 발목을 잡혀 질질 끌려나오고 AA Alcoholics Anonymous(알코올중독자 치료협회) 모임에 가려고 하다가 '영성 모임'에 가서 긴치마 끝자락에 종을 단 중년 부인들에게 둘러싸였던 일이 기억난다.

남부 스페인에서 엄마와 8일을 보냈다. 햇빛 아래에서 정신을 하얗게 표백하고 싶었지만 잘되지 않았다. 나는 빨간 볼펜으로 일기장에 괴로움을 토로하고 1유로짜리 맥주를 마시고 안달루시아 술집에서 유로비전 송 콘테스트를 봤고 스페인어는 한마디도 모르면서도 사람들과 대화를 나누고 있다고 생각했다.

돈도 없으면서 실업수당으로 아이스 커피와 정치 잡지 따위를 사고 식당에서 신문, 일기장, 전화기를 테이블에 올려놓고 터키식 스튜를 주문하며 뭔가 할 일이 있는 사람처럼 허세를 부렸다. 내 옆 테이블에서는 여자 여섯 명이 말없이 침울하게 기름진 아침식사를 먹었다. 여섯 명 다 머리에 토끼 귀를 달고 있었다.

나는 찾을 수 없는 답을 찾으러 공허한 눈으로 인터넷을 뒤졌다. 혼미한 정신으로 자전거를 타고 이스트런던을 정처 없이 헤맸다. 밥보다 술을 더 많이 먹었다.

오크니에서는 이사하는 걸 '튄다'라고 말한다. 이사에 대해서는 못마땅하다거나 안됐다는 기색을 담아 말한다. 적응을 못하고 결국 떠나는 덜떨어진 잉글랜드 출신 부부, 돈 문제 때문에 빨리 '튀어야' 하는 가족 등. 런던에서 나는 늘상 거주지를 옮겼는데 쫓기듯 옮겨 다니면서 그걸 새로운 기회라고 생각하기는 힘들었다. 그저 아무도 못 알아차리게, 한쪽 그늘에서 다른 그늘로 재빨리 튀고 싶었다.

나는 내 물건을 상자에 넣어서 창고로 보낸 다음 달스턴에서 여자친구와 같이 사는 동생 집으로 갔다. 동생은 내가 짐을 옮기는 걸 도와주었지만 내 바닥없는 고통과 점점 더 걷잡을 수 없는 행동은 어떻게 해야 할지 몰랐다.

톰은 나보다 20개월 어리다. 아기 때 우리는 점퍼 지퍼를 단단히 여미고 장화를 신고 같이 트랙터를 탔다. 어린아이 때에는 헛간 처마 밑 건초더미에 은신처를 만들었다. 향긋한 마른 풀 냄새, 먼지 냄새가 났고 툭하면 쥐가 튀어나왔다. 우리는 보리 창고에서 놀았다. 보리 알곡이 모래 늪 같았다. 여름에는 친구들과 바위 웅덩이에서 헤엄을 쳤다. 물이 늘 상쾌하게 차가웠다. 어미가 버린 새끼 양을 젖병으로 키우고 나중에 무리로 돌려보냈다. 그래도 버려졌던 양들은 티가 났다. 크기도 작고 생김도 어딘가 달랐다.

큰 헛간 서까래 아래에 캐러밴과 고깃배 조타실 부속품들을 합해 작은 오두막 같은 것을 만들었다. 양털 깎는 계절이면 우리는 오두막에서 양털 자루로 뛰어내렸다. 십 대 때에는 동생한테 내 방에서 나가라고 소리를 지르기도 했지만 같이 말을 타고 스케일 만을 달리기도 했다. 우리가 모래와 바다 위에서 달리면 스카라 브레이에 놀러 온 관광객들이 우리 사진을 찍었다. 나는 흉내 같은 걸 지독히 못 내는데 동생은 곧잘해서 오크니 사람을 흉내 내보라고 시켰다. 늘 툴툴거리는 초등학교 버스 운전사 아저씨. 토끼를 치려고 일부러 핸들을 꺾고, 스쿨버스 운전과 도축장 운영을 같이 했다. 오크니 말투로 "빨리들 와!" 하고 외치던 급식 아줌마. 라디오 오크니에서 소 값 추이를 읽는 아나운서.

톰도 나를 따라 대학에 갔다. 우리는 같이 파티에 갔고 나중에 런던에 와서도 같이 어울렸다. 더 나중에는 내가 술에 취해 인터넷에 글을 올리는 걸 톰이 지켜보았고 밤늦게 엉망이 되어 전화를 걸면 받아주었다. 내가 낯선 사람에게 공격을 당했던 밤 병원으로 나를 데리러 온 것도 톰이었다.

톰의 소파에서 자는 건 임시방편이었다. 살 곳을 구해야 했기 때문에 인터넷에서 플랫메이트를 구하는 광고를 검색했다. 광고에는 집이 "느긋하다" 혹은 "창의적이다"라는 식으로 묘사하는 문구가 있는데, 어떤 약물을 애용하는지 돌려 말하는 것 같기도 했다. 술병을 들고 공원에 앉아서 혹은 인터넷 카페에서 맥주를 마시면서 멍하게 광고에 나온 번호로 전화를 걸어 나에 대한 기본 정보를 일러주고 만날 약속을 잡았다. 지도책에 녹색 사인펜으로 주소지를 표시하며 해크니와 타워 햄리츠가 나온 68~69쪽에서 점 이어 그리기를 했다.

스무 군데 정도를 둘러보고 아는 사람 모르는 사람 할 것 없이 만났다. 비싼 방세를 내고 생판 모르는 사람들 다섯 명이 부엌 하나를 같이 써야 해도 런던에 살고 싶은 사람들. 어디에서는 거실이 있다고 자랑스레 말했다. 소파 하나도 들여놓기 힘든 공간이었지만. 창고를 여러 겹으로 쪼갠 어떤 방은 단 위에 침대가 있고 창문은 없었다. 나는 책과 위스키와 함께 이 방에 틀어박히는 상상을 하고 그 방을 달라고 했다. 그 사람들은 나 말고 다른 사람을 골랐다.

토요일 오후 창문이 대부분 깨졌거나 판자로 덮인 고층 아파트를 보러 해거스턴에 갔다. 커튼이 드리워져 있었고 트랜스 음악(전자음악의 하나로 비트가 빠르고 몽환적 분위기를 낸다—옮긴이)이 큰 소리로 울렸고 대마초 냄새가 났다. 나중에 다시 연락하겠다고 하고 나왔다. 호머턴에서 본 집에서는 배우라고 하는 여자 둘이 크고 밝은 아파트로 이사 들어오는 참이었고 잘생긴 남자친구들이 옷과 골동품 가구들을 계단으로 날랐다. 여자들이 나한테 페퍼민트 차를 주면서 왜 이사하려고 하냐고 물었다. 나는 내 사연을 얼버무렸다. 이번에도 나는 간택을 못 받았다.

어느 햇빛 가득한 저녁에는 자전거를 타고 클랩턴에 있는 방을 보러 갔고 그다음에는 해크니에서 가장 저렴한 지역에 갔다. 올림픽 공원으로 올라가기 직전 마지막 언덕배기를 따라 창문이 어두운 집들이 늘어선 곳이다. 거기 사는 사람들은 친구의 친구였고 나보다 어린, 1990년대에 태어난 사람들이었다. 빅토리아 시대 연립주택에 있는 작은 방이었다. 침대 옆에 내리닫이창이 있어 거기에서 마음껏 마시고 담배를 피울 수 있으리란 생각이 들었다. 며칠 뒤에 그 방으로 짐을 옮겼다.

어떻게 또 일자리를 잃을 수 있는지 스스로도 납득이 안 갔다. 예상은 했다. 이렇게 하면 해고당할 수밖에 없다고 마음속 깊이 새기면서도 해고를 유발할 행동들을 되풀이했다. 그러다가 마침내 그 일이 일어났다. 나는 자신을 통제하지를 못했다.

그럭저럭 해내고 있다고 생각했다. 출판업계에서 별 볼일 없는 일자리를 얻었다. 낮에는 숙취에 시달리고, 마감은 어영부영 미루고, 아침마다 손에 다른 나이트클럽 도장이 찍힌 채로 출근했다. 머리를 푹 숙이고 기업 회장들에 대한 우호적인 프로필을 작성하는 일을 했다. 아침에는 지각하고 저녁에는 정시 퇴근하고, 주말에는 엉망으로 망가지고 주중에는 유령처럼 일하며, 다시 어떻게든 이어 맞추려고 했다.

그러다가 다시 일자리를 잃었다. 눈물을 삼키며 임시직 소개소에서 돌아나오면서 가진 돈으로 이 매정한 도시에서 얼마나 오래 버틸 수 있을까 생각했다. 나는 이방인이고 쓸모없는 존재였으니 향수에 시달렸다. 수평선과 바닷소리가 그리웠지만 타워브리지를 향해 걷다보면 또 런던에 사로잡혀버렸다.

직업소개소에서는 누구도 거만하게 굴지 못한다. 밖에서 친구들이 차에 힙합을 큰 소리로 틀어놓고 기다리는 젊은이도, 양복을 빼입고 당장이라도 일할 준비가 된 남자도, 술 냄새가 너무 심해서 내가 소맷부리로 코와 입을 가리게 만들 정도인 여자도 일단은 고개를 숙인다.

내가 지원한 일자리 대부분 답을 주지 않았다. 어쩌면 도시에 사람이 너무 많은 것 같기도 했다. 나는 쓸모없는 존재여서 내 자리를 찾지 못하고 패배했다는 생각이 들었다. 친구들은 다른 지역이나 다른 모임으로 흩어졌거나 내가 남자친구랑 같이 살기 시작하면서 연락이 끊겼다. 이제는 더 이상 내가 무리의 중심이 아니었다.

영국에서 가장 높은 건물에서 면접을 봤는데 고소공포증이 일지 않아 어쩐지 기분이 좋았다. 면접 뒤에 맥주를 샀고 고층건물을 올려다보았다. 절벽이 떠올랐고 특히 호이에 있는 세인트 존스 헤드St John's Head(성 요한의 머리라는 뜻이다—옮긴이)를 닮았다는 생각이 들었다. 세인트 존스 헤드는 영국에서 가장 높은 벼랑인데 스코틀랜드로 페리를 타고 갈 때 보인다. 이스트런던 커내리 워프에 가면 언제나 바람이 세다. 템스 강에서 불어오는 바람이 고층건물 사이 좁은 길로 씽씽 불기 때문에 고향에 온 것 같은 기분이 든다. 송골매가 벼랑에도 고층건물에도 둥지를 튼다. 한밤중 고층건물 꼭대기 항공장애등은 꼭 섬에 있는 등대 같다.

나는 오크니를 떠났지만, 떠나고 싶었지만, 오크니와 그 벼랑들이 나를 붙들고 있었다. 떠나온 뒤에는 내 몸 안 어딘가에 조용히 떨리는 상실과 혼란의 느낌이 떠나지 않고 늘 있었다. 내 몸 안에 성난 바다, 끝이 없는 하늘, 높이에 대한 자신감이 있었다. 내가 가장 좋아하는 바위에 앉아 스택 오루Stack o'Roo라는 이름의 해식 기둥을 보고 바닷새들을 굽어보던 것이 떠올랐다. 아웃런에서 극제비갈매기 수가 줄더니 아예 무리가 사라졌지만 북양가마우지는 늘었다. 강인한 분홍색 너도부추가 벼랑 가장자리에 자라고 바다쇠오리가 토끼굴에 둥지를 만들어 굴 안으로 하얀 꼬리가 순식간에 사라지곤 했다. 선반바위에 올라가면 든든한 느낌이었지만 다른 쪽에서 보면 바위가 바다 위로 불쑥 튀어나와 위태롭게 보였다. 런던에서 정착하지 못하는 나는 부서지는 파도 위 높은 자리에 위험스럽게 둥 떠 있는 기분이었다.

나는 직장에서 집으로 돌아오면 바로 술을 마시기 시작했다. 가끔은 중간에 버스에서 내려 공원에서 맥주 두어 캔을 땄다. 도저히 참을 수가 없어서. 직장을 잃고 나자 참을 필요도 없었다.

술에 취해서 재떨이를 엎었다가 불이 꺼지지 않은 담배꽁초를 진공청소기로 빨아들였다. 먼지봉투 안에서 먼지, 각질, 머리카락이 탔고 탄 냄새가 몇 주 동안 방에서 가시지 않았다.

다락에서 뭔가 끽끽거리며 긁는 소리가 들렸는데 그것 때문에 파리가 들끓는 것 같았다. 마침내 집주인이 다락 안을 들여다보라고 누군가를 보냈다. 지붕에 구멍이 있어서 비둘기들이 안으로 들어왔다가 갇힌 것이었다. 우리 거실 위쪽에, 우리 머리 바로 위에서 죽은 비둘기들이 썩고 있었다.

그해 여름에는 사는 게 아니라 그냥 시간을 보내는 느낌이었다. 몇 달 동안 정신이 몽롱했고 정상으로 돌아오기를 기다리며 두서없이 이 생각 저 생각을 하며 지냈다. 날이 후덥지근했고 손바닥이 근질근질하고 허벅지에는 땀이 고였다. 외롭고 공허한 날을 보내고, 새벽 4시에 잠에서 깨어 담배를 피웠다.

어딘가에서 울린 자동차 도난 경보 장치 소리 때문에 깨서 동이 틀 때까지 잠을 못 잤다. 몽롱한 상태에서 끊이지 않는 말소리가 마치 새소리처럼 들렸다. 뜨뜻한 7월 밤이었는데 이런 시간이면 그와 같이 잤던 나날을 전부 다시 회상했고 심지어 그가 금세 나이트클럽에서 돌아올 것 같은 생각도 들었다. 내가 지금까지 하거나 느낀 모든 것을 동시에 경험하는 듯한 기분이었다. 우리가 미대 옥상에서 콘크리트 블록과 버려진 조각상들 사이에서 잤던 일을 떠올렸다. 우리가 같이 보낸 첫 주에 매일 밤마다 천둥 번개가 쳤던 것, 커튼이 없는 방에서 침대에 누워 런던을 가로지르는 비행기를 보고 새로운 언어를 만들던 것을 생각했다.

아침이 되면 충격과 함께 깨달음이 왔다. 음악에서 베이스를 빼버린 것처럼 공허했다. 그가 나를 떠났을 때 나는 숨을 들이마셨고 그 뒤로 내뱉지 않았다.

7
난파

어느 일요일 오후, 동생의 열번째 생일에 농장 집에서 놀고 있는데 전화가 울렸다. 아웃런에 일이 있었다.

엄마, 아빠, 톰과 내가 집 밖으로 나가 농장을 가로질러 바닷가로 갔다. 같은 방향으로 가던 이웃들을 만났다. 불안한 침묵 속에서 발걸음을 재촉했다. 벼랑 가장자리에 가자 배가 눈에 들어왔다. 저 아래에 꽤 큰 낚싯배가 비스듬히 드러난 바위 위에 얹혀 있었다. 배는 파도가 들어올 때마다 흔들렸다. 바다로 쓸려나갈지, 반대쪽 벼랑으로 밀릴지 알 수 없었다.

오후였지만 벌써 어둑해지기 시작했고 물이 들어오고 있

었다. 다음번 파도에 무시무시하게 삐걱이는 소리가 나더니 배가 쿵 하고 엎어졌다. 배가 쓰러져 선체가 갈라졌다. 바위에 완전히 끼어버려서 예인선이 온다고 하더라도 이제는 끌어내릴 수가 없었다.

벼랑에 사는 우리들에게는 엄청난 재앙으로 보였지만 해안 경비대가 와서는 그 배에 탔던 낚시꾼들은 아무렇지도 않더라는 말을 전했다. 낚시꾼들은 몇 시간 전 새벽에 이미 배에서 바위 위로 뛰어내려 벼랑 낮은 쪽을 타고 꼭대기로 올라왔다. 그 사람들은 농가에 도움을 청하지도 않고 그냥 공항으로 가서 첫 비행기를 타고 오크니를 떠났단다.

오크니와 셰틀랜드에서는 고대 스칸디나비아 제도인 유들Udal 법이 아직도 일부 통용되기 때문에 해안 지대의 소유권에 대한 규정이 영국 다른 지역과는 차이가 있다. 다른 곳에서는 땅의 소유권이 만조 수위선까지만 적용되지만 오크니에서는 가장 낮은 춘계 간조 위치까지 뻗는다. 유들 법의 토지 소유권 한계를 조금 다르게 이런 식으로도 해석한다. 돌을 던져서 닿는 곳까지. 말로 지나갈 수 있는 깊이의 물까지. 연어 그물을 던질 수 있는 곳까지. 이 법에 따르면 누군가 소유의 해안에 무언가가 밀려오면 그것은 그 사람의 소유물이 된다.

이튿날 농부들이 운을 시험해보기로 하고 낚시꾼들이 올라온 길을 따라 바위로 내려갔다. 다리가 긴 우리 아빠가 휘적휘적 먼저 내려가 배 위에 올라탄 다음 다른 사람들을 끌어올렸다. 우리는 사람들 무게 때문에 배가 뒤집어질까봐 숨을 죽이며 지켜봤다. 사람들이 선실 안으로 들어갔다. 몇 분 뒤에 다시 나왔는데, 너무 멀어서 잘 보이지는 않았지만 얼굴이 환하게 밝았고 손에 컴퓨터 장비를 잔뜩 들고 있었다.

그 뒤 며칠 동안 농장일도 계속하면서 우리 축사 한 곳을 운항 장치와 낚시 장비 전시실로 공개했다. 오크니 사방에서 낚시꾼들이 구경 와서 물건을 사갔다. 농부들이 보험회사와 협상을 해서 500파운드를 내는 대신 낚시로 잡은 고기를 포함해 배에 있는 모든 물품을 팔 수 있는 권리를 얻었다. 500파운드의 몇 배에 달하는 이득을 얻을 수 있었다.

며칠 뒤에 바람이 거세어져서 배가 완전히 뒤집어졌다. 밤새 바위에 몰아친 파도가 배를 산산조각 내버려 파편들만 파도 위에 떠다니다가 만으로 밀려들어왔다.

20년이 지나고 나서, 나는 그 배처럼 위험한 상태였다. 멀쩡한 척하는 낮 동안의 현실과 남에게 감추는 밤의 비밀 사이에 구분이 사라지기 시작했다. 균열이 드러났다. 겉모습을 멀쩡한 척 유지하려고 전전긍긍하느라 진이 빠졌고 손은 안절부절못하며 담배를 말았다. 이제는 밤에 술에 취해 저지른 일들에 대한 수치심을 잊으려고 일부러 술을 마시는 위험한 고리에 갇혀 버렸다.

공동생활을 하는 아파트에서 사악하고 요란한 소동까지는 벌이지 않았지만 그래도 어리석고 짜증스러운 짓들을 많이 저질렀다. 밤중에 취해서 요리를 한답시고 부엌을 엉망으로 만들었고, 먹을 게 없으면 플랫메이트의 음식을 훔쳐 먹었으며, 남의 술을 마시고 다시 채워놓곤 했다. 다음 봉급날까지 버티게 10파운드나 20파운드만 빌려달라고 돈을 빌린 다음 술을 사와서 내 방으로 들어가 문을 닫고 창문을 열었다.

재활용에는 적당한 수의 병과 캔만 내놓고 나머지는 비닐 봉지에 넣어 길가에 있는 쓰레기통에 버렸다. 술 냄새를 풍기고 비틀거리며 집에서 나섰다. 옷장 바닥에는 빈 병들이 있었고 침실 벽에는 빈 캔들이 줄지어 있었다.

내가 이 집의 평화를 어지럽히고 있었다. 느닷없는 소동을 일으키고 화요일 밤에 낯선 사람들과 파티를 하고 남자들을 집에 데려오고 현관문 앞에 핸드백을 두고 물건들을 질질 흘리며 올라왔다. 이런 일들이 있고 나면 며칠 동안 침대에서 숙취로 끙끙 앓았다.

나는 계속 끔찍한 상태로 빠져들었다. 다만 나도 그렇게 되고 싶은 건 아니라는 사실은 아무도 몰랐을 것이다. 내 음주에 대해서 나에게 직접 무어라 말하려고 했던 사람들이 생각난다. 고마운 일이었다. 나는 고개를 끄덕이고 울었지만 남자친구와 헤어지고 난 다음에는 스스로를 불쌍하게 여기며 음주를 정당화했다. "내 걱정하는 거 당연해." 나는 말했다. "그런데 나 너무 힘들어." 그가 술 때문에 나를 떠났으니 이제 나는 술을 마실 자격이 있다는 식이었다.

내가 남자친구랑 헤어진 것을 핑계로 삼기는 했지만 사실 그 일 때문에 걷잡을 수 없게 술을 마시게 된 것은 아니었다. 남자친구와 같이 살 때, 술집에 친구 생일 파티를 해주러 갔다가 이런 일이 있었다. 한 시간쯤 몇 잔을 마시고 나서 나는 피곤하다느니 집에 가서 글을 써야 한다느니 하며 먼저 자리를 떴다. 사실은 집에 가서 혼자 더 빠른 속도로 마시고 싶었기 때문이다. 그날 나는 친구보다 술을 택했고 그렇게 선을 넘었다. 그 뒤에는 선을 더 쉽게 더 빨리 넘었다. 직장, 병원, 가족, 법이 안 된다고 경고를 하는데도 술을 택했다.

형편없이 취했지만 정신은 깬 채로 아래쪽 거리에서 들리는 날카롭거나 낮은 목소리들을 들으면서, 내 감정, 과거, 강박에 초기화 버튼을 누를 수 있으면 좋겠다는 생각을 했다. 그러면 내가 잃어버린 것들을 잊을 수 있을 텐데. 나는 집 밖으로 나가고, 정상적 생활을 하고, 부지런히 이메일을 보내고, 건강을 회복하고, 머리를 시원하게 자르고, 나를 구원해줄 글을 쓰겠다고 계획을 세웠다. 하지만 그런 일은 일어나지 않았고 결국 같은 자리로 돌아오곤 했다.

나는 취한 채 침대에 거의 들러붙어 있었는데 그와 이야기를 나누고 싶었다. 그래서 이렇게 속삭였다. "내가 너를 위해 도시 위에 빛을 비추고 있어. 어디에 있든 따뜻하게 입고, 다치지 마."

내 상태가 심각하다는 걸 다들 알게 되었다. 이제는 아무도 나를 파티에 초대하지 않았다. 나는 골치 아픈 존재, 늘 취해서 우는 사람이었다. 그 토요일 이후에는 나도 내가 사고뭉치라는 걸 알았다. 그날 내가 그 여자 머리에 병을 던진 건 아니었지만 술집에 있던 모든 사람들, 와장창하는 소리와 비명소리에 우리를 쳐다본 사람들에게는 그렇게 보였다. 나는 병을 테이블 아래로 던졌지만 병이 위로 튀어올라 아무 잘못 없는 여자에게 맞았고 여자가 비명을 질렀다. 사실 어느 쪽이든 다를 게 없었다.

내 상태가 심각하다는 걸 스스로 인정하고 달라져야겠다고 결심한 것도 한두 번이 아니다. AA 모임에 몇 번 갔다. 홀번에서 열린 모임에 참석하고 나서 교회 바깥쪽 콘크리트 계단에 앉아 밀크셰이크를 마시며 런던시 공공 자전거가 지나가는 걸 보고 있으니 뜻밖에 평안을 느꼈다. 그렇지만 그 주말에 나는 다시 엉망이 되어 오후 2시부터 새벽 2시까지 마시고 벽을 타 넘었다. 어느 날 밤에는 내 고통을 보여주겠다며 모르는 사람의 집에서 옷을 훌렁 벗었다.

한 달 안에 두 번이나 법정에 출두해야 하는 일이 일어났다. 첫번째는 가해자로, 두번째는 피해자로. 전에 법정에 가본

일은 신문 기자로 일할 때뿐이었다.

금요일 오후마다 의사가 추천해준 상담사를 만나러 갔다. 상담사는 나에게 '음주 일기'를 쓰라고 했고 나는 음주량을 조절하겠다고 약속했다. 그날 저녁에 가게에서 딱 두 캔만 사서 나왔지만 30분 뒤에 다시 술을 사러 갔다. 딱 두 캔만이라고 스스로 다짐한 게 수백 번도 넘지만 절대로 그렇게 되지는 않았다. 나는 방에서 혼자 술을 마시며 밤을 보냈다. 또 다른 별볼일 없는 직장에서 일을 했다. 나하고 이야기하고 싶어하는 사람의 수는 점점 줄었다. 이제 애인도 없으니 파티에서 사람들을 만나기에 좋은 때지, 포트폴리오를 들고 출판사를 찾아가야지, 이런 생각들을 했다. 하지만 나는 병원에서 울고 있거나 아침마다 점점 안 좋은 상태로 잠자리에서 일어났고 온몸에 어디서 생겼는지 알 수 없는 멍이 점점 늘었다.

마음 한구석에서는 런던을 돌아다니는 것이나, 이층버스 위층에 혼자 라거 한 캔을 들고 앉아 있는 것을 여전히 즐겼다. 그렇지만 밤의 끝은 늘 안 좋았다. 술에 떡이 됐고 외로웠다. 나는 결코 자신을 완전히 놓아버리지는 않았다. 직장에서는 어떻게든 내 일을 하려고 했고 먹을 것도 챙겨 먹고 사람들과도 잘 지내려고 했다. 하지만 이렇게 균형을 유지하는 것 자체가 힘겹고 지치는 일이어서 결국에는 절박하게 날카로워진 신경을 가라앉히고 싶은 상태가 되곤 했다.

타워 햄리츠에 있는 예전 공공 임대주택에 새로 방을 얻었다. 내가 방에서 혼자 술을 마시고 급격하게 달라진 기분이 되어 방 밖으로 나온다는 사실을 플랫메이트들이 알아차리고 그 문제를 들고 나왔다. 이제는 익숙해진 '이야기 좀 하자'는 이메일을 받았고 가슴이 또 철렁했다. 전에도 사람들을 실망시켰는데 또 망쳐버린 게 괴로웠다. 돈이 없어서 돈을 빌려 술을 사거나 동네 가게에서 외상으로 맥주를 샀고 플랫메이트나 이웃들을 복도에서 마주치지 않으려고 피했다. 내가 밤에 우는 소리를 들었을 테니까.

가장 괴로운 것은 바깥의 혼란—다른 사람들과의 관계, 돈 문제, 잃어버리고 망가진 물건들—이 아니었다. 내 머릿속 상태가 최악이었다. 자살 충동이 점점 강하게 자주 닥쳐왔다. 감정이 조절이 안 됐다. 생각과 행동이 혼란스러웠고 자제가 안 됐다. 그는 나를 더 이상 사랑하지 않아. 그가 그리워. 나는 어떻게 해야 할지 모르겠어. 어떻게 앞으로 나아갈지 어떻게 극복해야 할지 모르겠어. "술 문제에 대처해야 한다"고 사람들이 말했다. 하지만 이런 상태에서 내가 어떻게 할 수 있을까? 뒤로 엎어져서 일어나지 못하는 양과 같은 기분이었다. 숨이 막혀 죽으리라는 걸 알지만, 그냥 구덩이에 누워 있는 게 더 쉬웠다.

몇 달이 지났다. 겨울, 오크니로 갔다가 구치소에 갇혀야 했던 끔찍한 시간, 일자리를 못 구하고 보낸 또 한 번의 여름. 슬픔이 이렇게 오래 계속될 수 있다는 걸 몰랐다. 압도적인 공황감은 내가 어떻게 할 수 있는 것이 아니어서 어떤 규칙도 안전수칙도 무시하고 그것에 굴복하는 수밖에 없었다. 습관적 고통의 노예가 되었다. 눈물이 그칠 날이 없고, 몇 주 동안이고 두통이 계속되고, 악몽에서 벗어날 수가 없었다. 선을 넘었는데 어떻게 돌아와야 할지 몰랐다. 농장 집 내 방 커튼 무늬가 떠올랐다. 진동을 느낄 수 있었다. 기억의 바람이 너무나 빨리 나를 덮쳐와 붙들 수가 없었다.

런던에 있는 동안 모든 일이 너무나 빨리 일어났고 어느새 나는 수습 불가능한 지경이 되어 있었다. 도시는 나에게 너무나 많은 것들을 거르라 했다. 무수한 얼굴, 광고, 사건, 가난을 걸렀고 내 머릿속에서 거름망이 점점 촘촘해져서 빙빙 돌아가는 혼란스러운 공간 밖에는 남지 않았다. 넋을 잃고 어디로 가야 할지 누구를 만나야 할지 어떤 의견을 가져야 할지 결정을 내릴 수가 없었고 공허함을 술과 불안으로 채웠다.

나는 울었고 방황했다. 비이성적인 욕구와 욕망에 굴복했다. 나는 추락하고 빙빙 돌고 붙들 곳을 찾으려 했지만 잡으려는 순간 전부 더 멀어졌다.

더 이상 선택지가 없었다. 더 추락할 수도 있었지만, 더 문제를 일으키고 더 쓰레기가 될 수도 있었지만, 나에게는 거기까지가 끝이었다. 어느 날 밤 어떤 순간이 찾아왔다. 한순간이었지만 광대하고 야심찬 광경을 봤다. 눈가리개를 잠시 치운 것처럼 시야에 빛이 쏟아져들었고 술을 끊는 것이 가능할 뿐 아니라 그러고 나면 삶에 눈부신 희망이 가득할 것 같았다. 나는 그 환영을 꼭 붙들고 이게 마지막 기회라고 다짐했다. 지금 변하지 않는다면, 더 큰 고통 말고는 나에게 아무것도 없었다.

8

치료

바닥에 배를 대고 등을 구부리고 팔을 뒤로 뻗고 손가락을 깍지 끼고 숨을 참았다. 우리가 근원적 자아에 맞닿을 수 있도록 이끌며 강사는 "누구나 할 수 있게 태어났어요"라고 말했다. 나도 다른 사람들도 곧 자세가 무너졌고 웃음을 터뜨렸다.

지금까지 내 삶이 몸과 마음이 다양한 단계로 망가진 술꾼과 약쟁이들과 같이 센터 양탄자 위에서 쿤달리니 요가를 하기 위한 것이었던가? 특히나 어려운 동작을 서른 번 반복해야 했지만 강사는 "마치고 나면 날아갈 것 같을 거예요"라고 약속했다. 우리는 다 중독자들이라 날 듯한 기분에 도달하려고 애썼다.

한 달쯤 전 어느 아침, 다양한 숙취를 겪어본 나로서는 그다지 심한 날이 아니었지만 그래도 그날 나는 구할 수 있는 도움은 전부 다 취해서 이번에는 반드시 알코올중독을 끊고 말겠다고 결심했다. 출근 시간에 늦었고, 입이 바싹 말랐고 공황 상태였고 다급히 나를 추스르려고 하고 있었다. 이런 아침은 무수히 많았지만, 그날에는 그냥 의지가 딱 꺾여버렸다. 더 이상은 이렇게 살 수가 없었다. 술을 끊고 난 뒤 삶의 눈부신 모습을 언뜻 보고 충격을 받았던 그 밤의 느낌을 떠올렸다. 버스에서 사장에게 전화를 걸어 할 얘기가 있다고 말했다.

여기까지 오기까지, 내 상황을 받아들이기까지 오랜 시간이 걸렸다. 더 어릴 때에는 내가 서른 살에 중독 치료소에 가게 되리라고는 꿈도 꾸지 않았다. 삶이 기대하거나 바란 대로 풀리지는 않는다는 사실을 그제야 깨달았다는 건 사실 그동안 내가 무척 운이 좋았다는 말이기도 했다.

예전에 쓴 일기를 읽었다. 열여덟 살 때 오크니를 떠나기 직전에 자신감에 넘친 내가 이루고 싶은 것들의 목록이 적혀 있었다. 그러는 한편 이런 통찰력 있는 문장도 남겨놓았다.

"예술/패션/문학/락 음악의 세계에 너무나 끌리지만 그게 내 몰락을 초래할 수도 있다." 그 뒤 10년 동안 재미도 많이 보고 이야깃거리도 많았지만 해가 갈수록, 날이 갈수록 불만과 고독과 해로운 강박도 자랐다.

이따금 내 문제를 직시하는 일도 있었지만 어째서인지 그걸 해결하기 위해 행동을 취할 수가 없었다. 술에 취해서 음주 문제에 대해 술술 이야기하기도 했다. 엄청난 폭음 다음 날에는 다시 시작하겠다고 결심을 하고 또 했다.

세 번 진지하게 술을 끊으려고 결심했고 그럴 때마다 한 달을 참았다. 한번은 남자친구가 나를 떠나지 않게 하려고 술을 끊었지만 그래도 결국 남자친구를 잃었다. 한번은 일자리를 잃지 않으려고 알코올에 알레르기 반응을 일으키는 치료약을 먹었다(효과가 없었다). 그리고 바로 지난해 여름에는 플랫메이트들한테 쫓겨나지 않으려고 끊었지만 그것도 실패했다. 이번은, 남자친구도 집도 일자리도 없는 상태에서 오직 내 의지로 술을 끊어야 하는 상황이었다. 사실 술을 끊으려면 그게 유일한 방법이다. 이번에는 술을 끊는 것을 무엇보다도 우선에 놓기로 했다. 새로 구한 일자리를 그만두고, 의사를 찾아가 지역

약물 알코올중독 지원 서비스를 소개받았다.

센터 대기실에서 울음을 터뜨린 까닭은 그곳이 외진 곳에 있어서도, 의자가 낡아빠져서도, 무감하고 관료적인 절차 때문도 아니었다. 냄새 때문이었다. 런던 내 방에 가득한 시큼한 냄새, 붉은 스프레이로 X자를 그려서 도축장에 보내야 하는 아픈 양 냄새와 같은 냄새가 났다. 술 냄새가 아니라 간이나 신장 같은 내부 장기가 독성물질을 처리해서 피부, 손톱, 안구로 내보내기 때문에 땀구멍에서 풍기는 병의 냄새다.

내가 어릴 때 죽어가는 양한테서 그런 코를 찌르는 냄새를 맡았던 게 기억난다. 어느 날 아침 아빠가 들에 나갔다가 스무 마리도 넘는 암양들이 풍선처럼 부풀어올라 드러누워 있고 나머지 양들은 취한 것처럼 비틀거리는 것을 보았다. 어젯밤에 다른 들로 옮겨놓았더니 양들이 별꽃을 잔뜩 먹었다. 곰팡이균에 감염된 별꽃이라 배 속에 거품이 생겨 배가 부풀어올랐고 트림도 하지 못해 괴로워했다. 몸 안에 가스가 가득 차 소화관이 막혀버린 것이다. 엄마와 아빠는 양을 살리려고 양들 사이를 분주히 오가며 식물성 기름을 목구멍에 부어 거품을 가라앉히고 뾰족한 관으로 위를 직접 찔러 가스가 빠져나오게 했다. 톰과 나는 겁에 질려 아빠와 엄마를 보고 있었다. 많이 살려냈지만 그래도 다섯 마리가 들에서 죽었고 그 뒤 며칠 동안 두어 마리가 더 죽었다.

나를 감금해줄 거주 시설을 소개해달라고 했지만 센터에서는 내가 의존성 중독자와 유해 중독자의 중간 단계에 속한다고 분류했고 집에서 살면서 '주간 프로그램'에 참석하는 게 더 적합하고 돈도 덜 들겠다고 판단했다. 그때 나는 해크니 윅에 있는 술집 위 단칸방에 살았다. 내 마지막 기회인 그 프로그램을 시작하기 전에 2주 동안 거나하게 마셨고 아직 술이 덜 깬 상태에서 식구들에게 전화를 걸어서 내 계획을 알렸다. 아빠에게 세 달 동안 금주 프로그램에 들어간다고 말했더니 힘을 북돋워주며 이렇게 말했다. "나는 3년 동안을 정신병원에서 보냈어. 너는 그보다 짧기를 바란다."

'공동 해독' 기간 일주일 동안 나는 날마다 센터에 가서 금단 증상을 달래줄 리브리엄 진정제를 먹고 음주 측정기 검사를 받고 집에서 먹을 약을 받았다. 그러고 나서 12주짜리 프로그램을 시작했다. 지방자치단체에서 100퍼센트 지원하고 상담사가 상주하며 스무 명까지 프로그램에 들어온다. 내가 프로그램에 들어갔을 때에는 중도 탈락자 비율이 매우 높음에도 불구하고 2006년부터 100명이 넘는 '졸업생'을 배출했다고 했다. 졸업생이란 어떤 약도 알코올도 손대지 않고 12주 프로그램을 마친 사람을 가리키는 말이다.

치료 센터 첫날은 이상했다. 화장실 문을 열어놓고 소변 검사를 받아야 했다. 일주일에 두 번씩 소변과 음주 측정기 검사를 받다보니 곧 부끄러운 것도 없어졌다. 센터에서는 커피를 마시면 안 됐다. 저녁에는 혼자 집에 돌아가고 아침에도 자전거를 타고 내 발로 왔지만 처음 2주 동안은 점심시간에 건물 밖에 나갈 때에는 꼭 누군가를 대동해야 했다. 내가 손을 잡고 하는 그룹 치료를 도저히 못 견디겠다고 밖으로 뛰쳐나가 술집이나 커피숍에 가지 못하게 하기 위해서였다.

처음 시작했을 때 우리 그룹에 열 명이 있었는데 알코올 문제만 있는 사람은 나 말고 한두 명밖에 없었다. 나머지는 코카인, 헤로인, 크랙 등의 마약 중독 문제도 있었다. 라임을 맞춘 속어를 쓰는 나이가 좀 있는 런던내기도 있었고 "래글 프래글" 따위의 내가 알아들을 수 없는 방언을 쓰는 버릇없는 무슬

림 소년들도 있었다. 그렇지만 알고 보면 첫인상과는 다른 사람들이 많았다. 누군가가 귓바퀴 안쪽에 조그만 반창고를 붙인 걸 보고 일주일 내내 무슨 갱의 표식인가 생각했는데 나중에 지난주에 침 시술을 받은 거라고 알려주었다.

월요일, 화요일, 목요일, 금요일 9시 30분부터 4시 30분까지 프로그램에 참석했다. 일주일에 한 번 일대일 상담을 받고 나머지 시간은 주로 그룹 치료를 했다. 일주일에 네 번 그룹 치료시간에 '깨끗한 시간'이 얼마나 지속되었는지 서로 보고하고 영양소나 피를 통해 감염되는 바이러스에 대해 이야기하고 '재발 방지'나 '자존감' 같은 주제로 강의를 들었다.

수요일은 쉬는 날이어서 이날이 병원에 가거나 수당을 받으러 가거나 보호관찰관을 만나거나 그 밖에 중독자들이 얽혀 있게 마련인 골칫거리들을 해결하러 가는 날이었다. 또 센터 밖에서 AA 모임이나 NA(마약중독자 모임—옮긴이)에 일주일에 세 번 참석하는 것도 프로그램의 일부였다.

첫날 오후에 멋있는 수녀님이 모임에 오셨는데 나이가 70대고 오랫동안 중독자나 수감자들을 만나온 분이었다. 그러다가 수녀님이 빨간 사인펜을 바로 자기 앞에 두고 찾느라고 헤맸는데 그걸 보고 '고참' (그때 6주차였다) 한 명이 나한테 속삭였다. "취하셨네." 센터에서 흔히 하는 농담인데도 나는 그걸 듣고 참지 못하고 낄낄 웃었다.

우리는 하루에 적어도 네 번은 둥글게 서서 손을 맞잡으며 '평화의 기도'를 암송했다. 처음에는 어색하기만 했고 게다가 나는 종교에 거부감이 있는데도 시간이 지나니 그 시간이 좋아졌다. 하지만 그런 한편 충격적이기도 했다. 내가 어떻게 여기까지 오게 되었는가 생각하면 혼란스럽고 화가 났다. 나는 섬에 있는 농장 집 아이였는데 12년 뒤에 정신을 차려보니 어째서인지 런던에 있는 치료 센터나 구세군 센터나 교회에서 부적응자들과 같이 앉아 이가 나간 잔으로 차를 마시고 사람들이 침대에 변을 지린 이야기를 들으며 포복절도를 하고 있었다.

AA의 12단계에 대한 글이 있어서 소리 내어 읽기도 했다. 각자의 지난날을 자세히 이야기하는 시간에는 나도 다른 누구에게도 이야기하지 않은 수치스럽고 암울한 일들을 이야기했다. 누구나 다 그렇게 했고 그렇게 해서 우리 사이에 전에 어디에서도 경험하지 못한 믿음과 유대감이 생겼다. 취중 고백이나 한밤의 대화와는 달리 모임에서 나눈 이야기들은 다음 날에도 또렷이 기억이 났다.

나는 열심히 노력했다. 상담사가 묻는 것에 솔직하게 대답하려고 애쓰고 다른 사람들이 하는 말에 귀 기울이려고 했다. 치료 센터의 모범생이 되고 싶었다. 음주의 부정적 영향에 대한 목록을 써내려가면서 나한테 정말 문제가 있고 내가 와야 할 곳에 왔다는 생각이 확고해졌다.

나는 아예 술을 한 방울도 입에 대지 않기로 결심하는 건 지나치게 극단적이라고 생각했지만, 음주를 절제하려는 시도는 실패할 수밖에 없다는 걸 고통스러운 경험을 통해서 알게 되었다. 마시기 시작하면 멈출 수가 없었다. AA의 근본 원칙은 '첫 잔'을 마시지 말라는 것이다. 일단 술을 입에 대면 알코올중독자는 '무력'해진다. 그리고 금주를 '하루씩 하루씩' 계속 이어가라고 한다. 이 이론에 따르면 나는 집착과 갈망, 이 두 가지를 지니고 살아왔고 앞으로도 계속 그렇게 살아야 한다. 집착은 술을 마시고 싶은 욕구로 드러난다. 농장에서 느낀 진동처럼, 거의 느껴지지 않지만 언제나 거기 있으면서 뒤에서 나를 위협하며 불시에 내 몸 안에서 요동친다. 앞으로도 평생 그럴 것이다. 한시도 경계를 늦추지 말고 멈출 수 없는 갈증을 촉발

하는 첫 잔을 마시지 않아야 한다. 한 모금만 흘려보내도 금세 물에 잠기게 된다.

술을 마시면 알코올, 더 정확히 말하면 에탄올이 위벽에 흡수되어 혈관으로 들어간다. 뇌에서 알코올이 신경전달물질 사이의 메시지를 교란시키고 취하게 만들고 사람을 침울하거나 나른하게 만든다. 중독에 취약한 사람들은 불안을 달래고 스트레스 상황에 대처하는 기본 방법으로 쉽게 알코올을 택한다. 약물을 반복해서 사용하면 신경 연결 통로에 깊은 흔적이 남아 절대 다시 회복될 수가 없다. 나는 평생 재발이나 다른 종류의 중독에 취약한 상태다.

상담사들은 종일 우리에게 우리가 한 말이나 그룹에서 일어난 일들에 대한 '감정'을 말로 표현하라고 한다. 중독자들의 정서적 반응은 중독 물질 때문에 왜곡되거나 억압되므로 자기 정신 상태를 알고 이 감정들이 우리를 어떻게 움직이는지를 다시 이해하는 과정이 반드시 필요하다. 우리 '동료(우리는 서로를 이렇게 부른다)' 가운데 한 사람에게 약물에 취해 저질렀던 범죄 행위에 대한 '감정'을 말로 표현해보라고 계속 부추겼더니 그는 뭐라고 해야 할지 몰라 한참 고민한 뒤 자기가 "군인처럼 나아가겠다"고 말했다. 그게 엄밀히 말하면 감정이라고 할 수 없어서 우리는 웃음을 터뜨렸다. 그 말은 "부끄럽다" "슬프다"라는 말이 반복되면서 방 안에 묵직하게 내려앉은 긴장감을 풀어주어서 우리 모임의 구호처럼 되었다.

날마다 재미있고 새로운 사실을 알게 되었다. 하루는 점심시간에 비타민 영양제에 대해 이야기했는데 (알코올중독자들은 대부분 비타민 B를 처방받았다) 그게 얼마나 효과가 있는지, 과일이나 채소를 통해 비타민을 섭취하는 게 더 나은지 같은 이야기를 했다. "그러니까, 샐러드를 먹으면 그게 정말 몸에 좋다는 게 느껴져요?" 그러다가 우리가 다들 중독자다보니 당근을 먹으면 취한 듯한 느낌을 받을 수 있다는 이야기로 대화가 흘러갔다.

어느 날은 정복을 입은 경관이 센터에 왔는데 그걸 보고 남자들 대부분이 (여자는 나밖에 없었던 때다) 식은땀을 흘리며 주섬주섬 겉옷을 집어들었다. 알고 보니 누구를 잡으러 온 게 아니라 정기방문이었지만, 그 일 덕에 나는 새 친구들의 몰랐던 면을 알게 되었다.

어느 날 아침 한 동료가 잭다니엘 티셔츠를 입고 와서 다시는 입고 오지 말라는 주의를 들었다. 동료는 그게 문제가 되는지 몰랐다고 말했다. 그 동료는 약물 중독에서 회복하려고 센터에 다니는 사람이었기 때문에 나는 그에게 그러면 나는 내일 헤로인 티셔츠를 입고 오겠다고 말했다.

사실 한시라도 경계를 늦추면 안 되는 게 맞다. 어느 날 레드 스트라이프(내가 전에 가장 좋아하던 맥주다) 브랜드가 찍힌 맥주잔이 탕비실 선반에서 발견되었는데 곧 다들 어떤 맥주를 가장 좋아하는지 이야기하기 시작했다. 큰 잔에 담은 진짜 에일. 도수 높은 라거. 곧 갈망이 솟구쳤다. 치료 센터에서는 '고마워요'라는 말 대신에 '치어스cheers(고맙다는 말로도 쓰고 건배사로도 쓰는 말이다—옮긴이)'라고 말하는 것도 위험하다고 주의를 준다.

몇 번 센터 밖으로 나갈 일이 있었다. 한번은 도시 농장에 갔고 한번은 NA 대회에 갔다. 학교 소풍과 탈옥을 합한 것 같은 기분이었다. "래글 프래글"이라는 말을 쓰는 무리들이 낄낄거리며 간수 없이 자유롭게 런던 대중교통을 이용했다. 여기 오지 않았다면 이런 사람들과 어울릴 일이 없었을 것이라, 술을 끊는 고통 한편에서 진짜배기 기쁨의 순간들도 느꼈다. 도시 농장에서는 약쟁이였던 친구가 바위에 고요히 앉아 새끼 양 세 마리를 살살 부르는 것을 보면서 다들 얼굴에 웃음이 번졌다. 다른 중독자 친구는 나에게 자기 오른손을 주먹 쥐어 보여주면서 오래 전에 소를 때리다가 네번째 마디가 평평해졌다고 했다. 오크니에 비해 여기 양들은 더 지저분하고 땅에는 풀이 별로 없었다. 나는 집 생각이 나는 걸 억지로 눌렀다.

어떤 날에는 생각이 멈추지 않고 달렸고 오직 도망치고 싶은 생각밖에 안 들었다. 코카콜라를 엄청나게 마시는 버릇이 생겼다. 콜라와 담배가 합해지면 술과 약간 비슷한 자극을 줬다. 내 이를 콜라와 같이 속이 뒤집어질 때까지 씹어서 삼키고 싶었다. 약물중독으로 혼수상태에 빠지고 싶었다. 지금 미래가 닥쳤으면 했다. 다른 사람들을 사랑하면서 살고 싶었고 더 이상 혼자이고 싶지 않았다. 술을 끊는 게 내가 무엇보다도 바라는 것이었는데 그러면서 또 죽을 만큼 간절히 원하는 게 술이었다.

센터에서 나와 저녁에 방으로 돌아오면 몸이 기진맥진했다. 나는 몇 년 만에 처음으로 스스로에게 솔직해지려 애쓰고 있었다. 마시고 싶었지만 마시지 않았다. 창문을 열어놓고 침대에 누워 인터넷 안으로 들어갔다. 이런 여름밤에는 겨울이 있다는 게 믿기지 않았다. 마찬가지로 오크니를 떠올리려고 해도 마치 꿈나라 같기만 했다.

어느 날 '수업'을 마치고 치료 프로그램에서 나간 사람들을 만나러 갔다(한 명은 12주 코스를 무사히 마쳤고 한 명은 8주 만에 쫓겨났다). 스무 명 남짓의 남성 중독자들이 지원 숙박시설에서 함께 살았다. 이상한 곳이었다. 욕실이 딸린 방, 보안장치, 퀴퀴한 담배 냄새가 뒤섞여 호텔과 형무소와 기숙사가 합해진 느낌을 주었다.

사이드는 나와 동갑이었다. 나와 다른 점도 있었지만 지난 10년 동안 사이드의 삶은 관계가 깨어지고 일자리를 잃는 등 대체로 나와 비슷했다. 몇 년 동안 크랙(코카인의 한 형태로 담배처럼 피울 수 있다—옮긴이)과 헤로인을 했지만 내가 만나러 갔을 때에는 프로그램을 마치고 5주가 지났는데 4개월 동안 청정 상태를 유지하는 중이었다.

사이드는 폭력과 기물 파손에 휘말려 학교를 그만뒀고 그 다음에는 마약을 팔았다고 했다. 약을 끊으려고 메타돈을 처방 받고 방글라데시로 이사하기도 했지만 계속 실패했다. 그렇지만 이번만큼은 절대로 도망가지 않겠다고 말했다. 헤로인을 마지막으로 한 게 지난 2월이었고 그 뒤 21일 동안 해독 센터에 있다가 우리 치료 모임에 들어왔다. 사이드처럼 끝까지 버티는 경우는 아주 드물다. 치료 센터에서 정확한 통계치는 알려주지 않았지만 내가 치료를 시작했을 때 있던 열 명 가운데 끝까지 있다가 졸업한 사람은 두 명뿐이었다. 한 명은 너무 힘들다고 그만뒀고, 한 명은 '프로그램에 충실히 참여하지 않아서' 그만두라는 말을 들었고 다섯 명은 술이나 약을 다시 입에 댔기 때문에 쫓겨났다.

나보다 늦게 들어온 사람들도 중도 탈락 비율은 비슷했다. 힘든 프로그램이었다. 100퍼센트 금욕과 원 스트라이크 아웃 원칙을 고수하는 것은 입주 센터와 마찬가지지만, 우리는 매일 저녁 그리고 주말에는 현실 세계로 돌아가기 때문에 압박과 유혹을 견디기가 더 힘들었다.

주방에서 사이드와 이야기를 나누던 도중에 내가 2주차일 때 재발해서 프로그램에서 쫓겨났던 남자가 들어왔다. 충격적으로 외모가 상해 있었다. 몸무게가 많이 축나고 이도 빠졌고 손과 얼굴이 상처투성이였다. 나중에 다른 사람들이 말해주었는데 담배로 지진 상처라고 했다. 남자는 프로그램을 그만둔 다음에 진탕 마셨고 결국 정신병동에 닷새 동안 갇혀 있어야 했다고 했다. 자기 말로는 다시 AA 모임에 나가고 술을 입에 대지 않으려 하고 있고 많이 '좋아졌다'고 했지만 거친 눈빛이 그렇지 않다는 사실을 말해주었다.

내가 술을 끊은 지 73일이 지났고 프로그램을 시작한 지 두 달이 넘었을 때 나의 주된 '감정'은 내가 운이 좋다는 것이었다. 나는 종일 다른 사람들 이야기를 들었고 중독 때문에 사람들이 어느 지경까지 이르렀는지를 들으면 서글퍼졌다. 어느 날 그룹 치료 시간에 나이가 좀 많은 동료 한 명이 자기 가족 이야기를 했다. 자기가 늘 술에 취해 있어서 10년 넘게 가족들과 연락을 하지 못하고 지냈다고 했다. 식구들 생각을 너무 많이 하지 않으려고 애쓰고, 잠자리에 들 때면 아들, 딸, 아내 꿈을 꾸면 안 된다고 스스로에게 다짐한다고 했다. "하지만 그러면 꿈꿀 사람이 아무도 없어요."

또 다른 동료는 50대였는데 전에 헤로인을 했고 취급하기도 했다. 동료가 집에서 써온 글을 사람들 앞에서 읽었는데 어렸을 때 배 타고 낚시하는 것을 좋아했고 '너른 바다'를 사랑했다고 했다. 아내와 행복하게 지냈던 시절도 있었지만 1980년대에 이혼했다. 그 모임에 있던 사람들 모두, 그동안 무수한 사연을 들었을 상담사조차도, 생애 절반을 형무소에서 보낸 남자들조차도, 가까스로 눈물을 삼키며 망가진 삶, 좌절된 꿈, 아픈 상처의 이야기를 들었다.

나는 약을 맞은 적도, 몸을 판 적도, 아기 앞에서 크랙을 피운 적도, 러시아 감옥에 8년 동안 갇혀 있던 적도, 공원에서 노인에게 강도짓을 한 적도, 해독 센터 여섯 곳과 치료 센터 네 곳을 거치고도 다시 재발하고 또 재발한 일도 없었다. 우리 식구들은 아직 나와 인연을 끊지 않았고, 황달 때문에 피부가 누레지지도 않았다. 방 안에 있는 결혼한 적이 있는 사람들은 모두 이혼했거나 별거 중이었다. 내가 더 늦지 않게 멈췄다는 게 천만다행이었다. 술 때문에 다른 사람들을 더 괴롭히고 싶지는 않았다.

또 세 달 동안 '현실 세계'로부터 유예를 얻어 삶을 정리할 기회를 나라에서 지원해주고 훌륭한 상담사와 프로그램을 제

공해주는 것도 정말 다행이라고 생각했다. 연립정부가 공공부문 예산을 줄여나가고 있으니 이렇게 돈이 많이 들어가는 프로그램이 앞으로 존속될 수 있을지는 분명하지 않다. 총리가 중독자나 체중 문제가 있는 사람들을 지목해서 강경한 발언을 한다(능력상실 급여를 받는 사람 가운데 중독자가 8만 명이고 그 가운데 알코올중독자가 4만 2360명이라고 한다. 내 동료들은 중독자 수가 그것밖에 안 되냐고 놀란다). 총리는 국민들이 세금이 "자기 잘못이 아닌 이유로 노동능력을 상실한 사람들"만을 위해서 쓰이기를 바란다고 말한다.

나는 늘 술 생각을 한다. 마치 귀울림처럼, 정기적으로 내 몸과 정신을 뒤흔드는 강렬한 갈망처럼, 늘 머릿속 어딘가에 있다. 꿈도 꾼다. 술을 마시는 꿈. 와인 한 병을 부엌 타일 위에 떨어뜨리고 개처럼 술을 핥아먹는다. 바닥의 먼지와 깨진 유리 조각도 같이. 꿈에서 깨어 현실이 아니라는 것에 안도한다.

어느 날 오후에는 침 시술을 받았다. 빛나는 '기'의 공을 상상해서 어색해하며 만지는 척하고, 귀와 삼안三眼에 바늘을 꽂은 채로 팬파이프 음악을 진지하게 들으려고 애썼다. 선禪이니 뭐니 하는 게 나하고는 너무 안 맞아서 담배 한 대 피우려고 서둘러 빠져나왔다. 그러고 난 다음에는 진공청소기로 방 청소를 하고(주마다 다른 '치유 노동' 임무가 주어진다) 내 자전거를 타고 운하를 따라 달려 좋아하는 벤치로 갔다. 아무 생각 없이 앉아 있으니 바람에 꽃잎이 날렸다. 주황색 배에 탄 누군지 모를 공무원들에게 손을 흔들었다. 어딘지 모를 곳에 있는 아이스크림 트럭에서 미국 민요인 〈양키 두들〉이 흘러나오고 런던 하늘 위로 비행기가 꼬리를 늘어뜨리며 지나갔다. 나는 살아 있는 것 같다고 생각했다. 술에 취하지 않는 것이 일종의 여행 같았고 내가 바로 '군인처럼 나아가고 있다'는 것을 깨달았다.

9

표류

내 단칸방은 해크니 윅에 있는 술집 위에 있었다. 집주인이 집세를 최대로 뽑아내기 위해 집을 사람이 살 수 있는 최소의 공간으로 나누어놓아 한 층에 여섯 명이 살았다. 얇은 벽으로 방을 갈라놓았지만 다른 사람들 말소리는 거의 들리지 않았다. 대화나 웃음소리 같은 것은 없고 TV 소리뿐이었다. 복도에 공동 세탁기가 있는데 그걸 쓰는 사람을 본 적은 없었다. 다들 복도에 아무도 없는지 눈치를 보다가 후다닥 방으로 들어가거나 밖으로 나갔다. 이주 노동자들, 이혼한 사람들, 알코올중독자들, 이런 곳에 오래 살 생각이 없는 외로운 사람들 여섯이 아주 가깝게, 그렇지만 스쳐가며 서로 닿지 못하고 지냈다.

내가 그곳을 택한 것은 이스트런던에서 혼자 살 수 있는 공간 중에서 가장 집세가 쌌기 때문이다. 다른 사람에게 기대고 싶지 않았고 또다시 실망시키고 싶지 않았다. 전에도 술을 끊으려다가 실패한 적이 있기 때문에 이번에는 성공할 거라고 자신할 수가 없었다. 하루를 꾸역꾸역 보내고 방으로 돌아와 발 딛을 틈 없이 짐이 가득한 방에서 침대 끝에 앉아 창밖으로 담배 연기를 내보내며 운하 너머 새로 지어진 올림픽 경기장을 불안하고 절망적인 심정으로 바라보았다.

치료를 시작하려고 직장을 그만두었기 때문에 세 달짜리 치료 프로그램이 끝나고 나자 다시 무직자가 되었다. 나는 금주 상태를 지켜내려고 내가 갓 태어난 여린 병아리라도 되는 양 조심스레 나를 돌봤다. 다시는 흔들리거나 무너지지 않을 작정이었다. 내 욕구와 감정, 불안하고 피곤하고 외롭고 배고픈 감정들에 주의를 기울였다. 전 같으면 이런 감정들을 술로 달랬을 거다. 무식하고 궁극적으로 도움도 안 되는 방법이었다. 나는 AA 모임에 나가면서 전에 가던 곳이나 만나던 사람들을 피하며 지냈고 설명하기 어려운 공백이 생긴 이력서를 여기저기 보냈다.

자전거를 타고 이스트런던을 떠돌았다. 수영을 하고, 장을 보고, AA 모임에서 만난 사람들에게 문자를 보내고, 끝없이 코카콜라를 마셨고 이걸로 만족할 수 있다는 듯 행동하다보면 결국 그렇게 될 거라고 마음을 달랬다. 몇 년 동안 술이 나의 친구였기 때문에 술 때문에 문제가 생겼어도 술이 그리웠다.

남자친구와 헤어지고 난 다음 한동안은 먹을 음식을 요리하는 것도 무의미하게 여겨졌다. 혼자 영화를 보면 무슨 재미인가, 나 혼자 밟고 다닐 바닥을 뭐 하러 청소하나 싶었다. 아직도 그가 보고 싶었다. 비행기가 하늘 위로 지나갈 때마다 그 사람을 생각했다. 하지만 그는 점점 멀어지기만 했다. 술에 대해서도 비슷한 과정을 겪고 있었다. 술이 없는데 나들이는 뭐 하러 가나, 친구랑 술 한잔할 것도 아닌데 뭐 하러 만나나.

방향을 잃었고, 신경은 예민했고, 갈망은 강렬했고, 사소한 일만 틀어져도 심하게 속이 상했고, 무기력감에 빠졌다. 도시도 내 마음도 어떻게 작동되는지 드러나자 감춰져 있을 때보다 더 알 수가 없고 납득이 안 갔다. 세상이 점점 복잡해져서 파악할 수가 없었다. 자전거를 타고 커내리 워프 아래쪽

로터리를 빙빙 돌았다. 번쩍이는 사무용 건물 뒤쪽에는 배달부가 드나드는 뒷문이 있었고 중국인 웨이터들이 문가에서 담배를 피웠다. 나는 갇혀 있는 배기가스를 들이마셨다. 자전거로 해크니 윅을 통과했다. 길 한쪽에 다른 사람들 물건이 가득 찬 창고가 있고 다른 쪽에는 막 완공된 텅 빈 아파트 건물이 있었다.

나는 알코올중독이 습관이나 자제력 부족이 아니라 정신병의 일종이라는 생각을 하게 되었다. 내 삶에 일어나는 좋은 일들 전부 —내가 약속을 했다가 저버리는 것을 숱하게 보았으면서도 식구들이 나를 다시 믿어주는 것, 새 일자리를 구할 가능성, 약간의 자신감— 술을 마시지 않아야만 유지될 수 있는 것들이었지만, 아무 할 일이 없는 오후, 햇살 속에서 자전거를 타고 다리를 건너 달리다보면 맥주 한두 잔 마시면 좋겠다는 생각, 아니 그걸 넘어서 맥주 말고는 그 어떤 것도 나를 만족시킬 수 없다는 생각마저 들었다. 내가 일반적인 의미에서 정신병자라고는 생각 안 하지만 이런 생각은 정상이 아니었다. 한시라도 경계를 늦추면 안 되었다.

내가 거의 마시지 않던 칵테일인데도 블러디 메리 생각이 계속 났다. 술집 바깥 자리에 혼자 앉아서 보드카를 많이 넣은 블러디 메리를 빨대로 마시고 싶었다. 갈망이 솟을 때는 모든 걸 다 버리고 술로 모든 걸 잊고 싶었다. 하지만 이런 갈망이 조금 지나면 사라진다는 것도 알게 되었다. 꾹 참다보면 한 시간 뒤에는 뭐가 그렇게 당겼는지도 생각이 안 났다.

나는 커내리 워프 중심에 있는 고층 건물 원 캐나다 스퀘어 아래 특이한 풍광의 공원에 앉아 값비싼 커피를 마시며 양복을 입은 남자들, 랩드레스와 하이힐 차림의 여자들이 휴대폰으로 통화를 하고 목에 출입증을 걸고 돌아다니는 걸 봤다. 몇 달 전에는 나도 말쑥한 옷을 입고 출입증으로 회사에 출입하곤 했는데 이제는 이 사람들이 딴 세계 사람처럼 느껴졌다. 나는 몸에 잘 안 맞는 요란한 드레스를 입었고 머리카락은 엉망이고 손은 떨리고 눈에는 눈물이 고였다. 나 스스로 일을 그만뒀고 그만두기를 잘했다고 생각했지만, 대체 무슨 짓을 한 걸까 하는 생각이 드는 순간도 있었다.

치료 센터에 다니는 동안 술도 끊었지만 다른 면에서도 달라졌다. 우선순위가 바뀌었다. 치료에 성심껏 임한 것도, 약간 이상하고 예측불가능한 사람들을 만난 것도 잘한 일이라고 생각했다. 읽고 쓰는 것도 잘 못하지만 가슴을 후빌 정도로 유려하게 자기 이야기를 들려주던 사람들과 어울리다보니 문법 따위에 신경 쓰는 것이 쪼잔하고 무의미하게 느껴졌다. 치료 센터에서 사람들이 형무소, 병원, 유랑 공동체, 대가족, 러시아, 스테프니 그린 등에 살았던 때의 이야기를 들려줄 때 미디어에 포화된 대학졸업자들이 트위터에 싸지르는 이야기들과 아주 동 떨어진 경험의 세계를 봤다. 이제는 맨날 같은 술집, 같은 파티에 가고 똑같은 대화를 나누는 예전 친구들이 다르게 보였다. 머릿속의 드럼 키트를 마구 부숴버리고 싶었다.

나는 자전거를 탈 때는 울지 않았다. 집 밖에 있기 위해서 도시를 가로질러 멀리, 내 과거를 통과하며 나아갔다. 내가 물에 빠졌던 리젠트 운하를 따라 달렸다. 쇼핑하러 갔다가 결국 혼자 술집으로 기어들어간 탓에 새로 산 옷과 화장품이 가득한 쇼핑백을 버려두고 왔던 트래펄가 광장에서 멈췄다. 자주 가던 클럽과 술집이 있는 소호를 누비며 달렸고 해마다 스물두 살 아가씨들이 멋지게 차려입고 셋씩 짝을 지어 몰려다니던 브릭 레인을 따라 달렸다.

페달을 밟고 서서 머리카락을 흩날리자니 어릴 때로 돌아간 것 같았다. 촌스럽고 무방비 상태였던 때. 신선한 공기, 바람은 내 고향이었다. 사방이 건물로 둘러싸여 있어도 오크니의 드넓은 풍광이 내 안에 있어 나는 늘 보이지 않는 지평선을 향해 달리는 것 같았다.

가을이었지만 아직 날이 더웠다. 멋진 젊은이들이 폼을 재며 어울리는 런던 필즈 귀퉁이를 지날 때 AA에서 '미화된 기억'이라고 부르는 것이 번뜩 떠올랐다. 그곳에서 보낸 좋은 시간들이나 번개 모임 같은 것은 처음 몇 해 동안만의 일이라는 걸 애써 떠올렸다. 나중에는 대개 런던 필즈에서 나 혼자 크로넨버그 맥주와 공책과 울리지 않아서 미워진 휴대폰을 벗해 시간을 보내곤 했다.

나쁜 생각이 계속 들었다. 내 삶은 끝이 났고 다시는 즐거울 일이 없을 것 같았다. 어차피 아무것도 이루지 못할 거라면 술이나 마시는 게 좋을 것도 같았다. 잘생기고 멋진 사람들과 같이 어울려 전시회가 열리는 갤러리 앞 보도에서 샴페인 한 잔을 마시고 싶었다. 술이 웬만히 취하면 그중 한 명이 나를 집으로 데려갈 수도 있겠지. 코카인을 하고 싶었다. 억제를 벗어던지는 순간이 그리웠다. 순간적으로 살아나는 느낌을 갈망했다. 나 자신과 술 사이에 억지로 장벽을 쳤지만 그걸 유지하기가 힘들었다.

자전거를 세우고 수로 옆 벤치에 앉아 시원한 물을 마시며 《모비 딕Moby Dick》에서 고래 심장을 터뜨리는 부분을 읽었다. 레게 머리를 하고 반바지를 입은 젊은이 둘이 철교 근처 나무 두 그루 사이에 줄타기 줄을 맸다. 젊은이들이 나에게 한번 해보겠냐고 불러서 달려가 신발을 벗었다. "나무나 나를 붙잡아도 되지만 발에 힘을 주고 스스로 균형을 잡는 게 가장 좋아요." 젊은이가 말했다. 다리가 걷잡을 수 없이 떨려서 밧줄에 진동을 일으켰다. 중앙선 기차가 우르릉 소리를 내며 위쪽으로 지나갔다. 나는 허리를 꼿꼿이 펴고 지평선 멀리를 바라보려 했다. 바로 줄에서 떨어졌다.

금요일과 토요일 밤에는 내 방으로 돌아와서 신경이 날카로운 상태로 창가에서 담배를 피우며 아래층 술집에서 나는 소리를 들었다. 술을 마시지 않는 보상이 겨우 이런 것인가 생각했다. 무언가 할 준비가 되었다는 생각이 들었지만 그게 뭔지는 몰랐다. 건강하고 깨끗했지만, 밖에 나가기가 두려워 주말 내내 집에 혼자 있었다. 이게 미래라면 나는 이런 미래는 원하지 않았다.

치료 센터를 졸업하는 것으로 모든 게 끝이 아니라 이게 시작이었다. 술 취한 상태에서 벗어나는 것이야 수도 없이 해 본 일이었지만, 그 상태를 유지하는 것은 날마다 계속되는 도전이었다. 술을 끊길 잘했다는 확신이 드는 순간이 있는가 하면 고통스러울 정도로 힘든 순간도 있었다.

술을 마실 때에는 몰랐지만 이제는 800마일 멀리에 있는 가족과의 거리가 느껴지기 시작했다. 부모님과 통화를 더 자주 했다. 아빠는 농장에 일손이 필요하다고 했고 엄마는 자꾸 다니러 오라고 했다. 겨울이 다 되었지만, 일자리를 구할 때까지 섬에 잠시 다녀오면 기운과 식욕을 북돋는 데 도움이 될 것 같았다.

런던이 전과 다르게 느껴졌다. 내 예전 삶은 이제 다른 세상이 되었고 나는 행복하지 않았다. 그렇지만 오크니에서도, 측량사나 부동산업자 같은 사람들이 농장으로 아빠를 찾아왔고 돈 이야기가 있었다. 농장이 팔리면 뭐가 남을까? 그다음은 뭘까? 내 삶을 구해내는 게 무슨 의미가 있을까?

나는 계획을 짰다. 여유를 좀 누려보면 좋을 거라는 엄마말에 공감하기도 했지만 중독자이다보니 다른 생각도 했다. 오크니에 돌아가는 일이 나를 시험하는 기회가 될 거다. 1년 동안 술을 끊고도 제대로 된 일자리도 못 찾고 여전히 절망적인 상태라면, 어딘가에서 청소부 같은 눈에 안 띄는 일을 하면서 새로 방을 구하고 다른 사람들과 어울리지 않고 그냥 술을 마시겠다고 생각했다. 굴복하면 너무나 좋을 것 같았다.

10

돌담 쌓기

기차가 북쪽으로 올라갈수록 하늘이 커진다. 온도는 반비례해서 낮아진다. 런던, 에든버러, 애버딘, 오크니로 가는 여정의 단계를 하나씩 거칠 때마다 옷을 한 벌씩 더 겹쳐 입는다.

내 방 열쇠는 술집 우편함에 넣어두고, 짐 가방을 들고 버스에 올라타 아침 일찍 킹스크로스 역에 도착했다. 기차가 역에서 출발해 움직이자 마음이 놓인다. 내가 예매 사이트에서 가격을 비교해보고 가장 싼 표를 구하는 데 귀재이기는 하지만 오크니에 갈 때는 아무리 용을 써봐야 돈도 많이 들고 종일 걸릴 수밖에 없다. 차라리 어디든 유럽 다른 나라 수도로 비행기를 타고 가는 게 더 빠르고 돈도 덜 들 것이다. 나는 기차에서는 주로 자는데 30분에 한 번씩 몸이 저리고 쑤셔 눈을 떠보면 바깥 풍경이 달라져 있다. 목적지에 다다른 승객들이 한둘씩 내린다. 피터보로, 더럼, 뉴캐슬. 하지만 나는 계속 북쪽으로 간다. 버릭 어폰트 위드를 지나자 하늘과 바다가 열리고 열차 안으로 빛이 쏟아져 들어온다. 스코틀랜드에 접어들었어도 집으로 가는 길은 아직 반도 못 왔다.

에든버러를 지나 포스레일 다리를 건너 던디를 통과한다. 오크니에서 가장 가까운 뱃길은 존 오그로츠에서 페리를 타는 것이지만 그러려면 육지에서 하룻밤을 묵어야 하기 때문에 나는 애버딘에서 기차에서 내려 서둘러 부두로 간다. 항구에 커다란 유조선이 있고 갈매기들이 날아다닌다. 지친 상태에서 무거운 짐을 끌고 바삐 달려가는데 소금기와 차가운 바람이 나를 맞는다. 이런 바람을 맛본 게 정말 오랜만이다. '북부 섬 지역 페리'라고 쓴 표지판이 있긴 하지만 없더라도 익숙한 길이라 헤매지 않고 찾을 수 있다. 나는 5시 정각에 배에 올라타 저물녘에 북해로 들어선다.

애버딘에서 오크니로 가는 페리는 호텔처럼 보이게 꾸며

져 있지만 토사물 냄새가 희미하게 풍겨 날마다 변덕스런 북해를 오간다는 현실을 숨길 수 없다. 카펫 무늬는 구토 흔적을 감추기 좋은 디자인이고 의자는 바다가 요동칠 때 쓰러지지 말라고 바닥에 사슬로 묶어놓았다. 선장이 구내방송으로 "약간의 흔들림"이 있을 수 있다고 안내하면 오크니 사람의 축소화법을 잘 아는 나는 아무것도 먹지 않고 멀미약을 삼킨다. 배멀미가 나면 수평선에 시선을 고정해야 한다는 건 알지만 지금은 자고 싶은 생각뿐이다.

사람들이 취한 건지 아니면 파도 때문에 흔들리는 건지 알 수 없다. 흔들리는 배 바닥에 겉옷을 덮고 누워 엄마와 아들이 수화로 말다툼을 하는 걸 본다. 몇 달 동안 못 들었던 오크니 억양의 대화가 들려온다. 학교 친구들과 이웃들이 떠오른다. 같은 스코틀랜드라도 글래스고 억양과 오크니 억양은 전혀 다르다. 오크니는 켈트식 억양으로 웨일스어와 스칸디나비아어 중간쯤의 의뭉스럽고 거의 빈정대는 듯한 말투다. 그 억양을 들으니 마음이 편안해지는 게 아니라 그곳에 속하지 못했던 시절의 묵은 감정과 불안감이 솟는다. 나는 덩치가 너무 크고 너무 잉글랜드 사람처럼 생겼다. '바위'에 갇힌 듯한 느낌이 떠오른다. '바위'는 좌절한 십 대들이 오크니를 부르는 이름이다.

〈오케이디언Orcadian〉 신문 한 부를 사서 지역 소식을 흥미롭게 읽으면서도 한편 아는 사람을 마주치고 싶지 않기도 하다. 내 몰골이 엉망이어서 패퇴한 기분이다. 피부도 안 좋고 신경도 예민하다. 내가 돌아왔다는 것, 실패했다는 것을 인정하고 싶지 않다. 한동안 멀리 타지에 살다가 진짜 돌아오는 게 가능한가, 내가 정말로 속할 수 없었던 곳인데 '집'에 돌아왔다고 할 수 있나 하는 생각도 든다.

술을 마시지 않은 지 몇 달이 지났다고 사람들이 '장하다'고 할 때면 내가 사기꾼이 된 것 같다. 나는 여전히 술을 마시고 싶고 다시 마시지 않기가 불가능하다고 느끼기 때문이다. 하지만 마시지 않고 하루하루를 보낸다. 어쩌면 원래 이런 건지도 모른다. 매일 계속되는 싸움과 나의 하찮고 조심스러운 삶이 이른바 기적이라고 하는 것인지도 모른다.

지난번 집에 올 때에는 일곱 시간짜리 페리 여행 동안 내내 바에 있었고 낯선 사람들이 나를 배에서 끌어내야 했다. 이번에는 자정 무렵 배가 커크월에 들어설 때 갑판에 서서 짠바람을 얼굴에 느끼며 항구 불빛이 점점 가까이 다가오는 걸 본다. 마중 나온 엄마의 얼굴에 안도감이 비친다.

차를 타고 엄마 집으로 가는 길에, 나랑 동생이 어릴 때 엄마가 운전을 하다가 뒤로 손을 뻗어 우리 발목을 잡아보고 우리가 잘 있는지 확인해보곤 하던 게 생각난다. 엄마는 지금도 가끔 그런 행동을 한다.

엄마는 오크니에서 가장 큰 읍인 커크월에서, 농장 집을 팔고 난 다음에 산 넓은 단층집에서 산다. 엄마는 남는 방에 하숙인을 들이지만 오늘은 내가 쓸 빈방이 있다. 농장 집에서 쓰던 가구, 그림, 그릇 따위가 있긴 해도 나는 이 집에서 산 적이 없고 우리 집 같은 느낌도 안 든다. 집으로 들어오자 엄마가 차를 끓여줬고 농장 집에서 우리 넷이 둘러앉곤 하던 커다란 나무 식탁에 앉았다.

한 달에 한 번, 보름달이 뜰 무렵에 엄마는 죽어서 해변으로 쓸려온 새들을 조사하는 왕립조류협회 연구를 돕는 자원봉사를 하러 스케일 만으로 간다. 만조선을 따라 걸으며 죽은 새를 찾아 종을 확인하고 수를 센다. 이런 조사를 통해 새의 질병이

나 식량 부족, 원유 유출 등에 대한 정보를 파악할 수 있다. 엄마가 새를 몇 마리 밖에 못 발견했는데 물론 좋은 징조다. 여기 오고 며칠 뒤에 나는 조사를 하러 나가는 엄마를 따라간다. 바닷가를 걸으며 만 너머에 있는 우리 농장을 본다. 요즘에 엄마는 우리 농장에 그 이상 가까이는 가지 않는다. 우리는 바닷가에서 풀머갈매기 한 마리, 가마우지 한 마리, 양 한 마리를 찾는다.

엄마는 차로 커크월로 돌아가고 나는 해안을 따라 농장으로 걸어간다. 치료 센터에서 배운 대로 그곳이 불러일으키는 감정을 예민하게 파악한다. 건물들이 눈에 들어오자 애정이 솟구친다. 지금 농장 집에 사는 사람들은 우리 식구가 아니지만 그곳이 내가 나고 자란 곳이고 나에게는 특별한 장소다.

아빠가 농장에 있다. 밤에는 주로 여자친구 집에 가서 자지만. 냉동고 옆에 앉아 그동안 있었던 일 전부를 생각하다가 아웃런으로 걸어나가기로 한다. 아빠는 캐러밴에서 진동에 대해 이야기하고 우리는 같이 하일랜드 소에게 먹이를 주러 간다.

엄마 집에 몇 주 머물면서 많이 자고, 구인 사이트를 둘러보고, 실업 수당을 신청하고, 커크월에서 AA 모임에 몇 번 참석한다. 엄마는 최악의 나를 감당한다. 엄마는 너그럽게 도와주려 하지만 나는 짜증덩어리다. 오크니에 가니 뚱한 십 대 시절로 돌아간 것 같다. 내가 술을 안 마셔서 엄마가 좋아하는 게 느껴지지만 술 얘기는 하고 싶지 않다. 그러면 내가 잘못된 선택을 했고 엄마가 옳았다는 걸 인정하는 일이 되는 것 같아서.

내가 돌아오고 얼마 지나지 않아 폭풍이 온다. 읍내 집은 마당에 나무가 있고 비바람에 바로 노출되지 않아 농장에서 폭풍을 맞을 때 같지는 않지만 그래도 집 안에서 바람소리가 윙윙 들린다. 해가 비치는 시간이 짧은데 나는 낮 동안에도 종종 잔다. 크리스마스에는 맨체스터로 가서 동생과 임신한 올케를 만난다. 삶은 계속 되고 나는 오크니로 돌아온다. 술을 안 마시는 것 말고 무언가를 더 해야 한다는 생각을 하면서.

지난달 폭풍 때 허리케인 같은 북풍이 몰아치고 땅이 물에 잠겨서, 150년 동안 강풍을 버텨온 커다란 회색 돌판 돌담 일부가 농장 쪽으로 무너졌다.

폭풍이 지나간 다음 날 아침에 나는 바닷가를 따라 걸으며 부목이나 보물을 찾는다. 특이한 표류물 하나가 눈에 뜨인다. 울타리 안쪽에 바다표범 한 마리가 있다. 큰 파도에 밀려왔나보다. 무리에서 동떨어져 낙오된 어린 녀석이다.

나도 이 섬에 다시 밀려왔다. 술을 끊은 지 아홉 달이 됐고, 조약돌처럼 닳아 깨끗이 씻겨 밀려왔다. 힘든 해의 끝 무렵 집에 돌아왔다. 바람이 나를 빗고 바다 소금이 나를 쓰라리게 하는 곳으로. 새 출발을 하긴 했지만 새 삶을 가지고 뭘 해야 할지 모르겠다. 그래서 뭔가 쓸모가 있으려고 해가 나는 짧은 낮 동안 돌담을 다시 세우고 밤에는 캐러밴에서 잔다.

54일 동안 비가 내리고, 12월 한 달을 통틀어 해가 난 시간은 여덟 시간밖에 없다가, 1월이 되자 마법 같은 날이 찾아온다. 고요한 바다 위에 꿈결 같은 저녁놀이 비친다. 엄마가 차에 내 짐을 싣고 농장에 데려다주었다. 뭔가 도움 되는 일을 할 수 있어 기쁘다. 옛날에 아빠가 돌담을 쌓는 법을 알려주었다. 시간이 많이 드는 일이다. 돌담은 사실 담 두 개를 붙여 쌓아 만든다. 바깥쪽이 평평한 모양이 되게 담을 두 줄로 쌓고, 두 담 사이는 작은 돌로 채우고 위쪽에 둘을 연결하는 큰 돌을 놓는다. 무너진 담을 쌓는 일이 토대부터 쌓는 것보다야 쉬운 일이지만 시멘트블록 쌓을 때처럼 아무 생각 없이 할 수 있는 일은 아니다. 계속 모양을 보고 알맞은 돌을 가려내야 한다. 제멋대로 생긴 돌들을 모양과 크기를 가늠하고 선별해서 내구성이 있는 독특한 3차원 지그소 퍼즐을 맞춰나간다.

무겁고 오래된 돌이다. 그 옆에서 현대 기술은 얄팍하게 느껴진다. 나는 디지털 카메라와 큰 망치를 들고 돌담으로 간다. 돌담 뒤에 쭈그리고 앉아 담배를 피우며 해가 짧은 길로 남쪽 하늘을 가로지르는 걸 본다. 해가 스케일 만과 호이 섬 언덕을 지나 대서양 수평선 아래로 내려가고 나면 돌들이 안 보인다. 날과 달이 아니라 10년, 100년 단위로 시간을 생각한다. 처음 돌담을 쌓은 사람들을 생각한다. 농장에 일꾼들이 훨씬 많았던 옛날. 내가 쌓은 부분도 그만큼 오래 버틸까 궁금하다. 나는 떠돌고 표류했지만 내 벽은 영구하기를 바란다.

저무는 빛 속에 농장이 잠기자 시간을 초월한 것 같다. 큰 말 두 마리가 시간 여행자들처럼 안개 속에서 나타난다. 내가 어릴 때에는 바닷가에 말 뼈다귀가 널려 있었다. 말 대신 트랙터를 쓰게 되면서 농부가 어쩔 수 없이 쏘아 죽인 말들의 잔해였다. 오크니 시인 에드윈 뮤어는 〈말Horses〉이라는 시에서 미래에 종말이 찾아온 뒤에 낯선 말들이 돌아오는 모습을 상상했다. 튼튼한 짐말 두 마리가 아빠의 들에서 풀을 뜯고 있다. 뮤어의 시에서처럼 돌아온 것이다.

벽의 두 면을 하나로 합하는 '갓돌'을 위에 얹어 마침내 돌담을 완성하고 나는 그 위에 드러누워 머리를 담 끄트머리 너머로 늘어뜨린다. 뒤집어진 상태로 하늘을 보니 마치 내려다보는 것 같다. 하늘이 2차원 평면이 아니라 깊고 드넓게 보인다. 구름길이 대기 위에 뻗어 있다.

구름을 구분하는 법을 배우는 중이다. 다른 사람들이 새를 관찰하듯이 나는 구름을 관찰한다. 국제 구름 분류 체계는 구름을 라틴어 이름을 이용해 속, 종, 변이로 구분한다. 높은 곳에 생기는 성긴 구름은 권운이라고 하고 생선뼈처럼 생긴 것은 갈비 구름이라고 한다. 층운은 잿빛이고 결이 없는 구름층인데 해마다 이 무렵에 주로 나타난다. 햇빛이 비쳐 보이느냐에 따라 불투명층운이나 반투명층운으로 나눈다. 어느 오후에는 보기 드문 렌즈구름을 본다. 바람이 렌즈구름을 시가 모양으로 길쭉하게 빚어놓았다.

비교적 최근 발견된 기상 현상에 관심이 간다. '야광 구름'

이라는 건데, 최상층 대기에 생기는 아주 높고 보기 힘든 구름이다. 보통 구름처럼 물방울로 이루어진 게 아니라 얼음조각으로 되어 있다. 평소에는 보이지 않지만 한여름 일몰 직후, '깊은 어스름' 속에서 넘어간 해의 마지막 빛줄기가 구름에 닿으면 볼 수 있다.

때로 '우주 구름'이라고도 하는데, 처음 관측된 것이 크라카토아 화산 폭발 2년 뒤인 1885년이었다. 화산재, 유성 부스러기, 우주왕복선 배출 가스 등을 응결핵 삼아 얼음조각이 형성될 수 있다. 오염물질이 그토록 아름다운 것을 만들어낸다는 게 특히 마음에 든다.

계속 변하는 구름을 분류한다는 게 부조리한 일이라고 할 수도 있겠지만 하늘을 이렇게 정의하려 한다는 게 나에게는 새로운 생각의 방식을 열어주는 것 같다. 변덕스러운 오크니의 날씨에서 아름다움을 느끼고, 비를 구름의 쇠락으로 보게 된다.

런던에 있을 때는 오크니 섬이 있을 수 없는 것처럼 느껴졌듯이 지금은 온라인에서 친구들이 일본 음식점, 새로 생긴 술집, 출퇴근 시간 지하철 등에 대해 나누는 이야기가 터무니

없게 들린다. 이곳에서 내 손톱에는 때가 끼었고 입술은 바람을 항시 맞아 갈라졌다.

나는 돌담을 다시 세우면서 자신도 추스른다. 저항력을 키워나가고, 술 생각이 나는데도 참으면서 내 뇌 안의 신경통로를 튼튼하게 닦는다. 돌담을 다시 쌓으려면 일부를 조금 더 무너뜨려야 한다. 나한테 있는 돌을 가지고 담을 쌓아야 하고 담이 완벽한지 아닌지 내내 고민하고 있을 수만은 없다. 그저 계속 돌을 놓아야 한다.

어느 날 밤 캐러밴에서 자는데 날씨가 험해진다. 무거운 돌로 눌러놓긴 했지만 캐러밴의 얇은 벽이 떨리고 바람과 싸락눈이 창문을 두들긴다. 바다 위에 있는 것 같다.

술을 마시는 꿈을 꾼다. 목이 마르다. 밤마다 잊었던 장소의 기억이 번뜩 떠오른다. 기차의 바닥에, 어째서인지 낯선 남자 네 명이 앉은 테이블 아래에, 내가 토할 듯 말 듯한 상태로 있다. 스페인의 작은 마을에서 늦은 밤에 나이트클럽을 찾는다고 아무 문이나 두드리고 있다. 런던에서 한밤중에 현금지급기 앞 길바닥에 주저앉아 울면서 나를 피하는 전 남자친구의 전화를 울려댄다. 침대에서 깨어보니 내가 정신을 잃기 전에는 없었던 누군가가 옆에 누워 있다. 이런 일들이 일어나지 않았다면 좋았을 것이다.

반쯤 잠든 상태에서, 잠을 청하려고 할 때 종종 그러듯이 내가 체포되었던 날이 감각 기억으로 떠오른다. 차가 길에서 벗어나 풀밭으로 들어섰다. 남자친구와 같이 살던 아파트에서 나와 오크니로 돌아와 몇 주 지낼 때 일이다. 가슴이 찢어지는 아픔에서 벗어나 마음의 평화를 찾고 싶었지만 그러지 못했다. 예스나비 벼랑으로 이어진 도로를 달리다가 경찰에 붙잡혔다. 자살 벼랑으로 알려진 곳이다. 내가 와인 두 병을 비운 다음에 아주 절망적인 상태로 차를 몰고 갔다는 신고를 받고 경찰이 출동해 길 끝에서 나를 기다리고 있었다. 나는 벼랑 너머로 차를 몰고 갈 생각은 아니었다. 그저 슬픔에 정신을 잃고 농장으로 가고 있었다. 집에 가고 싶었을 뿐이다.

너무 취해서 중앙선을 보려면 한쪽 눈을 감아야 했다. 그러다가 풀밭으로 들어섰다. 텅 하는 충격이 끔찍했지만 다시 중심을 잡고 차를 도로 위로 올렸다. 안전한 곳을 찾으려고 끝없이 사방을 헤매는데 찾을 수가 없는 것 같은 느낌이 한동안 계속되었다. 술이 마음을 달래줄 것 같았지만 술조차도 소용이 없었다. 내 몸이 술을 거부했다. 나는 토할 것 같은데도 억지로 술을 넘겼다.

파란 불빛을 봤을 때 처음에는 이런 시골에 아이스크림 트럭이 있다니 이상하다고 생각했다. 서글프지만 체념한 상태로 경찰차 뒤에 올라탔을 때 나는 이렇게 말했다. "다른 사람을 다치게 하려던 건 아니에요."

바람에 흔들리는 캐러밴에서 잠을 청하려 하다보니 차가 풀밭으로 미끄러지던 때의 감각 기억이 계속 내 머리와 몸을 흔들어놓는다. 까무룩 잠에 빠졌다가 움찔 잠에서 깬다. 차가 자꾸 길에서 벗어난다.

음주운전으로 기소당한 것, 금주 프로그램에 들어가 알코올 문제를 해결하려고 직장을 그만둔 것, 술 때문에 고통을 겪은 것, 내가 잃어버린 모든 것, 술을 끊어서 얻으려고 하는 것들 등, 그동안 있었던 이 모든 일들에도 불구하고 술 생각이, 술에 대한 욕구가 여전히 때때로 전기충격처럼 나를 찾아온다. 좋은 노래를 들을 때, 해가 뜰 때, 화가 날 때, 혹은 누군가에게 전화를 걸어 다정한 이야기를 해주고 싶을 때. 알코올이 내 삶 거의 모든 영역에 얽혀 있어서 그걸 풀어내고 새로운 반응과 전략을 발전시키려면 시간이 걸릴 거다. 단단한 담을 쌓으려면 시간이 필요하다.

지난 5년 동안 열 군데쯤 되는 곳을 옮겨가며 살았다. 내 짐은 런던에 있는 친구들의 다락과 창고에 흩어져 있다. 내가 정착하지 못하고 우정도 분산시킨다는 사실의 물리적 증거물 같다. 나는 사방으로 흩어졌고 어느 곳도 내 집이 아니다. 나는 다른 사람이 불륜 관계를 상상하듯이 술 마시는 상상을 한다. 그럴 수 없다는 건 알지만, 만약 조건이 완벽하고 아무도 모르리라는 보장이 있다면, 같이 주말을 보낼 수도 있을 것이다. 나와 술병과 단둘이.

저녁마다 작업복과 장화를 벗고 나서 나는 랩탑의 불빛 안에 숨고 술은 마시지 않는다. 마시고는 싶지만 이러다가 언젠가는 내 안에 무언가가 바뀌리라는 기대로 억누른다. 나는 다시 이 쇠락해가는 구름과 깊은 하늘 아래로 돌아와 나를 만들어낸 자연 속에서 산다. 이런 힘이 나를 갓돌처럼 짓눌러 움찔움찔 들썩이지 않게 해주기를 바란다.

11

용연향

농장에서 바닷가를 따라 1마일 정도 올라간 곳에 있는 작은 만에서 고래 사체가 썩고 있어 살펴보러 바위를 타고 내려간다. 거대한 내장이 바다풀과 유목 사이에 흩어져 있고 껍질이 양탄자처럼 조약돌 위에 펼쳐졌다. 사체를 살펴보는데 갑자기 큰 파도가 덮쳐 얼른 높이 3미터쯤 되는 고래 등골 위로 올라선다. 그래도 장화 속에 바닷물과 고래 썩은 물이 가득 든다.

요즘에는 파도에 밀려온 고래 사체를 보면 안타까움과 호기심 중간쯤의 감정이 솟지만 얼마 전에만 해도 횡재를 만났다 했을 것이다. 신선하면 고기를 먹을 수 있고, 지방은 기름으로 만들어 등유나 윤활유로 쓰거나 비누 따위를 만드는 데 쓰고, 고래 뼈는 집을 지을 때나 코르셋을 만들 때 쓴다. 필요한 게 뭔지 알기만 하면 구할 수 있다. 오늘날에는 죽은 고래가 희귀한 새들을 끌어들이기 때문에 조류 관찰하는 사람들이 관심을 갖는다. 내가 바닷가에서 긴수염고래 사체를 살피는 동안에도 주로 북극 지방에서 발견되는 흰갈매기와 작은흰갈매기가 가까이에서 얼쩡댄다. 바람을 타고 날아온 새들이 여기 며칠 머물며 고래 고기로 포식할 거다.

고릿적부터 오크니 사람들은 다양한 방식으로 고래를 이용했다. 파파 웨스트레이 섬의 호와 언덕에 있는 5000년 된 선사주거지에서는 고래 뼈 망치가 출토되었다. 스카라 브레이에 있는 신석기 시대 주거지는 지붕이 남아 있지 않지만 이 지역에 나무가 별로 없기 때문에 고래 뼈를 서까래 삼아 짐승가죽을 늘여 덮고 아마도 그 위에 떼를 덮었을 것이라고 추측한다. 사람 키의 두 배 정도 되는 뼈로 아늑한 집을 만들고 늑골 안의 심장처럼 깃들었으리라.

18세기 후반, 포경선들이 북극해로 가는 길에 오크니에 들러 신선 식품과 노잡이를 구했다. 허먼 멜빌의 《모비 딕》에서 화자 이슈메일은 이렇게 말한다. "왜 그런지 알 수는 없지만 섬사람들이 최고의 고래잡이인 것 같다. 피쿼드 호에 탄 사람들도 거의 다 섬사람들이고, 외톨이들이다."

1955년 3월 14일, 바람이 강하고 파도가 높은 춘분 무렵에, 예순일곱 마리의 거두고래가 웨스트레이 섬 코트 곶에서 뭍으로 올라와 오도 가도 못 하게 되었다. 사냥을 하며 서로 따라가다가 뭍으로 올라왔거나 험한 날씨 때문에 밀려왔을 수도 있다. 어떤 광경이었을지, 뜻밖의 사건에 섬이 얼마나 들썩였을지를 상상해본다. 1994년 12월 7일, 고래가 사냥감이라기보다는 보호의 대상으로 간주되기 시작한 뒤에, 샌데이 섬 배커스케일 만에 향유고래 열한 마리가 떠밀려왔다. 고래들은 자기 몸무게에 짓눌려 다음 날 아침에 죽었다.

오크니 본섬 북서쪽 끝, 썰물 때만 나타나는 브로흐 오브 버세이라는 이름의 섬과 낚시하기 좋은 스키피 지오에서 가까운 곳에 '고래 뼈'라는 지형지물이 있다. 곧게 세운 고래 갈비뼈에 고래 두개골의 일부를 얹은 구조물이다. 130년 전쯤에 그 지역 사람들이 파도에 떠밀려온 고래를 살뜰하게 이용하고 남은 부분을 세워놓은 것이다. 사람들이 이 구조물을 좋아해서 세월이 흐르는 동안 여러 차례 바람에 쓰러졌는데도 다시 세웠다. 지금은 개를 산책시키는 길의 반환점으로 애용된다. 나는 북극광과 은하수를 배경으로 우뚝 선 고래 뼈 사진을 본다. 침식된 뼈에서 누런 이끼가 자라는 투박하고 음산한 조형물이다.

몇 주 전에 아빠가 해안에서 표류물을 주워 생활하는 친구에게 바닷가에서 발견할 수 있는 것 중에 가장 좋은 것이 뭐냐고 물었다. "용연향이지." 그가 대답했다. 용연향은 향유고래의 위장에서 생겨나는 아주 희귀하고 가치 있는 물질인데, 고래가 토해내거나 배설하면 바다 위를 떠다니다가 물가로 밀려온다. 아빠 친구는 그게 어떻게 생겼는지 설명해주었다. 밀랍 비슷한데 흰색과 회색과 호박색 사이 색깔이라고 했다. 아빠는 "아, 우리 집에도 그런 거 있어"라고 했다. 그런 형상의 물질이 트랙터 창고 안에 아주 오래전부터, 30년 전 부모님이 농장을 샀을 때부터 있었다.

우리는 용연향에 대한 글이란 글은 죄다 찾아 읽었다. 멜빌은 "부드럽고, 밀랍 같고, 향기와 맛이 아주 강해서 향수, 사탕, 최고급 양초, 헤어파우더, 포마드 등을 만드는 데 쓴다. 터키 사람들은 요리에도 쓴다. 또 기독교도들이 유향을 로마 성베드로 성당으로 가지고 가듯이 터키 사람들은 용연향을 메카로 들고 간다. 와인 장수들은 향미를 더하기 위해 클라레 와인에 용연향을 소량 넣는다"고 했다. 인터넷에서 향수 제조업자들이 용연향에는 "남성을 끌어들이는 냄새를 본능적으로 인식하는 여성의 코를 매혹하는" "사람을 변화시키는" "페로몬"을 함유하고 있다고 주장하는 문구를 읽고는 고개를 갸웃한다. 심지어 인터넷에는 "파킨슨병을 고칠 수 있다"는 말도 있다. 이베이 경매 사이트에서는 1그램당 40달러에 팔린다. 금값과 큰 차이가 없다.

내가 태어나기 전에 부모님이 이 농장으로 이사했을 때에는 건물 주위에 고래 뼈가 널려 있었다. 어릴 때에 돌담 위에 얹힌 거대한 척추 뼈에 기어올라가던 일이 생각난다. 그것이 우리에게는 담이기도 하고 짐승이기도 했다. 이런 잔해가 있었던 걸 생각해보면 우리 집이 고래와 무슨 연관이 있었을 것 같고 창고에 있는 덩어리가 용연향일지 모른다는 희망도 커진다. 지금은 크기나 모양이 커다란 인도 빵 난이나 변기 시트 같다.

아빠 기억에는 시간이 지나면서 모양이 변했다고 한다. 양동이에 넣을 수 있는 모양이었는데 외양간 바닥에 쏟아놓았더니 점점 납작해졌다고 한다. 지금까지는 모닥불이나 두엄더미에 집어던지고도 남았을 그냥 평범한 쓰레기였다.

보물이 —값어치가 얼마나 될까? 5만 파운드? 10만 파운드?— 내내 헛간 바닥에 널브러져 있었던 것일까? 우리의 경제 문제에 대한 해결책이 고래 토사물 덩어리에 있다니! 이슈메일은 이렇게 말했다. "고상한 귀부인과 신사들이 속이 안 좋은 고래의 배 속에서 나온 진액을 그토록 즐기리라고 누가 생각이나 했으랴!"

우리는 실험을 해봤다. 우리 보물을 일부 떼어내 녹여보고 찔러보고 고래의 소화물이라는 확실한 증거가 될 갑오징어 이빨을 안에서 찾아보았다. 빨갛게 달군 바늘을 찔러보았더니 흰 연기가 나고 어떤 냄새가 났지만 그게 우리가 글로 읽은 "흙냄새, 바다냄새, 동물냄새가 뒤섞인 향긋하고 독특한 냄새" 같지는 않았다. 게다가 농장의 개나 쥐들이 그걸 먹으려고 한 적이 없다는 점도 걸렸다. 캐러밴에서 아빠와 나는 우리가 실험용으로 쓰는 덩어리에 수백 파운드 가치가 있을지도 모르는데 이렇게 낭비하고 있다며 농담을 했다. 지금까지의 실험 결과로는 확신이 안 선다.

술을 끊고 난 뒤 첫해에 흔히 찾아오는 우울증에 빠지지 않으려고 애를 쓰고 있다. 이전 삶의 혼란과 예측불가능성이 조금은 그립다. 술을 끊어서 일어날 수 있는 일 가운데 두렵게 여겨지는 것들이 꽤 있는데 무엇보다도 내 '모서리'를 잃을까봐 두렵다. 모서리라고 한 것은 내 쿨함, 그러니까 생기를 불어넣는 불만감, 젊음, 성적 매력, 경계를 시험해보고 불편한 말을 던지는 재미, 기대하지 않은 것에 대한 흥분감 등을 말하는 거다.

나는 경건한 척하는 사람, 알코올이 든 음료를 마시는 십대들에게 혀를 쯧쯧 차는 사람이 되고 싶지 않다. 치료사들이 하는 진부한 말을 반복하거나 교회 목사들처럼 복음주의적 말투로 말하고 싶지도 않다.

하지만 사실 내 모서리는 이미 오래전에 무뎌졌다. 멋진 노래를 들으면, 다른 사람들과 같이 클럽에서나 라이브로 들으면 멋지겠다는 생각을 한다. 하지만 정작 클럽에 갔을 때에는, 그러니까 집에서 이미 상당히 들이켜고 난 다음에 클럽에 갔을 때에는 너무 취해서 음악과 대화를 즐기지도 기억하지도 못하는 상태가 되곤 한다. 나이트클럽에서 내가 아는 많은 사람들 앞에서, 생각도 안 나고 너무 부끄러워서 알아보고 싶지도 않은 이유로 쫓겨나며 클럽 문지기들에게 소리를 지르는 나에게 날카로운 모서리가 있다고 할 수 있을까? 어딘가 파티에서 내 이야기를 들어주는 사람에게 내가 술을 너무 많이 마셔서 남자친구가 떠났다며 한 손에는 맥주병을 다른 손에는 와인잔을 들고 훌쩍이며 울면서 넋두리하는 건 전혀 쿨하지 않았다. 약에 취해 알아들을 수 없는 말을 늘어놓아 친구의 시 낭송회를 망쳐버리고, 술집 화장실 바닥에 누워버렸는데 친구들도 이제 너무 지쳐서 내버려두던 것도 좋은 일이 아니었다.

이제는 술을 마셔서 좋은 일이 아무것도 없었다. 너무 취해서 고꾸라질 것 같았던 일이 생각난다. 그런데도 아직 간에 기별도 안 간 듯한 느낌이었고 바에서 스트레이트를 아무리 사 마셔도 공허함을 채울 수가 없었다. 그렇게 끝없이 되풀이되는 알코올중독의 순환이 계속 이어졌을 것이다. 40대, 50대, 60대가 되어서도 슬프고 외로운 술꾼으로 살아갔을 수도 있다. 결국 나는 결코 이루어지지 않는 약속을 쫓고 있었던 거다. 지금은 자연 속에서 상상력을 일깨울 신비함을 찾으려 하고 있다.

농장이 불안하다. 개발업자들이 찾아와 아웃런에 관심을 보였다. 해마다 이맘때, 새끼 양을 팔기 전 돈이 빠듯할 때에는 큰돈을 쥘 수 있다는 말이 솔깃하게 들린다. 바다가 선물하는 용연향처럼 땅이 예기치 않은 큰돈을 안겨줄지도 모른다는 생각에 흔들린다.

다음 단계는 우리 '용연향' 샘플을 프랑스의 향수제조업체나 뉴질랜드 거래상에 보내 정말 용연향이 맞는지 검사를 해보는 것일 거다. 우리가 그 일을 차일피일 미루는 까닭은 통장잔고를 늘리고 새 트랙터를 장만한다는 꿈을 깨뜨리고 싶지 않아서일지도 모르겠다. 믿어지지 않을 정도로 좋은 일이라면 사실이 아닐 가능성이 높다는 걸 아니까. 머지않아 우리가 가진 게 쓸모없는 덩어리가 될지도 모르지만 지금은 경이와 부의 상징이다. 고래의 소화불량 덕에 바다에 떠밀려온 마법.

옛날에는 우리 농장에 '대장간'이 있었다. 여기에서 대장장이가 농기구나 말이 끄는 쟁기를 수리했고 나중에는 트랙터를 고쳤다. 아빠가 우리 덩어리 샘플을 파리 향수 회사에 보냈는데 마침내 답장이 왔다. 용연향이 아니라 가공하지 않은 동물 뼈 왁스나 아교라고. 그 덩어리가 바다와 우리를 연결해주는 물건이 아니라는 점은 실망스럽지만, 그게 대장장이가 뼈나 말굽을 녹여 만든 아교라면 농장의 역사와 우리를 연결해주는 것이기는 하다.

12

버려진 섬

그해 봄이 한참 무르익고 나서야 처음으로 살아 있는 고래목 동물을 본다. 고래목에는 고래, 돌고래, 쥐돌고래류가 들어간다. 조그만 고무보트를 타고 무인도인 코핀세이에 갔다가 돌아오는 길인데 갑자기 쥐돌고래 무리가 우리 배 주위에 나타난다. 선장이 시동을 끄자 쥐돌고래들이 드문드문 물 위로 머리를 내민다. 여섯 마리에서 열 마리 정도 되는데 어찌나 가까운지 숨소리가 들릴 정도다. 셰틀랜드에서는 쥐돌고래를 '니식'이라고 부른다. 물 위로 솟구칠 때 나는 소리를 흉내 낸 말이다. 우리가 탄 배가 작은 배라서 거의 같은 높이에 고래들이 있다.

배에 탄 사람들 모두 홀린 듯 속삭이며 말을 주고받는다. 쥐돌고래가 있다는 건 알았지만 눈으로 직접 보고 그 무리 사이에 있을 수 있다는 건 상상했던 것보다 훨씬 엄청난 일이다. 작은 섬에서 24시간 동안 신비스러운 시간을 보내고 돌아오는 길에 받은 뜻밖의 선물 같다.

스코틀랜드 북쪽에는 무인도가 많다. 20세기 중반에 인구가 급격히 감소하면서 마지막 남은 사람들도 다 떠나 빈 섬이 되었다. 수천 년은 아니라도 수백 년 넘게 사람이 살아온 섬들이지만 섬에서 생계를 유지하기가 쉽지 않았고 다른 곳에 가면 더 나은 삶을 누릴 수 있다는 기대가 있었기 때문에 사람들이 하나둘 떠나 마을이 붕괴되었다. 대개는 삼삼오오 섬을 떠났지만 아우터 헤브리디스 제도에 있는 세인트 킬다 섬 같은 경우는 주민 전체가 동시에 섬을 등졌다. 1930년에 HMS 헤어벨호가 세인트 킬다 섬의 마지막 주민들 전부를 실어날랐다.

오크니 제도에서 카바, 파레이, 파라, 아인할로, 스워나, 코핀세이 같은 섬들이 이렇게 버려진 섬이다. 지금은 외로운 섬에서 사람 손이 떠난 빈집이 자연 작용에 의해 무너져내리고 농장은 황무지로 바뀌어간다.

헤더 블레더와 힐다랜드 같은 사라지는 섬의 전설과 연관이 있는 아인할로 섬은 '성스러운 섬'이다. 오크니 역사와 중세 북유럽의 오크닝가 사가Orkneyinga Saga에서 중요한 위치를 차지한다. 오크닝가 사가는 9세기와 10세기 바이킹 왕과 북쪽 섬 영주들의 역사가 담긴 영웅 전설이다. 1851년에 아인할로 섬에 장티푸스가 발병하자 영주가 소작인들을 모두 이주시켰다. 전염병을 잡으려고 초가지붕과 나무로 된 구조물을 불태우고 나자 고대 수도원 건물의 토대가 드러났다. 수세대 동안 사람들이 옛 교회 건물 유적에서 살림을 살아온 것이다.

스워나에서는 1974년 마지막으로 떠난 주민들이 두고 간 소떼가 야생화되어서 젊은 수소들이 우두머리가 되려고 뿔로 치받으며 싸운다. 한편 환경단체 사람들이 건너와 며칠 동안 무인도에 머무르면서 들고양이를 중성화해서 고양이 개체수를 조절하기도 한다. 전에 여기 살던 집고양이들의 후손이 번성해 새와 새알을 먹어치우기 때문이다. 카바 섬에는 아이다와 메그라는 여자 둘이서 1959년부터 1990년대 말까지 살았다.

스트로마라는 또 다른 버려진 섬을 지나쳐 간 적이 있다. 정확히 말하면 오크니 제도가 아니라 케이스네스에 속한 섬인데 오크니에서 존 오그로츠 근방 길스 베이로 가는 페리를 타고 가다보면 보인다. 섬 동쪽 해안에 빈집이 줄줄이 늘어선 모습이 충격이었다. 스트로마의 인구는 최고일 때 500명까지도 되었다고 한다. 하지만 점점 인구가 줄다가 1960년대 마지막 주민이 바다 건너 던리 핵발전소 건설 현장에서 일하려고 떠났다. 지금도 부두, 교회, 학교, 등대 등 공공건물이 많이 남아 있고 상태도 비교적 온전하지만 연중 거주하는 사람은 아무도 없다.

코핀세이는 오크니 제도 동쪽에 있는 길이 1마일, 폭은 그 절반 정도 되는 작은 섬이다. 인구가 가장 많았던 1931년에 스물다섯 명이 살았지만 마지막 주민이 1958년 오크니 본섬으로 이주했다. 나는 계획했던 것보다 더 오래 오크니에 머무르게 되어 오크니의 가장자리를 탐험할 기회를 누려보기로 한다. 바닷새 연구자 줄리엣과 이번을 따라가 코핀세이에서 하룻밤을 보낸다. 줄리엣과 이번은 풀머갈매기, 가마우지, 세가락갈매기, 큰부리바다오리를 연구하러 코핀세이에 간다. 코핀세이는 현재 왕립조류협회 보호지로 여름이면 수천 마리의 바닷새들이 짝짓기를 하러 모여든다. 당연히 정기연락선은 없기 때문에 오크니 본섬 동쪽에 살면서 자기 소유의 배가 있는 뱃사람 시드니의 작은 배를 타고 40분 달려 코핀세이로 간다.

시드니는 코핀세이의 무너져가는 부두에 배를 댄다. 위쪽에 버려진 농가가 있다. 나는 추위를 막기 위해 위층 침실에 텐트를 펴고 텐트 안에서 자기로 한다. 내가 자란 집과 구조가 놀라울 정도로 비슷하다. 19세기 후반에 예전 농장 자리에 지은 오크니 농가다. 이 섬에 살았던 사람들의 역사는 철기 시대까지 거슬러 올라간다. 고대 스칸디나비아 사람들은 코핀세이를 콜베인세이, 곧 콜베인의 섬이라고 불렀다. 아마 대양을 멀리 내다보는 위치라 바이킹 대장의 이름을 따서 그렇게 붙였을 것이다.

이 섬에서 마지막으로 살았던 사람들은 그로츠 가족인데 아이가 열셋 있었다. 망가져가는 계단 아래에서 아이들 이름이 죽 적힌 외투용 옷걸이를 발견한다. 베시, 이소벨, 앨리스, 에바, 에설…… 집 안에 그로츠 가족이 두고 간 침대 따위 가구들이 아직 있다. 방 하나는 교실로 썼다. 그로츠 가족과 등대지기 자녀들을 가르칠 선생님을 섬으로 불러온 적이 있었다. 이 집 말고 섬에서 유일하게 사람이 살던 곳은 등대인데 1990

년에 무인 등대로 바뀌었다.

사람이 살지 않는 건물 안을 둘러보면서 교실에서 공부하는 아이들, 농가 앞쪽 작은 바닷가에서 뛰노는 아이들을 상상하니 이제 여기 아무도 살지 않는다는 게 쓸쓸하게 느껴진다. 하지만 여기 삶이 얼마나 팍팍했을지는 불 보듯 뻔하다. 섬은 먹고사는 데 필요한 최소한만을 제공한다. 바위섬이고, 북동쪽은 높은 벼랑이고, 바람에 그대로 노출되어 있고, 땅은 소금기에 절어 가축 몇 마리를 겨우 먹일 정도의 풀밖에는 자라지 않는다. 부모는 늙어가고 아이들을 여기에 붙들어놓을 만한 것이 없었을 테니 결국 모두 떠났다. 오크니 사람들 가운데 이그로츠 가족의 후손이 많다. 코핀세이에 사는 브라우니 이야기도 지역 민담으로 전해진다. 브라우니는 못생겼지만 쓸모 있는 조그만 바다의 정령이다. 농부가 브라우니를 죽이려고 했는데 브라우니가 달아나며 섬에 살 수 있게 해주면 농장 일을 거들어주겠다고 했다. 브라우니는 물에 빠져죽은 사람 뼈를 갉아먹고 사는 것에 질려서 더는 바다에 살고 싶지 않다고 했다.

코핀세이는 황량하지만 아찔하게 아름답기도 하다. 북쪽에는 '코핀세이의 말馬'이라고 불리는(옛날 북유럽 사람들은 작은 섬을 동물로 상상하기를 좋아했다), 벼랑이 곧게 바다 위로 솟은 더 작고 접근할 수 없는 섬이 있다. 쉰 마리가 넘는 바다쇠오리 떼가 코핀세이 바닷가 가까이에서 헤엄을 치고 그보다 더 많은 수가 벼랑 꼭대기 너도부추 사이에 앉아 있다. 벼랑 꼭대기에서 농가가 있는 곳까지 가파른 내리막인 섬을 내려다보면, 야트막한 새끼 섬 세 개가 구불구불한 둑길로 본섬과 이어진 광경이 드넓은 하늘 아래 펼쳐진다. 오크니에서도 손꼽히는 절경이다.

1914년 무렵까지는 겁없고 배고픈 섬사람들이 코핀세이에서 '새 사냥'을 했다. 벼랑에서 바닷새를 잡아 고기와 깃털을 얻고 알을 주웠다. 요즘에는 조류 보호를 위한 연구 목적으로 새를 잡는다. 나는 줄리엣과 이번과 같이 코핀세이 벼랑과 만을 돌아다니며 새를 찾는다. 2.5미터짜리 낚시대를 벼랑 아래 둥지로 뻗어 가마우지를 잡는다. 이번이 올가미 같은 것으로 새를 낚아 들어올려 줄리엣에게 주면 줄리엣이 퍼덕거리고 꽥꽥거리는 새를 붙들고 머리에 봉지를 씌운다. 그런 다음에 뒤쪽 깃털에 GPS 장치를 붙인다. GPS 장치는 그 뒤 며칠 동안 100초에 한 번씩 위성과 교신해 가마우지의 위치를 기록한다. 두 사람은 빠른 시간 안에 효율적으로 작업하고 금방 가마우지를 놓아주지만 새가 얼마나 멀리 어디로 가서 먹이를 구했는지 자료를 모으려면 다음 주에 그 새를 또 잡아야 한다. 이렇게 모은 자료는 생물학 연구와 정부 해양 정책에 활용된다.

작은 섬에 혼자 있으니 자유와 속박감이 뒤섞인 희한한 기분이 든다. 벼랑 가장자리에서 노르웨이를 바라보며 오줌을 누니 바이킹 정복자가 된 것 같다. 1년 전에 나는 런던의 치료 시설에 있었다. 지금은 북해의 무인도에, 등대 업무에 쓰려고 만든 헬리콥터 착륙장 한가운데에 대자로 누워 있다. 등대 그림자가 내 위에 드리우고 도둑갈매기가 위로 떠간다. 나는 언덕 아래로 내려가 만 근처 아늑한 자리에서 한 시간 낮잠을 자며 높은 바위 위의 바닷새가 되는 꿈을 꾼다.

섬 전체를 돌아볼 생각이었지만 새들 때문에 일주 계획을 접을 수밖에 없다. 벼랑 가장자리에 가자 도둑갈매기들이 둥지를 지키려고 나에게 급강하 폭격을 개시한다. 한 마리는 내 머리 바로 위에서 계속 휙휙 맴돌아 손으로 머리를 감싸고 고개를 숙이고 얼른 그곳에서 빠져나온다.

둑길을 건너 새끼 섬 콘 홈으로 가니 본섬에 있는 버려진 농가가 대단한 문명세계처럼 느껴진다. 나는 몇 주 만에 처음 이 섬에 발을 들여놓은 인간이다. 내가 다가가자 갈매기, 회색 기러기들이 놀라서 하늘로 푸드득 날아오른다. 커다랗고 위협적인 검은등갈매기는 머리 위에서 맴돈다. 풀머갈매기는 둥지에서 들썩이며 꺽꺽거리고 어떤 새들은 내가 있는 쪽으로 토사물을 뿜는다. 워드 홈으로 들어가자 B급 영화에 등장하는 귀신 들린 집의 음향 효과 같은 것이 들린다. 신음소리와 귀신 울음소리 같은 것이 어디에선가 메아리처럼 울린다. 잠시 뒤에야 바위 위에서 볕을 쬐는 회색바다표범 무리가 눈에 들어온다. 거대한 회색 점박이 짐승들이 나를 보고 물로 뛰어들지만 멀리 달아나지는 않는다. 몸을 뒤집고 나를 똑바로 쳐다본다.

물이 들어와 본섬으로 가는 둑길이 사라져 옴짝달싹 못하게 될까봐 슬슬 겁이 난다. 나는 가던 길에서 발길을 돌려 블랙 홈이라는 불길한 이름이 붙은 새끼 섬까지는 가지 않기로 한다. 브라우니를 만난 적은 없지만 어쩐지 으스스한 기분이다. 사람들이 떠나고 난 뒤 코핀세이는 새들의 섬이 되었다. 새들의 영역을 너무 오래 침범하지는 않을 생각이다.

무인도에 대해 호기심이 생겨서 마커스 휴이슨을 만나러 웨스트레이로 간다. 마커스는 평생 웨스트레이에서 살았지만 39년 동안 무인도 파레이 섬에서 가축을 길렀다. 스코틀랜드 교회 소속 스튜어트 재단에 임대료를 내고 300에이커 넓이의 파레이 섬과 100에이커 넓이의 부속섬에 방목을 했다. 마커스 집에서 직접 구운 빵을 대접받으며 파레이에 암양을 600마리나 풀어놓고 작은 배로 오가며 돌보았다는 이야기를 듣는다. 마커스는 땅뿐 아니라 바다도 잘 다루는 농부다. 예전에는 오크니 사람들이 '그물을 든 소작농들'이라고 불릴 정도로 수륙 양쪽을 활용하는 생활이 당연했지만 오늘날에는 이런 사람이 드물다. 파레이 섬 작은 만에 배를 댄 다음에 섬에 올라가려면 사람이건 짐승이건 바위를 기어올라야 했다. 마커스는 해마다 새끼 양을 낳는 시기가 되면 파레이에서 일손 몇 명과 함께 옛날 학교에서 묵으며 2~3주 정도를 보냈다고 한다.

파레이에는 집이 열한 채 있지만 1947년 이래로 연중 거주하는 사람은 아무도 없다. 전에 이 섬에 살던 사람들 가운데 일부는 노인이 되어 아직 오크니 본섬에 산다. 마커스가 처음 이 섬에 갔을 때에는 학교 창문이 깨져 새와 양들이 건물 안으로 들어가 있었다. 게다가 500마리는 되는 검은등갈매기 무리를 몰아내야 했다. 새끼 양이 어미 몸에서 나오는 도중에 갈매기들이 새끼 양 혀를 쪼아 먹기 때문이란다.

마커스는 파레이에서 계속 새로운 시도를 해보다가 한번은 붉은사슴 여섯 마리를 데려다놓았다. 지금은 오크니에 사슴이 없지만 사슴뿔이 발견된 적이 있으니 정확히 말하면 다시 들여온 것이었다. 사슴은 가두어두기 힘들기로 이름난 짐승인데 작은 섬에 데려다두면 그 문제를 해결할 수 있을 거라고 생각했다. 그런데 얼마 지나지 않아 이웃에 있는 이데이 섬에서 사슴들이 거기로 왔다고 전화가 왔다. 1마일 넘는 바다를 헤엄쳐서 거기까지 간 것이었다. 마커스는 이데이로 가서 사슴을 바닷가로 몰고 가 올가미로 잡아서 배에 태우려고 했다. 전부 잡지는 못했고 일부는 더 가서 그린 홈까지 헤엄쳐 갔다. 한 마리는 물에 빠져 죽었다.

파레이에는 토끼나 큰 쥐가 없고 생쥐만 있다. 한번은 마커스가 토끼 한 마리를 갖다놓아야겠다는 생각을 했다고 한다. 여섯 달 동안 토끼가 눈에 뜨이지 않았는데 눈이 내린 어느 날 발자국을 발견했다. "발자국을 따라갔더니 토끼가 있었어."

토끼는 거기에서 몇 년을 더 살았는데 결국 다시 웨스트레이로 데리고 왔다고 한다.

마커스는 오크니 경매 시장에서 파레이의 양 전부를 팔았다. "가격이 높을 때 팔아넘기고 끝냈지. 서픽 잡종 새끼 양 가격으로 내가 받아본 최고가였어."

해미시 헤스웰 스미스가 쓴 《스코틀랜드의 섬Scottish Islands》이라는 두꺼운 책이 있다. 상세한 지도, 정교한 그림, 접근로와 정박지에 대한 정보를 모아놓아 섬을 사랑하는 사람들의 바이블 취급을 받는 책이다. 나는 이 책을 넘기며 위키피디아와 구글 지도와 비교해본다. 사람이 살지 않거나 거의 없는 스코틀랜드 섬들을 정리해놓은 '외로운 섬들'이라는 웹사이트에도 계속 들락거리며 언젠가 거기 가보겠다는 꿈을 꾼다. 그곳의 삶은 어떨까 상상하면서.

버려진 섬들도 어떤 면에서는 헤더 블레더처럼 상상의 섬이다. 사람이 직접 가는 일은 극히 드물기 때문에 현실보다는 책, 이야기, 기억 속에 더 많이 존재한다. 현실에 등장하더라도 그저 바다 멀리 부연 형체일 따름일 때가 많다. 하지만 상상력을 강하게 사로잡는다. 〈세상의 끝The Edge of the World〉이라는 영화는 셰틀랜드 제도에 속한 풀라 섬에서 촬영했는데 영화상의 무대는 헤브리디스 제도에 있는 인구 소멸 위기를 직면한 가상의 섬이다. 이 섬에는 본토를 보면 불운이 닥친다는 말이 있어서, '스코틀랜드의 언덕'이라는 말이 내내 불길한 외침으로 울려퍼진다.

인구 감소로 인해 일어난 실제 이야기들도 영화 못지않게 가슴 아프다. 2차대전이 전환점이 된 경우가 많다. 남자들이 입대하려고 섬을 떠나며 바깥세상으로의 연결고리가 생겼다. 무역에서 해로보다 육로의 비중이 더 커지면서 스코틀랜드 섬들은 더욱 변방이 되었다. 인구 감소의 물결로 인한 문제들이 오늘날 작은 섬들에서 다시 되풀이된다. 지역사회에서 학교나 상점을 유지할 수 없게 되면 사람들이 머무르거나 이주해올 만한 매력 요소가 떨어진다. 반드시 필요한 기본적인 업무를 수행하고 교통수단을 운용할 노동 인구가 충분히 있어야 한다. 그로츠 집안의 아이들처럼 나도 내가 자라난 섬을 떠났다. 다른 곳의 생활에 대한 유혹이 아직도 강하게 나를 끌어당긴다.

오크니에 있는 작은 섬에서는 바다에만 가로막히는 게 아니라 생계, 여가 활용, 날씨, 친구 등에도 제약을 받는다. 코핀세이와 파레이가 버려진 20세기 초에 비하면 섬 생활이 훨씬 편해졌고 섬에서도 다양한 물건과 서비스, 통신 등을 풍족히 누릴 수 있지만 섬 사회는 그래도 지속가능성의 한계에서 불안하게 흔들리고 있다.

나에게는 다른 곳으로 떠나 더 많은 것을 경험하고 싶은 강력한 욕구가 있었지만 많은 오크니 젊은이들처럼 나도 돌아왔다. 돌아오고 나니 집이 다르게 보이고 섬들을 유지하기 위해 필요한 노력에 나도 힘을 보태야겠다는 생각이 든다. 런던에 있을 때는 오크니 섬이 마치 상상의 공간 같았다. 저 아래에서는 오크니의 삶이 현실이라는 걸 믿기가 힘들다. 여기에서 살려면 상상력이 중요하다. 앞바다에 헤더 블레더처럼 솟아올라 손에 닿을 듯 닿지 않는 쥐돌고래 같은 마법이 없었다면 섬들은 그저 황량하고 척박하기만 했을 것이다.

13

새끼 받기

지난주에 아빠가 새끼 세 마리를 곧 낳으려는 양을 한 시간쯤 홀로 두었다가 나중에 상태를 보러 갔다. 새끼가 한 마리밖에 없어서 놀랐는데 다시 보니 두 마리가 어미 몸에 깔려 있었다. 어미가 큰 놈 두 마리를 몸으로 눌러 죽이고 제일 작은 놈만 남겨두었다. 그런데 하나 남은 작디작은 새끼 양이 피똥을 싸기 시작했다. 어미가 작은 놈도 깔아뭉개 몸안에 눈에 보이지 않는 치명적인 상처를 입힌 모양이었다. 이 어미가 나쁜 어미인게 확인되어 붉은 스프레이로 엑스 자 표시를 했다. 내년이 되기 전에 팔아버릴 거라는 뜻이다.

양이 새끼를 낳는 계절이 농장에서는 최고의 시기지만, 신이 나다가 끔찍한 일이 일어나기도 하며, 달콤하기도 시금하기도 한 때다. 봄이 다가오는데 나는 아직 오크니에 있었고 조금 더 머무르면서 새끼 낳는 기간 동안 아빠를 거들기로 한다. 간간이 런던으로 이력서를 보내기는 하지만 그 일에도 좀 시큰둥해졌고 지금까지 성과도 없다. 문득 내가 돌아가기를 겁내고 있다는 생각이 든다. 섬에서 농장에 있는 동안은 안전하게 술을 입에 대지 않고 있을 수 있다. 하루씩 하루씩 술을 참아가며 이제 1년 넘게 버텼다. 전에는 그럴 수 있으리라고 생각도 못한 일이다.

엄마와 아빠가 같이 새끼를 받을 때 엄마가 그랬듯이 나도 아침 당번을 맡는다. 어둠 속에서 옷을 챙겨 입고 축사로 간다. 나는 캐러밴 소파에서 잔다. 아빠는 밤이 깊을 때까지 깨어 있다가 새벽 4~5시쯤에 나한테 쪽지를 남겨두고 자러 갔다. 마지막 나온 새끼 양이 어떤지, 뭘 잘 살펴야 하는지 등이 쪽지에 적혀 있다. 나는 우리로 가서 막 새끼를 낳은 양을 찾아보고 정신없는 어미 다섯 마리 사이에서 새끼 열 마리를 꺼내와 따로 우리에 넣는다.

암양이 220마리쯤 있는데 초음파로 봤을 때 배 속에 든 새끼가 평균 1.8마리였다. 대부분은 스스로 새끼를 낳지만 가끔 도와줘야 할 때도 있다. 커다란 외둥이 머리가 끼어 안 빠지는 경우나 쌍둥이, 세쌍둥이 다리가 서로 얽혀버렸을 때. 어릴 때에 이런 일이 있으면 내가 종종 불려 나왔다. 내 손이 아빠 손보다 작기 때문이었다.

한 시간에 한 번씩 축사와 들판을 둘러본다. 양 꽁무니를 빠른 속도로 훑는다. 새끼를 낳을 조짐이 있는 양을 놓치지 않으려고 신경을 곤두세운다. 무리와 다른 방향을 향해 서 있는 양, 드러누운 양, 제자리에서 빙빙 도는 양, 혼란스러운 듯 우는 양을 찾는다. 진통이 시작된 암양은 현악기 현을 뜯을 때처럼 등이 아래쪽으로 구부러지고 코를 서까래 쪽으로 쳐든다. 그러고 한두 시간이 지났는데도 새끼가 나오지 않으면 아빠를 깨워 불러올 것이다.

오후에 암양을 풀밭으로 내보내고 나면 우리 안을 정돈할 수 있다. 새 짚단을 풀어헤쳐 더러워지고 납작해진 짚 위에 덮고 나서 헤드폰으로 랩 음악을 듣는다. 도시 음악을 듣는 시골 농부가 된 것이 즐겁다. 나는 농장에서 전화 신호가 잡히는 유일한 위치에서 쉰다. 들판에 뒤집어놓은 양동이 위에 앉아 문자를 보내고 인터넷에 글을 올린다. 장화에 양 똥이 묻고 양말 안에는 지푸라기가 든 채로.

내가 어릴 때는 새끼 받는 일이 힘겹고 정신없이 바쁜 일이었다. 양들이 제멋대로 돌아다니고 피투성이 비극이 잇따르곤 했다. 하지만 시간이 흐르면서 체계가 잡히고 양들의 품성도 얌전해졌다. 들에 있는 양들을 부르면 무겁고 부른 배를 끌고 느릿느릿 걸어와 밤을 보내러 줄줄이 큰 축사로 들어간다.

들 저편에 갓난 새끼 양이 보인다. 움직이지 않고 축 늘어져 있는 게 죽은 것 같다. 가까이 가보니 아직도 몸과 머리가 양막으로 덮여 있어 손가락으로 입가에 구멍을 뚫고 콘돔 벗기듯 벗긴다. 양이 바로 재채기를 하고 몸을 떨더니 숨을 깊이 들이마셨다가 매애 하고 건강한 울음소리를 낸다. 새끼를 포기하고 다른 데로 가버렸던 어미가 울음소리를 듣고 다시 돌아와 새끼를 핥아준다. 몇 분만 있으면 제 다리로 일어나서 젖을 빨거고 내일이면 들에서 깡충거릴 거다.

분만기에 나는 세심한 산파 역할도 하지만 엄격한 우생학자가 되어야 할 때도 있다. 암양한테 젖꼭지가 두 개밖에 없기 때문에 새끼를 세 마리 낳으면 한 마리는 다른 어미에게 맡겨야 한다. 실상은 강제 입양에 가깝다. 세 마리를 쭉 늘어놓고 가장 큰 놈을 입양시키려고 가려내다보면 1950년대 의사가 된 기분이다. 초음파 검사로 배 속에 한 마리만 있다고 확인된 암양이 새끼를 낳기 시작했다. 이 암양이 새끼를 낳으면 즉시 입양할 새끼와 함께 따뜻한 물 양동이에 집어넣는다. 태반과 양수가 뒤섞인 핏물 속에서 휘저어 두 마리에서 같은 냄새가 나게 만들어 어미에게 데려간다. 남의 새끼임을 알아채고 거부하는 경우도 있지만 대부분은 속아 넘어간다.

분만 사이사이 다른 일도 있다. 무너진 돌담을 세우고, 멋대로 자란 엉겅퀴를 베고, 농장 주변에 돌아다니는 닭들한테 모이를 준다. 하루 일과를 마치고 나면 내 몸을 돌본다. 외모보다는 기능에 집중해서 거친 손거스러미를 잘라내고 뜨거운 물로 샤워를 해서 근육을 풀어준다.

너무 약해서 걷지도 젖을 빨지도 못하는 새끼 양은 집으로 데려가서 목구멍을 통해 위까지 부드러운 관을 살살 밀어 넣은 다음 그 관으로 우유를 먹인다. 엄마와 같이 농장 집에 살던 때에는 종이 상자에 새끼 양을 담아 따뜻한 오븐 안에 넣어두곤 했다. 몇 시간 뒤에 보면 죽었거나 아니면 몸이 따듯해지고 기운이 나서 다시 어미에게 돌려보낼 수 있는 상태가 되었다. 건초 위에서 낑낑거리는 새끼 양들이 새하얗고 여리다.

나는 조금 더 큰 새끼들을 데리고 있는 어미들을 살피러 아웃런으로 나간다. 이미 집에서 더 가까운 들로 양들을 옮겨 놓았다. 해가 구름 뒤로 들어갔다 나왔다 하며 짧은 풀 위에 잔물결 같은 그림자를 드리운다. 사방에 나무가 하나도 없어 풀밭, 벼랑, 하늘, 바다가 완만한 굴곡의 수평 줄무늬를 이루는 풍경이 펼쳐진다. 그래서 무리에서 멀리 떨어져 죽은 새끼 양도 쉽게 눈에 뜨인다. 갈매기가 눈과 내장을 이미 파먹었고 사체가 양탄자처럼 널브러져 있다. 나는 암양인지 숫양인지 보려고 장화 신은 발로 죽은 양을 뒤집어본다. 쌍둥이가 태어나면 옆쪽에 스프레이로 번호를 써놓는데 이미 흐려져서 숫자가 잘 구분은 안 가지만 적어도 새끼 한 마리를 더 먹일 수 있는 암양이 생겼다는 건 알 수 있다.

대부분 새끼는 건강해서 우리는 감염을 막기 위해 배꼽에 노란 요오드를 스프레이로 뿌린 다음에 풀밭으로 들고 나간다. 나는 배운 대로 새끼 양 앞다리 사이에 손가락 하나를 끼우듯 받쳐들고 풀밭으로 데려간다. 새끼는 꼬물거리고 어미는 따라 나온다.

맑은 봄날에는 사방이 반짝이고, 마도요와 댕기물떼새가 끓는 듯한 걸걸한 노래를 부르고 멀리에서는 바닷소리, 이웃 농장의 트랙터 소리가 들려오는 가운데 새끼 양이 뛰어논다. 하지만 비가 오면 땅이 질척해지고 먹을 풀이 더 드물어지기 때문에 양들이 돌담 뒤에 모이고 내 털모자 안으로는 바람소리만 들려온다.

4월에 태어난 새끼들은 가을에 다른 농부에게 더 키우라고 팔거나 겨울까지 길러 살진 상태로 팔기도 한다. 팔린 양은 남쪽에 있는 도축장으로 간다. 전국 테스코 슈퍼마켓에서 파는 '스코틀랜드 유기농 양고기'가 우리 농장에서 왔을 수도 있다.

10년쯤 전에 우리 부모님이 농장을 유기농으로 전환했다. 밭에 화학비료를 주지 않는다는 뜻이다. 가축들에게 먹이는 약도 증상이 있을 때만 주고 정기적으로 투약하지 않는다는 규정과 동물 복지에 대한 규정도 있다. 겨울에 소를 축사 안에 가두어 두면 안 된다는 규정도 있어서 한 해 내내 밖에서 지낼 수 있을 만큼 강건한 하일랜드 소로 바꾸었다. 하일랜드 소는 뿔이 크고 털이 길고 붉은색이거나 검정색이다. 새끼 양을 중성화시키는 것도 이제 하지 않아서 젖을 뗀 뒤에는 암양과 숫양을 나누어놓아야 한다. 전통적으로 꼬리를 잘라내곤 하던 것도 관두었다. 원래는 더러운 꼬리에 파리가 꼬이지 말라고 자르는데 파리가 꼬여도 별문제는 아니라서 그냥 놓아둔다.

화학물질을 사용하지 않고 몇 년이 지나야 농장과 농산물이 유기농 인증을 받을 수 있다. 인증 받은 뒤에도 해마다 시찰을 받는다. 아빠는 인근 갑각류 가공 공장에서 나오는 게 부산물을 밀짚, 분뇨, 해초와 섞어 천연 퇴비를 만든다. 석유 화학 산업 부산물인 합성 질소 비료 대신 퇴비를 보리, 귀리 밭이나 스스로 씨를 뿌려 다시 돋아난 풀밭에 뿌려주면 토양 안에 습기, 무기물, 지렁이를 유지시켜준다. 풀씨에 클로버 씨를 섞어 뿌려주면 클로버가 천연 퇴비 구실을 한다. 이런 방법을 썼더니 풀과 작물 생산량이 줄긴 했어도 예상한 것보다는 괜찮았다.

새끼를 밴 암양에게 먹이던 생선으로 만든 사료와 양을 씻길 때 쓰는 세양액 냄새가 떠오른다. 스케일 만 옆에 세양액 웅덩이가 있었는데 지금은 흙으로 메워서 바람받이 소풍 장소가 되었다. 전에는 기생충 감염을 예방하려고 암양을 한 마리씩 화학약품을 섞은 풀장 안에 집어넣은 다음 털이 다 젖도록 물속으로 밀어넣었다. 나는 가까운 곳에 개처럼 줄로 묶여 있었다. 내가 독한 냄새가 나는 물속으로 뛰어들지 못하게 하기 위해서였다.

농장 생활에서 흙투성이 고된 삶 이상의 장점을 볼 수 있게 된 지는 사실 얼마 안 됐다. 내가 어릴 때에는 부모님 두 분 다 농장에서 일했다. 부엌 창문으로 내다보면 누군가 작업복과 장화 차림으로 들판을 걷는 게 보였다. 엄마 아니면 아빠였다. 아빠는 해야 할 일을 늘 공책에 적어두었다. 사료 구입, 전기톱 고치기 같은 항목이 화장실 페인트 칠하기 같은 집안일과 함께 목록에 적혀 있었다.

건초 만드는 일은 온가족이 함께 했다. 나와 동생 톰이 어릴 때에는 어른들이 일할 때 들에 나와 놀았다. 트랙터나 건초 뭉치는 기계 가까이 가지 말라는 주의를 늘 들었다. 조금 더 자란 뒤에는 우리도 일손을 거들어야 했다. 들에서 건초더미를 쌓고, 다시 트레일러 수레 위에 쌓고, 농장으로 가서 축사 안에 던져놓았다. 트랙터가 급경사를 돌 때 작은 집 한 채 크기만 한 건초뭉치가 어린 톰과 나, 엄마, 일꾼, 개 한 마리와 함께 길 위로 떨어진 적이 있었다. 우리는 다행히 건초더미 위에 떨어져서 아무도 다치지 않았다.

새끼 낳는 계절이 끝날 무렵이 되면 어미와 새끼들 모두 농장 근처에서 멀리 아웃런으로 옮긴다. 일손이 많이 필요한 일이다. 들 한구석에 양떼를 모은 다음 길을 따라 몰고 가던 나날이 생생하게 떠오른다. 갓난이가 딸린 암양들은 사나워져서 평소대로 고분고분 무리를 짓지 않는다. 양치기 개를 노려보며 발을 구르기도 한다. 새끼 양들이 탈출하면 대혼란이 시작된다. 개와 나와 내 동생이 새끼 양을 잡으러 쫓아가고 새끼들은 겁에 질려서 혹은 그저 신이 나서 마구 뛰었다.

중간 규모의 농장들이 으레 그러듯 우리 농장에서도 해마다 새로운 변화와 실험이 펼쳐졌다. 아빠는 다른 농장에 털 깎기를 하러 가곤 했고 털가윗날 가는 일도 했다. 무시무시하게 돌아가는 사포 디스크를 가지고 날을 간다. 나도 그 일을 배워서 아빠가 병원에 입원했을 때에는 손님들이 칼날을 갈려고 오면 십 대인 내가 칼날을 갈아주었다. 오리와 닭도 키웠고 보더

콜리 양치기 개들도 늘 있었다. 염소 한 마리, 말 두 마리, 반쯤 길든 고양이, 소도 여남은 마리 키웠다. 무시무시하게 생기고 소리도 요란한 뿔닭도 몇 마리 있었고 뜬금없는 쿠네쿠네 돼지 한 마리에 꿀벌 5만 마리도 있었다.

농장에서는 삶과 죽음이 늘 가까이에 있었다. 들에서 깡충거리며 돌아다니던 새끼 양들이 몇 달 뒤에는 묵직한 날고기가 되어 우리 놀이방 위에 매달려 있었다. 도축장에 보내지 않고 우리 식구들과 친구들이 먹으려고 남겨둔 것이었다. 가슴 떨리는 일, 힘든 일도 많았다. 가축들이 탈주해서 동네 먼 곳에서 발견되기도 했다. 새로 산 값비싼 숫양이 제 역할을 하기 전에 다른 숫양과 싸우다가 혹은 생식을 너무 많이 해 기력이 없어서 죽기도 했다. 이제는 새로 숫양을 들이면 며칠 동안 좁은 우리 안에 숫양끼리 서로 익숙해지라고 함께 넣어놓는다. 그러면 달려와서 공격하며 싸울 공간이 없기 때문에 죽을 일이 없다. 그래도 농장에는 늘 걱정이 끊이지 않는다. 요즘에는 남쪽 에너지 기업에서 보낸 부동산 감정인들이 등장하여 변화의 위협이 느껴진다.

농장 일도 그렇지만 야생동물들 쪽에서도 뜻밖의 일들이 일어났다. 전깃줄에 날아들었다가 죽은 백조가 냉동고에 들어 있다든가, 트랙터 운전석에서 새매가 발견된다든가, 바다와 조그만 민물 연못 사이를 오가는 수달들이 눈에 띈다든가 했다.

학교에서는 어떤 축구팀을 응원하느냐가 아니라 어떤 제조사 트랙터를 가장 좋아하느냐를 두고 다퉜다. 존 디어냐, 케이스냐, 매시냐, 포드냐. 하지만 나는 영농청소년회에는 절대 들어가지 않았다. 나는 음악 잡지, 패션 잡지, 미국 소설을 읽었다. 지금 휴식 시간에 짬을 내어 누빔 작업복 차림으로 인터넷을 돌아다니고 있자니 갑자기 절망감이 든다. 십 대였을 때처럼. 드레스를 입고 도시에 가고 싶어도 갈 수가 없다. 가서 새끼 양 축사를 돌보아야 한다.

새끼 양을 안고 들로 나오면서 농장 집 앞을 지나가자니 엄마나 아빠가 내 침대 가장자리에 풀썩 앉아 이불을 덮어주던 아늑한 느낌이 문득 떠오른다. 낡은 집이 삐걱거리는 소리가 집 밖 바람 소리처럼 내 안에 단단히 자리 잡았다. 런던에 있을 때 이따금 밤에 잠이 깨면 아직도 이 집에 있는 기분이었다. 내 침대 위 목조 계단 틈새로 스며드는 빛, 머리 뒤쪽 창문에 부딪히는 비, 차가운 판석 위 내 맨발.

직업지원센터가 지금까지는 참아주었지만 이제는 나에게 빨리 일자리를 구하라고 압박을 가한다. 런던 사무직만 보지 말고 반경을 더 넓히라고. 나는 마지못해 매주 〈오케이디언〉의 구인란을 살피기 시작했다. 왕립조류협회 새 보호 프로젝트에 여름 동안 참가할 사람을 구한다는 광고를 보자, 머지않아 런던에서의 진짜 삶으로 돌아갈 거라는 생각을 하면서도 어쩐지 마음이 동한다. 지원서 정도는 보내도 괜찮겠지 하는 생각이 든다.

14

메추라기뜸부기 아낙

금요일 밤 새벽 2시인데 나는 농장 길 위에 혼자 나와 내 차 헤드라이트 불빛 속에서 헤매고 있다. 몸집은 중간 정도, 깃털은 갈색인 새가 내는 울음소리를 들었기 때문이다. 뜻밖에도 나는 왕립조류협회의 메추라기뜸부기 보존 사업 일자리를 얻었다. 그래서 런던으로 돌아가지 않고 오크니에서 여름 동안 일하기로 계약을 했다.

여름 내내 밤을 샜다. 다른 사람들이 다 잘 때 어스름 속에서 가축들과 야생조류들과 같이 돌아다니며 희귀한 멸종위기 새 메추라기뜸부기를 찾았다.

메추라기뜸부기는 쇠물닭과 모양이나 크기가 비슷한데 몸은 갈색이고 날개는 적갈색, 부리는 분홍색이며 흔히 습지보다는 농장에 산다. 과거에는 영국 전역에서 쉽게 볼 수 있었는데 20세기에 수가 급감해서 지금은 영국 서쪽 섬이나 오크니에서만 발견된다. 국제자연보전연맹 멸종위기종 목록에서 위험 상태로 분류되었고 작년인 2011년 여름에 이 지역에서 짝을 부르는 수컷이 고작 서른한 마리 확인되었다.

내가 맡은 일은 오크니에서 짝을 부르는 수컷을 찾는 일이다. 수컷만 짝을 부른다. 나는 사람들에게 지원을 부탁하며 새 울음소리를 들으면 내 '메추라기뜸부기 핫라인'으로 전화를 걸어달라고 한다. 전화를 건 사람들이 자기가 들은 소리와 비교할 수 있게 자동응답기 메시지에 울음소리를 녹음해놓았다. 메추라기뜸부기 울음소리는 신용카드로 빗을 긁는 소리나 구이로guiro(표주박 같은 통에 까칠한 홈을 여럿 파서 긁어서 소리를 내는 중남미 타악기다—옮긴이) 소리와 비슷하다. 메추라기뜸부기의 라틴어 학명이 크렉스 크렉스Crex crex인데 울음소리를 의성어로 표현한 것이다. 섬에 오래 산 사람들은 이 울음소리에 익숙하다. 한때는 여름밤에 흔히 들을 수 있는 소리였다.

사람들에게 제보를 받는 것과 별도로 나도 철저한 조사를 펼친다. 음주운전 때문에 정지되었던 면허가 다시 살아나서 다행이다. 자정에서 새벽 3시 사이에 차를 타고 조사를 나가기 때문이다. 메추라기뜸부기는 밤새 우는데 특히 수컷이 자기 영역 중심에 와서 노래를 부르는 이 세 시간이 절정이다. 7주 동안 전국적으로 표준화된 방법을 따라 오크니에서 메추라기뜸부기 서식지가 있을 법한 곳을 지도상 1킬로미터 안에서 두 군데씩 살펴본다. 건초나 저장목초를 만드는 들, 쐐기풀이나 붓꽃 군락지처럼 풀이 길게 자란 곳이 대상이다. 메추라기뜸부기는 손에 닿을 듯 닿지 않는다. 웃자란 풀 속에 숨어 있어 눈으로는 보이지 않아 귀로만 찾는다. 250~500미터 가서 차를 세우고 창문을 내린 다음 2분 동안 귀를 기울이기를 반복한다. 잡힐 듯 잡히지 않는다.

새끼 받는 시기가 끝났기 때문에 커크월에 있는 엄마 집으로 돌아와 지낸다. 밤 11시, 나이트클럽 출근 시간 무렵에 집에서 나서는데 그때 엄마는 이미 잠자리에 들어 있다. 나는 보온병에 와인 대신 커피를 채우고 따뜻하게 옷을 껴입고 지도와 충전된 휴대폰을 챙겨 사람이 살지 않는 곳으로 차를 몰고 간다. 내가 지나갈 때 집집마다 하나둘 불이 꺼진다. 어두운 비탈에 있는 고대의 선돌과 현대의 풍력발전기를 지나쳐 달린다.

오크니에서는 한 해 이맘때, 하지 무렵에는 밤이 되어도 캄캄해지지 않는다. 그냥 하늘이 흐릿해지는 정도다. 일몰과 일출 사이 이 시간을 '시머 딤simmer dim' 혹은 '그림린스grimlins'라고 부른다. 그림린스는 '반짝거리다' 혹은 '까물거리다'를 의미하는 고대 스칸디나비아어 그림라grimla에서 온 말이다. 이 섬에 깨어 있는 사람은 나밖에 없는 기분이다. 길에 차를 몰고 나온 사람은 확실하게 나뿐이다. 구름이 없는 맑은 밤, 새 조사를 다니는 동안에는 일몰 혹은 일출이 끝없이 계속된다.

차를 세우고 귀를 기울일 핑계가 있어 다행이다. 자동차 엔진이 완전히 멈추어 고요해지고, 내 마음의 속도도 0으로 내려가고, 심장박동이 느려지고, 옷이 부스럭거리는 소리와 머릿속의 소음이 잦아들고 밤의 소리가 드러나기까지 몇 초가 걸린다. 어둠에 눈이 익숙해지고 소리에 예민해진다. 열린 창턱에 턱을 괴고 얼굴로 찬바람을 맞는다. 백미러에 털모자 밖으로 귀를 내놓고 곤두세운 내 모습이 언뜻 비친다. 초집중을 하고 있으려면 2분도 꽤 긴 시간이다.

영국 서머타임 기간에 가장 어두운 한밤인 새벽 1시가 되어도 새들은 한창때인 양 미친 듯이 지저귄다. 오크니 새의 3대 대표 주자 소리가 들린다. 차를 세울 때마다 꾸륵거리는 마도요, 빽빽거리는 검은머리물떼새와 모뎀 연결음 같은 소리를 내는 댕기물떼새 소리는 거의 빠지지 않고 들린다. 낯선 소리가 들리면 조류협회 사무실에 있는 지식인들에게 물어보려고 적어놓는다. "삐걱거리는 침대 스프링 소리" "겁에 질린 닭 소리"가 들렸다는 식으로. 내가 들은 "달달 떠는 새끼 염소 소리"는 도요새 소리라고 한다. 도요새가 꼬리 깃털을 떨 때 나는 소리인데 으스스해서 잊히지 않는다. 새 소리 말고 다른 소리도 있다. 풍력발전기 돌아가는 소리, 집에서 기르는 짐승 소리, 시냇물 소리, 바닷소리, 바람 소리, 빗소리. 안개 낀 날에는 보이는 게 많지 않지만, 소리는 안개 속에서 더 빨리 전파된다는 것도 알게 된다.

이 무렵이면 해가 북쪽에 치우쳐 뜨고 지며 지평선 바로 아래쪽 언저리까지만 내려가기 때문에 북쪽 해안을 탐사할 때 더욱 특별한 기분이 된다. 어스름 속에서 집으로 달려가는데 안개 속에서 아인할로 해협의 물살이 출렁이는 소리가 들린다.

나는 와이드퍼드 언덕 꼭대기 통신용 철탑 옆에 차를 세우고 커크웰의 불빛을 내려다본다.

메추라기뜸부기 소리를 한 번도 듣지 못하고 며칠 밤이 지나기도 한다. 바깥 날씨가 차 안으로 스며든다. 아주 가끔은 다른 차가 보이기도 해서 한밤에 이런 시골에서 대체 뭘 하는 걸까 궁금해진다. 그 차에 탄 사람도 나를 보며 같은 생각을 하겠지. 몇 번은 농부들이, 한 번은 경찰이 나한테 야밤에 뭐 하냐고 물었지만 나한테는 확실한 이유가 있다. 겁이 날 때도 있다. 혼자 한밤중에 낯선 시골길에 나와 있으니. 허수아비를 보고 깜짝 놀라기도 한다. 하지만 전화로 세상과 연결되어 있고 구글 지도가 있어 어둠 속에서도 길을 찾을 수 있다. 금요일과 토요일 밤에는 런던의 내 친구들이 술에 취해 쓴 트윗을 아침이 되어 지우기 전에 읽으며 친구들의 생활을 생각한다. 새 탐사 일은 단조로운 일이지만 기운이 빠질 때에 하늘이 놀라운 일을 하기도 한다. 나는 오크니의 완만한 골짜기에 안개가 드리운 모습을 굽어보는 게 좋다. 마치 콩줄기를 타고 하늘에 오른 기분이다.

한밤중에 휴대폰 카메라로 찍은 사진을 보면 오른쪽 아래에 반짝이는 빛 한 쌍이 있다. 사진을 찍을 때에는 곁에 있는 줄도 몰랐던 양의 눈이 찍힌 것이다. 가축들이 늘 가까이, 어둑한 곳에서 조용히 풀을 뜯고 있다. 자동차 불빛 안으로 기러기 한 마리, 토끼 한 마리, 젊은 친구 한 명이 들어온 적도 있다. 자동차 백미러로 보름달이 보인다. 하늘에 조금이라도 더 가까이 다가가려고 벼랑 가장자리까지 차를 몰고 간다. 등대가 반짝이는 작은 섬들을 내다본다. 영롱한 불빛이 어두운 스캐퍼 플로 바다 위에 반사된다. 돌담 위에서 눈을 빛내는 고양이들과 밤을 같이 나눈다. 들쥐들, 고슴도치들도.

내 사진에 저장된 기록을 보면 내가 처음으로 야광 구름을 본 때가 새벽 1시 8분이었다. 스텐네스 지역에 있는 작은 길 위에서였다. 야광 구름은 위도가 높은 지역에서 하지 무렵 늦은 밤에만 볼 수 있으니 메추라기뜸부기 탐사를 하는 동안 야광 구름을 볼 가능성이 있다는 건 알았다. 그런데 드디어 오늘 밤에 그게 있다. 머리 꼭대기에, 뚜렷하게. 80킬로미터 높이, 짙은 황혼 속에, 푸른 얼음 조각 같은 줄기가 번개처럼 솜구름을 가른다. 나는 차에서 내려 미친 사람처럼 웃으면서 휴대폰을 하늘로 쳐든다. 이런 밤 시간에는 보통 구름이 빛을 가려

구름 가장자리만 보이지만 이 구름, 우주 구름은 빛을 발한다.

나는 기대에 잔뜩 부풀어 있다. 차를 세울 때마다 메추라기뜸부기 소리를 듣고 싶은 생각에 오리 울음소리, 풍력발전기 바람개비 돌아가는 소리, 젖소가 쌕쌕거리는 숨소리를 메추라기뜸부기 소리로 잠시 착각하기도 한다. 그래도 메추라기뜸부기 소리는 꽤 여러 번 들었는데, 실제로 본 적은 아직 한 번도 없다. 메추라기뜸부기는 아주 조심스러운 새라 키 큰 풀 안에 낮게 숨어 있다. 존 클레어는 〈메추라기뜸부기The Landrail〉라는 시에서 새 소리는 들리는데 모습은 보이지 않는 현상을 "이곳저곳의 공상처럼/ 살아 있는 의심"이라고 표현했다. 나도 메추라기뜸부기가 실존한다는 믿음에 의문을 갖기 시작한다.

그러다가 진짜로 메추라기뜸부기를 찾으면 — 고요한 밤에는 1킬로미터 떨어진 곳에서도 소리를 들을 수 있다 — 내 귀가 도무지 믿기지 않을 지경이다. 나는 차에서 내려, 새를 놀라게 하지 않으려고 길을 따라 조용히 박명과 자동차 헤드라이트 불빛 속에서 걷는다. 울음소리가 나는 쪽으로 아주 천천히, 소리로 정확한 위치를 파악할 수 있는 지점까지 간다.

정신이 아득해져 순간 여기가 어딘가 싶다. 황혼과 여명이 뒤섞여 지금 날이 시작되는 건지 끝나는 건지 알 수가 없다. 그러다가 바다 위에 환하게 불을 밝히며 지나가는 유람선을 보자 고층건물이 공중에 떠다니는 것 같아 또 혼란스럽다.

하지만 빛이 훤해지며 — 새벽 3시면 자동차 불빛 없이도 지도를 볼 수 있다 — 내가 있는 곳이 어디인지 드러난다. 나는 나의 익숙한 섬에 와 있다. 본섬 서쪽을 주로 조사하는데 길마다 추억이 서려 있다. 전에 우체국이 있던 자리에서 멈춘다. 아빠가 병원에 입원했을 때 엄마는 그곳에서 내 출생신고를 했다. 네잎 클로버를 종종 찾곤 했던 스쿨버스 정류장, 음주운전하다가 경찰에 붙들렸던 예스나비 근처. 반경 50마일 섬에서 내가 달린 주행거리가 수천 마일이다. 오크니의 모든 도로를 누비고 가로지르며 오크니의 지리를 내 머릿속에, 등고선을 내 살갗에 새겨 다시 떠나기가 더 어려워진다.

조사를 마치려면 오크니 제도의 더 작은 섬들에도 가야 한다. 나는 웬만한 날씨는 아랑곳없이 운행하고 자동차도 실을 수 있고 선내에서 베이컨 샌드위치를 파는 페리를 타고 바다를 건넌다. 샌데이 섬에서는 페럿을 산책시키는 커플을 보고,

메추라기뜸부기 두 마리가 호수 양쪽에서 서로 경쟁적으로 우는 소리를 듣고, 1마일을 헤엄쳐 바다를 건넌 소 이야기를 듣는다. 스트론세이에서는 바닷가재 어롱에 메추라기뜸부기가 들어 있었다고 한다. 이데이에는 메추라기뜸부기가 없다. 대신 이데이에서 과거 이 섬 어부들은 헤엄치는 법을 일부러 배우지 않으려고 했는데 그 까닭이 만약 배가 전복되었을 때 차라리 빨리 죽는 편이 낫기 때문이라는 이야기를 들었다. 버레이에는 바다 안개가 종종 내리는데 해가 뜰 때면 안개가 분홍색으로 물들고 들판 너머 바닷가에서 바다표범들이 귀신 같은 울음소리를 내는 게 들린다.

차를 몰고 돌아다니면서 그동안 있었던 일을 하나씩 다 풀어내어보려고 한다. 내가 살았던 집들, 놓친 일자리, 치료센터, 쓰린 가슴. 처음에는 술을 마시지 않고 보낸 날수를 헤아렸고 그다음에는 주수를 헤아렸다. 지금은 달수로 헤아릴 만큼 시간이 지났고, 술에 대한 갈망도 점점 드물게 찾아오지만 그래도 사라지지는 않는다. 아름다운 새벽에 집을 향해 달려가는 길 위에 나밖에 없고 신나는 하드코어 음악을 들을 때면 오크니의 여왕이 된 기분이다. 그러다가 느닷없이 와인 한 병만 있으면 얼마나 좋을까 하는 강렬한 갈망이 솟구친다. 이 섬에는 24시간 운영하는 술 가게가 없어서 다행이다.

20세기 들어 메추라기뜸부기 수가 급감한 것은 농경 방식이 기계화되었기 때문이다. 특히 거대하고 효율적인 풀베기 기계가 큰 역할을 했다. 메추라기뜸부기들은 대부분 건초용이나 저장용 목초를 재배하는 풀밭에 사는데 풀 베는 기계가 풀을 베러 오면 새들, 특히 새끼 새들이 꼼짝 못 하고 죽는다. 메추라기뜸부기는 기계를 피해 잘리지 않은 풀로 계속 이동하는데 이 공간이 점점 좁아지다가 들 한가운데에 갇히게 되고 결국 마지막 낫질에 죽임을 당한다.

사람들이 메추라기뜸부기 위치를 알려줘 알게 되거나 밤에 돌아다니다가 발견했을 때 나는 새가 있는 땅의 주인을 만나러 간다. 낯선 길을 따라가서 개 짖는 소리 속에서 농가 문을 두드리자면 긴장이 된다. 나이 많은 오크니 사람들은 여자를 부를 때 결혼을 했거나 안 했거나 '아낙'이라고 부른다. 그래서 당신네 토지에 멸종위기의 새가 있다는 사실을 알리러 농장에 찾아가면 사람들이 "메추라기뜸부기 아낙이 왔다"

고 할 때가 많다. 왕립조류협회에서는 농부들에게 풀을 베거나 가축을 풀어놓는 시기를 늦추거나, 아니면 '메추라기뜸부기 친화적'인 방식으로 풀을 베는 대가로 보상금을 지급한다. 메추라기뜸부기 친화적인 방법이란 들 안쪽에서부터 바깥쪽 방향으로 풀을 베어 새가 달아날 수 있는 기회를 주는 방법이다. 농부들 모두 기꺼이 이런 방법들을 고려해보겠다 한다. 농부들도 자기 땅에 야생동물이 산다는 걸 잘 알고 있고 풀 베는 방법도 바꿀 수 있다고 한다. 추수를 8월까지 미루기는 아무리 보상금을 받더라도 무리라고 할 때가 많지만. 그래도 대놓고 거절하는 사람은 없다. 원래 딱 잘라 말하는 것은 오크니 방식이 아니다. 생각해보겠다고 말은 하지만, 그 뒤로 아무 소식이 없기 마련이다.

나는 메추라기뜸부기에 대해 가능한 한 많은 지식을 쌓는다. 학술 논문을 읽고 이동경로에 대한 최신 연구를 살핀다. 사람들하고 나누는 이야기도 전부 메추라기뜸부기에 대한 것들이다. 타자를 치다가 다른 단어 대신 무심코 '메추라기뜸부기'라고 치는 일도 있다. 전화벨 소리를 메추라기뜸부기 울음소리로 바꾼다. 해외 언론에 메추라기뜸부기 소식이 올라오면 나에게 알려주도록 구글 알리미 설정을 해놓았다. 어쩌다보니 메추라기뜸부기에 푹 빠져버렸다. 라디오를 듣다가 배경음에서 환청으로 메추라기뜸부기 울음소리를 듣고 밤이면 메추라기뜸부기 꿈을 꾼다.

2011년 6월 메추라기뜸부기 수컷 쉰 마리가 헤브리디스 제도에 있는 콜 섬에서 잡혔다. 경쟁자 수컷 울음소리를 녹음해서 들려주어 끌어낸 다음 그물로 잡았다. 1그램도 안 나가는 위치 기록기를 플라스틱 고리로 다리에 달았다. 이듬해 여름, 이 새들 가운데 일부를 다시 잡아서 위치 기록기 정보를 분석했는데 중앙아프리카에 있는 콩고민주공화국까지 다녀왔다는 것을 알게 되었다. 믿기 어려운 일이었다. 스코틀랜드에서는 메추라기뜸부기가 도무지 날지 않으려고 해서 농기계 따위에 목숨을 잃곤 하는데 말이다. 지역 민담에는 메추라기뜸부기는 철에 따라 이동하는 대신 땅 밑으로 들어간다거나, 쇠물닭으로 변신한다거나, 아니면 다른 새 등을 타고 이주한다는 따위의 이야기도 있다. 하지만 메추라기뜸부기가 난다는 것은 명백한 사실이다. 이듬해에 오크니로 살아서 돌아오는 새가 30퍼센트 정도밖에 안 되기는 하지만. 북아프리카에서 사냥꾼 그물에 많이 걸린다. 메추라기뜸부기는 새끼를 많이 낳아야만, 개체수를 불리기까지는 못 하더라도 유지라도 할 수 있다.

이 일을 시작하기 전부터 《모비 딕》을 읽고 있었다. 하도 오랫동안 읽다보니 내가 3년짜리 세계일주 고래잡이 여행을 나선 듯한 기분이다. 이 묵직한 책을 가방 안에 넣어 마치 작살처럼 날마다 들고 다닌다. 나는 폭풍처럼 미친 에이해브 선장이다. 다만 고래 대신 잡히지 않는 새를 쫓는다. 서른 마리 가까이 되는 수컷 울음소리를 들었지만 실제로 본 적은 한 번도 없다. 메추라기뜸부기는 늘 손에 닿지 않는다.

특히 힘든 밤이면 이런 의문이 들기 시작한다. 눈에도 보이지 않는, 구시대 농경의 유물 같은 새, 현대 농경 방식에 적응하지 못하는 새를 왜 굳이 구해야 하나. 이 새가 있건 없건 뭐가 달라진다고. 그러다가 나는 1977년에 오크니 본섬 서쪽 버쿠오이에 있는 픽트족과 바이킹 시대 유적지에서 메추라기뜸부기 유해가 발굴되었다는 사실을 알게 된다. 메추라기뜸부기는 수천 년 동안 이곳에 살았는데 한 세기도 안되는 동안에 우리가 말살해버렸다니 충격이다. 메추라기뜸부기의 소멸은 의심할 바 없이 인간의 소행이므로 우리가 마지막 남은 몇 마리를 보존하기 위해 소임을 다하는 게 옳다.

아마도 섬에서 유일한 메추라기뜸부기일 듯한, 홀로 동떨어진 수컷 한 마리가 몇 달 동안 밤마다 세 시간, 네 시간, 다섯 시간까지도 울어댄다. 한 마리가 플로타 섬에서 여름 내내 울었다고 한다. 그 계절이 끝날 무렵 새끼 새가 발견되었다는 이야기를 듣고 나는 기뻤다. 그 수컷이 결국에는 짝을 찾은 것이다.

그 여름에 나는 오크니에서 다 합해서 서른두 마리의 수컷 메추라기뜸부기 소리를 들었다. 작년보다 딱 한 마리가 늘었다. 같은 위치에서 며칠 넘게 우는 수컷은 암컷과 짝을 지었다고 볼 수 있다. 개체수가 아직도 많지 않지만 그래도 왕립조류협회 메추라기뜸부기 보호 프로젝트가 시작된 이래로 아주 약간 늘었다고 한다. 섬에서 들은 이야기에서 선원들은 물에 빠지면 차라리 빨리 익사하고 싶다고 했다지만 메추라기뜸부기들은 죽음에 맞서 싸운다. 어쩌면 내 운명이 그 새의 운명과 엮여 있는 것 같기도 하다. 나는 정상적인 삶에 매달리고 술에서 벗어나려고 애쓴다. 메추라기뜸부기는 생존에 매달린다.

내 친구가 자기 엄마가 남편과 어린 자식 셋을 남기고 세상을 떴을 때 이야기를 해주었다. 식구들이 미국으로 여행을 갔는데, 아빠가 그저 "계속 차를 몰았다"고 했다. 더 해낼 수 없을 것 같은데, 그래도 해야 하고, 삶이 다시 제자리로 돌아오고 안정될 때까지, 삶이 어떻게 이어질지 좀더 뚜렷이 드러날 때까지, 무어라도 하기 위해 아빠는 계속 차를 몰았던 것이다. 나도 계속 차를 몰고 나아간다. 지도 위의 1킬로미터 격자를 한 칸 한 칸씩. 알아차리지 못하는 사이에 가슴속에서 요동치던 것이 조금씩 가라앉는다. 런던에서 밤에 자전거를 탈 때처럼 나는 움직이면서 위안을 받는다. 어느 날 밤에는, 내가 더 편안하고 더 정상이 되었다는 걸 깨닫는다. 오크니에서 살며 일할 수 있어 운이 좋다는 생각마저 든다.

내가 알던 것과 전혀 다른 종류의 나이트라이프다. 도시에서의 밤, 파티와 클럽은 이제 나의 것이 아니지만 이 절대로 저물지 않는 밤, 격자를 하나씩 지워가며 안개 속에서 지도를 따라가는 이 밤은 나만의 것이다. 오늘 밤에는 메추라기뜸부기를 한 마리도 못 찾았지만, 동이 트기 시작하고 나한테는 커피 한 병이 있고 바다표범 소리가 들린다.

신비로운 순간이다. 나는 쇠부엉이와 눈을 맞춘다. 이곳에서는 쇠부엉이를 '고양이 얼굴'이라고 부르는데 올해에는 고양이 얼굴이 특히 많이 보인다. 내가 차를 세운 자리 옆 울짱 위에 앉아 있다. 우리는 둘 다 고개를 돌려 마주 본다. 나는 놀라고 쇠부엉이는 날아간다. 하지 직전 고요한 분홍빛 새벽, 집에 돌아가는 길에 브로드거 고리 근처에서 차를 세운다. 주위에는 아무도 없다. 옷을 모두 벗고 신석기 시대 돌고리 주위를 달린다.

그러다가 7주 동안의 탐사가 거의 끝나갈 무렵인 어느 날 새벽, 3시가 막 넘어 조사를 마치고 돌아가려고 천천히 차를 움직이는데 뜻밖의 일이 일어난다. 메추라기뜸부기가 있다. 한 순간이었지만 내 차 바로 앞 길 위에서 후다닥 길섶으로 들어간다. 그 모습—분홍색 부리와 적갈색 날개—이 머릿속에서 떠나지 않는다. 내가 몇 달 동안 찾아 헤매던 것의 존재를 확인시켜준 그 짧은 순간. 내 첫번째이자 유일한 메추라기뜸부기. 대개는 새벽이 천천히 찾아오지만, 오늘 밤에는 내가 구름 밖으로 차를 몰고 나오자 갑자기 새로운 날이 시작된다.

15

장미 오두막

메추라기뜸부기 조사를 하는 동안 작은 섬들을 돌아보면서 각 섬의 풍광에 익숙해졌다. 비옥한 농지가 있는 샤핀세이, '높은 섬' 호이의 황무지 등. 오크니 제도에 사람이 사는 섬이 스무 곳 있는데 인구는 두 명부터 수백 명까지 다양하다. 지금 이 섬들에는 사람보다 집이 더 많다. 야트막한 방 두 개짜리 오두막 농가가 흔한데 일부는 버려졌고 일부는 정성스레 보수해서 현대화했다. 바람에 날아가지 않게 밧줄과 시멘트 벽돌로 고정해놓은 캐러밴들도 있다. 농장도 작은 구식 농장이 있는가 하면 세련된 현대식 농장도 있다. 지도를 살피며 차를 몰아 길가에서 녹슬어가는 농기구들, 버려진 목욕장을 지나다보면 특이한 농장 이름들이 눈에 뜨인다. 한때 이 지역에서 쓰던 노른어(스코틀랜드 북부 지역에서 사용되던 고대 노르웨이어의 한 형태다—옮긴이)에서 유래한 이름인데 섬에도 이런 이름들이 붙어 있다. 우, 퀴어, 발라클라바, 윈디윌스, 페이션스, 플로스, 크루크.

그럴 생각이 없었는데도 이런 곳들이 점점 궁금해지고 가보고 싶어진다. 이제 나는 오크니에서 사람이 사는 섬 가운데 세 개만 빼고 다 가봤다. 고고학적 가치가 있는 와이어 섬, 한 가족만 사는 오스케리 섬. 이 가족은 자기네 성을 아예 오스케리로 바꾸어버렸다. 스트론세이에는 "최고 신성 구세주의 아들들"이라는 수도승 집단만 산다.

메추라기뜸부기 관찰 시기가 끝나고 메추라기뜸부기들이 중앙아프리카로 날아가고 난 뒤에 내가 런던에서 더 먼 곳으로 가기로 결심했다는 게 나 자신도 놀랍다. 나는 파파 웨스트레이(파페이라고도 부른다)에서 겨울을 나기로 했다. 오크니 제도에서 사람이 사는 섬 가운데 가장 북서쪽에 있는 작은 섬이다. 길이가 4마일, 나비가 1마일 밖에 되지 않고 주민은 일흔 명이다. 파페이는 좁고 기다란 모양이다. 지도로 보면 웢시츠

Wotsits(영국에서 파는 애벌레 모양으로 생긴 치즈맛 옥수수 과자다—옮긴이) 모양으로 생겼고 어찌 보면 지팡이를 든 노인이 구토를 하는 모양처럼 보이기도 한다. 여름에 왕립조류협회에서 희귀종인 스코틀랜드 프림로즈 조사를 하러 파페이로 갈 때 나도 따라 갔는데 주민들이 친절하고 아름다운 섬을 자랑스럽게 여기는 게 느껴져 그 섬이 좋아졌다.

커크월에서 파페이, 웨스트레이, 이데이, 샌데이, 노스 로널세이 등 북쪽 섬들을 오가는 항공편이 있다. 이 섬들 가운데에서도 가장 북쪽에 있고 가장 작은 섬인 파페이와 노스 로널세이는 연락선이 일주일에 한두 번밖에 오가지 않기 때문에 이 항공편에 크게 의존한다. 섬 청소년들은 월요일과 금요일에 20분 동안 비행해서 커크월까지 오가며 중학교에 다닌다. 주중에는 기숙사에 머문다.

11월 중순 어느 이른 아침, 동이 트기 전에 엄마가 나를 커크월 공항에 내려준다. 북섬 운항편 창구에 가보니 비행사나 공항 직원들 모두 승객들 이름을 대부분 다 안다. 줄을 서거나 여권을 확인하는 일 따위는 없다. 그냥 활주로(내가 태어나던 날 우리 아빠가 병원으로 끌려간 그 활주로다)를 가로질러 가서, 계단으로 8인승 프로펠러기에 올라탄다. 비행기 안에 조종사가 있는 곳과 탑승객 있는 공간이 구분이 없다. 조종사가 몸을 돌려 바로 승객들에게 안전벨트를 매라고 말한다. 이렇게 작은 비행기에 타니 차를 타고 하늘로 올라가는 기분이다. 비행기가 이륙할 때 나는 내 시트를 꽉 움켜쥔다. 동이 트기 시작했다. 비행기는 읍내 위를 지나가고 아래쪽으로 고깃배와 연락선이 보인다. 사람이 살지 않는 바위섬인 도둑섬 위로 지나간다. 과거에 마녀나 범죄자들이 유배되던 섬이다. 지금은 사람이 살지 않고 등대만 있는 헬리어 홈을 지나, 빅토리아 시대 성이 있는 샤핀세이를 지나, 성 마그누스(1080~1115년, 오크니의 수호성인인 마그누스 에를렌드손을 말한다—옮긴이)가 처형당한 옛 노르웨이 교회가 있는 에길세이를 지난다.

긴장이 풀린다. 이런 여행을 할 수 있다는 게 특별한 일인데다가 어딘가로 갈 때면 늘 기분이 좋다. 비행기의 진동이 나를 안정시켜 내가 지금 무얼 하고 있는 걸까 하는 깊은 생각에 잠긴다. 오크니로 돌아온 지 1년이 거의 다 되었지만 아직도 내가 온전치 못하고 적응을 못한다는 기분이 들 때가 많다. 이제는 내 자리를 찾아야 할 때인데, 남쪽이 아니라 북쪽으로 더 멀리 가고 있다. 나는 작은 섬의 삶을 경험하고 싶다. 작은 읍이 두 개 있는 오크니 본섬보다 더 작은 곳에서. 파페이에 가면 나는 좁은 땅을 나누어 쓰는 일흔 명 공동체의 일원이 될 거다. 이 사람들을 하나로 묶어주는 게 좁은 땅덩이 말고 또 무엇인지 알고 싶다. 생활비도 적게 들 테고 바닷가에 있는 나만의 집에서 겨울을 보내는 게 내 회복 과정에서 한 걸음이 될 것 같기도 하고. 섬들이 나를 계속 붙들어주고 지탱해주기를 바란다.

북쪽 섬들이 아래쪽에 펼쳐지고 하늘이 훤해지면서 불이 켜진 양어장, 옥색 만, 시커먼 바위섬들을 지나 마침내 파페이에 도착한다. 파페이는 작고 야트막한 녹색 섬이고 돌담과 울타리로 질서정연하게 구획되어 있다. 파도가 바위투성이 해안에 부딪히며 흰 물거품을 일으킨다. 섬이 바다에 집어삼켜지지 않으려고 저항하는 것 같다.

웨스트레이에 잠시 멈췄다가 다시 2분짜리 비행을 해서 파페이로 간다. 세계에서 가장 짧은 정기 항공 노선인 셈이다. 파페이 비행장은 첫눈에 그냥 들과 헛간 한 채가 있는 빈터처럼 보인다. 농부인 바비와 데이비드 형제가 비행기를 맞는다. 이 사람들은 하루에 두어 번 일손을 놓고 방수 유니폼을 입은 다음 사륜구동 자동차를 몰고 비행장으로 와서 비행기를 인도한다. 이 섬 주민으로 여름에 왔을 때 만났던 잰이 마중 나왔다. 나는 불쏘시개 한 자루, 노트북, 죽 3킬로그램, 방한 내의 등을 챙겨왔다. 잰이 나를 태워 섬 한가운데를 가르는 도로를 몇 분 달려 앞으로 네 달 동안 살 조그만 분홍색 오두막으로 데려다준다.

파페이에는 왕립조류협회의 보호구역이 있는데, 이 집이 보호구역 관리자들이 사용하는 집이다. 야한 분홍색 페인트로 칠해 있어 장미 오두막이라고 부른다. 섬에 있는 돌집이나 자갈과 시멘트를 섞어 마감한 집들과 대조적인 외양이다. 동네 사람들은 여름 동안에 '새 아낙'이나 '새 남정네'들이 와서 머무는 집이라고 이 집을 '새 집'이라고 부른다. 하지만 겨울에는 보통 비어 있다. 나의 조류협회 일은 이미 끝이 났지만, 이 집이 겨우내 빈다는 걸 알게 되어 써도 되는지 물어보았더니 조류협회에서 흔쾌히 여기에서 지낼 수 있게 해주었다. 임대료 조금 내고 집을 건조하게 유지하면 된다고 했다. 올겨울에는 장미 오두막에도 불이 켜져 있게 되었다.

이 집에 전에 와본 적은 없지만 외풍이 세고 춥다는 소문은 익히 들었다. 그런데도 막상 와보니 덜컥 불안해진다. 몇 주 비워놓았을 뿐인데 벌써 눅눅한 곰팡이 냄새가 난다. 하지만 벽난로에 불을 지피고 외풍을 막아줄 두꺼운 커튼을 문 위에 달고 나니 부엌이 그래도 꽤 아늑하게 느껴진다. 불가에 놓인 낡은 안락의자에 앉아 어울리지 않는 페인트와 그릇 들을 둘러본다. 이 집은 단열이 전혀 되지 않아 캐러밴에서 지낼 때처럼 집 안에서도 끊임없이 날씨를 느낄 수 있다.

이 오두막은 1960년대에 연락선이 정박할 '새' 부두(수십 년이 지난 지금도 그렇게 불린다)를 지으러 온 노동자들 숙소로 쓰려고 세운 집이다. 섬 양쪽 바다 사이 거리가 500미터 정도밖에 안되는, 섬에서 가장 좁은 부분에 서 있다. 남쪽과 동쪽을 향해 뚫린 부엌 창문 두 개로 섬의 삼면을 둘러싼 바다를 볼 수 있다. 배의 좌현, 이물, 우현을 보는 것 같다. 창문으로 작년 겨울에 돌담을 세울 때처럼 해가 남쪽 하늘을 지나는 짧은 궤적을 볼 수 있다. 여기에 있으면 내가 섬에 있다는 걸 항시 느낄 수 있을 것이다. 만조 때에는 바다에서 불어오는 물보라가 오두막이 있는 좁은 땅 전체를 부옇게 덮기도 한다고 한다.

여기에서 여름을 보낸 관리인들이 모아놓은 물건들이 집 안 곳곳에 있다. 조개껍데기, 뼈, 파도에 쓸려 둥글게 닳아진 사금파리 조각. 작은 고래 등뼈가 화장실 문 위에 걸려 있고 완벽한 공 모양의 성게가 벽난로 선반 위에 있다. 오크니 들쥐 뼈가 들어 있는 올빼미 펠릿을 누가 헤집어놓은 것도 찾아냈다. 쇠바다제비 날개도 한 개 있다. 쇠바다제비 특유의 냄새, 불쾌하지 않은 사향 냄새가 아직도 남아 있다.

파페이는 처음이지만 섬 생활은 낯설지 않다. 장미 오두막은 농로 끝에 있는데 내 방 창문 앞을 지나가는 트랙터 소리가 친숙하다. 나는 농장에서 계절의 순환에 따라 자랐다. 여름에 거둔 건초나 저장목초를 내어 배고픈 가축들에게 주는, 겨울이면 날마다 되풀이되는 일과도, 겨울이 깊어지기 전에 소들을 축사 안으로 들여오는 날도 안다. 겨울에는 집 밖에 나갈 때 늘 장화를 신는다. 아빠가 한 해 내내 그러듯이.

부엌에 불을 때고 부엌에서 주로 생활하고 집 나머지 부분에는 불을 때지 않기로 한다. 부엌에서는 파페이의 새끼 섬이 보이고 이 섬의 유일한 어부인 더글러스의 고깃배도 보인다. 여기에서 스트론세이를 제외한 큼직한 북쪽 섬들 대부분을 볼 수 있다. 동쪽에는 세 칸짜리 계단 모양으로 생긴 벼랑이 보이는데 '이데이의 머리'라고 불리는 곳이다. 더 멀리 수평선 쪽으로는 샌데이가 있는데 동이 틀 때면 샌데이의 완만한 굴곡 뒤쪽에서 햇빛이 비쳐 언덕 위 풍력발전기 바람개비의 실루엣이 보인다. 다시 북쪽을 보면 맑은 날에는 노스 로널세이가 보인다. 고도가 하도 낮아서 건물들만 보이기 때문에 집들이 땅에서 분리되어 바다 위에 떠 있는 듯하다.

파페이의 서쪽에는 가장 가까운 이웃 섬 웨스트레이가 있다. 웨스트레이 섬에는 300명 정도가 살고 갑각류 가공 공장, 중학교, 튀김 가게까지도 있다. 작은 연락선이 날마다 파페이와 웨스트레이를 오가며 학생 한 명과 갓 구운 빵을 실어나른다. 웨스트레이 너머에는 헤더로 뒤덮인 루세이 섬이 있고 그 너머로 오크니 본섬의 언덕이 보인다. 나는 파페이에는 비 한 방울도 오지 않는 날에 본섬에서는 구름이 비나 눈이 되어 떨어지는 것을 구경한다.

파페이 섬 한가운데를 가로지르는 길을 따라 비행장을 지나 좀더 가면 집들이 옹기종기 모인 곳이 나온다. 마을이라고 부르기에는 무색한 규모다. 그래도 우체국, 교회, 학교, 상점 겸 여관이 있다. 바람 부는 날 자전거를 타고 가려면 보기보다 훨씬 멀다.

지금은 들에 아직 푸릇푸릇한 기운이 남아 있다. 하지만 겨울이 깊어지면 풍광에서 빛이 점점 사라지고, 3월쯤 되면 부엌에서 바라보는 경치는 비행장에서 바람에 휘날리는 형광주황색 바람자루만 빼면 거의 무채색에 가까울 것이다. 내가 파페이로 이사 와서 비행기 항로 아래에서 살게 되리라고는 상상도 못 했다. 겨울 아침에는 비행기가 장미 오두막 가까이 내려앉는 소리에 잠에서 깨곤 한다. 가끔은 비행기가 섬에 사는 새들 전부를 놀라게 하는 것 같다. 부엌 창문으로 내다보면 10종이 넘는 각각 다른 종의 새 무리가 동시에 일어나, 갑자기 하늘이 회색기러기, 꼬까물떼새, 검은가슴물떼새, 도요새의 구름으로 뒤덮인다.

혼자 사는 건 위험하다. 혼자 사는 집은 술독에 빠지기에 완벽한 장소가 될 수 있다. 플로타 섬에서 청소부로 일할 때 밤에 홀로 농장 집 부엌에서 술을 마시던 일, 나중에 런던 내 방에서 그랬던 날들이 떠오른다. 날마다 같은 패턴이 되풀이된다. 두 잔에서 다섯 잔까지는 기분이 좋아지고 자유로운 것 같고 성숙해진 기분이다. 여섯 잔에서 열 잔 사이에는 절박한 외로움이 솟아 어떻게든 혼자 있지 않으려고 온갖 짓을 다 한다. 아침에 깨서는 통화 내역과 내가 보낸 문자 메시지와 이메일을 훑어보며 밤사이 내 말을 들어주고 애정을 보여줄 사람을 찾아 누구한테 연락을 했는지 확인해보곤 했다.

몇 년 동안 낮에는 숙취에 시달리며 다른 사람들과 이야기를 나누지도 않았고 일도 최소한만 했다. 하루이틀에 한 번은 술에 취해 미친 짓을 벌였고 나머지 시간은 내가 저지른 일을 수습하거나 불안에 떨면서 그저 버티려고 애쓰며 보내다가 결국은 술을 사오고, 혼자서 술을 마시며 다시 악순환을 시작하고는 했다. 그 불행하고 소모적인 패턴에 다시 빠지지는 않을 것이다. 엄마는 내가 파페이에서 지내는 시간 동안에 어느 때보다도 더 강인해져야 할 거라고 말했다. 엄마가 처음 오크니로 이사 왔을 때도 기나긴 겨울이 막 시작할 무렵이었기 때문에 그게 어떤 건지 안다.

장미 오두막은 완벽한 중간 기착지 같은 곳이다. 섬 공동체 안에서 보호를 받으며, 나 혼자 살면서 건강하고 책임감 있는 일과를 만들어나갈 수 있는 곳.

같이 사는 사람도 없고 가까이에 이웃도 없어 내가 밤에 우는 소리를 들을 사람이 없다. 나는 뭣도 모르고 할 줄 아는 것도 없이 무작정 섬에 들어와서 사고나 치고 혹독한 겨울을 못 버티는 나약한 사람이 될까 겁이 난다. 날씨가 험한 날에는 콘크리트 블록으로 지은 작은 집 안에서 소리가 난다. 창문에 비가 부딪히고 바람이 굴뚝을 타고 부르르 떨며 들어오고 문틈 사이로 스며든다. 남풍이 불 때 제일 춥다. 외풍이 창틀의 보이지 않는 틈새로 파고든다.

다른 사람하고 몸을 맞댄 지 꽤 오래되었다. 이번 주에는 사람보다 바다표범을 더 많이 만났다. 길 끝에 있는 우리 집에서는 고독과 반복적 섬 생활의 안정을 누릴 수 있다. 어릴 때 나는 심한 두통 때문에 한 달에 며칠은 학교를 빠지곤 했다. 그러다가 술을 마시면서 새로운 탈출구와 위안을 찾을 수 있었다. 숙취가 심하면 직장에 전화를 걸어 아프다며 병가를 냈다.

나는 게으르고 불성실했지만, 어쩌면 도망칠 공간이 필요했던 건지도 모른다. 술을 마시지 않은 뒤로는 내가 깨지기 쉬운 물건이나 되는 양 조심조심 여유 공간을 확보하고 단순한 삶을 유지하고 조용하고 차분히 지내려 한다.

오크니 본섬에는 있는데 파페이에는 없는 것들이 있다. 수영장, 술집, 목사, 의사. 여기에는 산토끼나 고슴도치도 없다. 여기 사는 포유류가 가짓수는 많지 않을지라도 일단 있다 하면 넉넉하게 있다. 바다표범, 토끼, 생쥐 등이 흔하다. 과학자들은 작은 섬에 사는 짐승에 관심이 많다. 파페이 섬에 사는 생쥐 아래턱뼈 형태가 독특하다는 사실을 밝힌 연구가 있다. 파페이 생쥐는 다른 곳에 사는 생쥐보다 턱이 더 크다. 작은 집단 안에서 번식을 하면서 서식지에 알맞게 적응해나간 것이다.

나는 사람들에게 집세가 가장 싼 곳을 찾아 여기로 왔다고 가볍게 말하곤 한다. 아주 빈말은 아니지만 내가 여기에 온 것이 '미니멀 라이프를 누리기 위해서'라거나 '자연으로 돌아가기 위해서'는 아니다. 회복하려고 집으로 돌아올 계획은 없었다. 그냥 다니러 왔다가 눌러앉은 쪽에 가깝다. 이곳이 고향이기는 하나, 오크니에 사는 잉글랜드 사람들이 많이들 그렇게 느끼듯 원해서 온 곳은 아니다. 지난 한 해 동안 나는 계속 "몇 주만 더 있다 돌아가야지" 하면서 돌담을 세우고, 새끼 양을 받았고, 그다음에는 메추라기뜸부기 때문에 몇 달을 더 머물렀고, 이제는 파페이에서 겨울 한 철을 보내겠다고 하고 있다. 오크니가 계속 나를 붙든다.

날마다 밖에 나가 겨울나기 준비를 한다. 맑은 날에는 멀리 북서쪽에 페어 아일 섬이 보인다길래 쌍안경으로 수평선을 살핀다. 바닷가에 나가 분홍색 카우리 조개껍데기를 찾는다. 귀하게 여겨지는 특별한 종류의 조개껍데기다. 빵도 굽는다. 사진을 찍는다. 연료로 쓰려고 파도에 떠밀려온 나무를 줍는다. 보름달이 뜬 직후나 돌풍이 몰아친 뒤에 바닷가에 나가면 성과가 가장 좋다. 바람이 어느 방향으로 불었느냐에 따라 수확량이 달라진다.

메추라기뜸부기 아낙이었을 때에는 바빴고 일이 있었고 지난 몇 해 동안의 일은 거의 이야기하지 않고 지냈다. 지금은 시간과 공간이 있으므로, 내가 왜 어떻게 해서 그런 결단을 내렸는지, 치료 센터에 들어가고 술을 완전히 끊기로 결심할 수 있었는지에 대해 생각해볼 여유가 있다.

오크니에서 음주운전으로 체포되고 한 달이 못 되어, 런던에 돌아가 지낼 때 일이다. 공격을 당한 것이 내 잘못이 아니라는 건 알지만, 술에 심하게 취하지 않았다면 일어나지 않았을 일이기도 하다.

그날 오후에 나는 평소처럼 시장에 있는 술집에서 글로리아를 만났다. 노점들이 하나씩 철수하고 버려진 채소나 커피를 담았던 종이컵 따위가 바닥에 굴러다녔다. 아직 저녁 시간도 안 되었는데 사람들은 이미 취해서 맥주잔이나 가게에서 사온 캔을 들고 앉아 있었다. 글로리아는 얼마 전에 더 이상 아버지한테 돈을 받아쓰지 않겠다고 하면서 노팅힐에서 해크니로 이사했다. 글로리아는 그때 저축해놓은 돈이 좀 남아 있었고 나는 아직 직장이 있는 것처럼, 별문제 없는 것처럼 행세했다.

나는 차가운 유리잔을 뺨에 가져다댄 채 글로리아가 우리 친구들에 대해 가볍게 신랄한 평을 늘어놓는 것을 듣는 걸 좋아했다. 우리는 실제로는 얻을 가능성이 없는 일자리를 가지고 별것 아닌 듯이 말하고 우리가 차버릴 남자들에 대해서 농담을 하며 기분 좋게 대화했다. 친구와 같이 있으니 어쩐지 호기가 솟아서 실제 내 기분이 어떤지는 잊었다. 사실은 두렵다는 것, 무언가가 무너져내리려 한다는 것을.

나는 시장에서 베트남 식당으로 가서 계속 술을 마셨고 그다음에는 얹혀 살던 동생 집으로 가서 옷을 갈아입고 클럽으로 갔다. 누군가가 나한테 엑스터시를 줬다. 나는 집에 가려고 했는데 버스에서 전에 만난 적이 없는 누군가가 창고 파티 이야기를 해서 따라갔다. 사람들이 가득한 신나는 파티였고 내가 아는 사람도 몇 있었다. 처음 가본 곳이었는데 너무나 좋았다. 갑자기 그곳이 전 남자친구 집에서 멀지 않다는 게 떠올랐고 전 남자친구한테 이 장소를 알려주고 싶었다. 나는 임계점을 넘어버렸다. 취해서 이성을 놓았고 무모함과 자기연민에 빠져버렸다.

비틀거리며 전 남자친구의 집으로 갔다. 그는 새 주소를 알려주지 않으려고 했지만 내가 알아냈다. 초인종을 누르고 문을 두들기고 휴대폰으로 전화를 걸었다. 응답이 없었다. 나는 낙심했다. 어떻게든 관심을 끌어내고 싶었다. 골목길을 따라 우리 집 방향이라고 생각한 쪽으로 걷기 시작했다. 그때 내 옷차림은 나중에 전 남자친구가 보고 왜 그렇게 야하게 입었느냐고 물은 그런 차림새였다. 내 옆에 차가 멈춰섰다. 차 안에서 남자가 뭐라고 말했는지 정확하게 기억이 안 나는데 어쨌든 차에 타라고 하길래 탔다.

차를 타고 꽤 오래 간 것 같았는데 나중에 구급차가 나를 데리러 온 곳은 사실 차에 탄 지점에서 그렇게 멀지 않은 곳이었다. 가장 빠른 길이 어디냐는 대화를 나눈 것 같고 나는 집에 데려다달라고 했다. 휴대폰으로 전 남자친구에게 전화를 걸어 자동응답기에 낯선 사람 차를 탔다는 메시지를 남겼다.

그때 차를 운전하던 남자가 주먹에 온 힘을 실어서 내 얼굴을 쳤다. 순식간에 모든 게 달라졌다. 나는 정신이 번쩍 들었고 달아나야 한다는 걸 알았다. 차문을 열었지만 차가 움직이고 있었다. 그때 신발 한 짝을 잃어버렸다. 남자는 차를 세우고 발치에서 커다랗고 묵직한 부츠를 꺼내 내 뒤통수를 때렸다. 남자가 나를 죽일 생각은 아니더라도 의식을 잃게 만들려는 게 분명했다. 우리는 차문 바깥쪽, 공원 옆 땅바닥에 뒹굴며 몸싸움을 벌였다. 남자가 내 발목을 붙들고 공원 나무쪽으로 끌고 갔다.

남자가 한 말 가운데 기억나는 건 "조용히 해"뿐이다. 나는 조용히 하지 않았다. 공포에 질렸고 술과 약에 취했고 머리를 두 차례 세게 얻어맞았지만 그래도 빨리 상황을 파악했다. 남자는 덩치가 그다지 크지 않았고 무기도 없었다. 전에는 이런 폭력을 당해본 적이 없었지만 어릴 때 동생과 몸싸움을 하던 게 떠올랐고 내가 힘으로 압도할 수 있다는 생각을 했다. 나는 도와달라고 소리를 질렀고 이렇게 외쳤다. "내가 너보다 더 세. 내가 너보다 더 세." 남자가 내 스타킹을 찢을 때 발로 걷어차고 몸부림을 쳤다.

남자 세 명이 내 쪽으로 달려오는 게 보였다. 잠시 뒤 불빛이 사방에서 비쳤고 사람들이 나타났고 나를 공격하던 사람은 사라지고 없었다. 나는 내내 휴대폰을 놓지 않고 쥐고 있었다.

경찰서에 가자 경찰이 진술을 받고 내 옷을 가져갔다. 병원에 가서 머리에 엑스레이를 찍었다. 몸무게를 달아보았는데 십 대 때보다 몸무게가 더 줄어 있었다. 전 남자친구가 왔다. 내 메시지를 듣고 마침내 나한테 전화를 걸었고 소식을 듣고 달려왔다. 나는 관심을 끄는 데 성공했다. 우리는 병원 밖으로 담배를 피우러 같이 나갔다. 길 건너에 밤늦게까지 영업하는 술집이 있길래 한잔하러 가자고 했다. 그는 충격과 공포의 눈빛으로 나를 보더니 이제 가봐야겠다고 하고 가버렸다.

강간미수범은 차를 두고 달아났다. 내가 경찰서에서 뭐라고 진술했는지 뚜렷이는 기억이 안 나지만 '30대 초반, 마른 백인 남자'라는 내 묘사에 따라 그 일대를 수색해서 엉뚱한 남자를 잡아 하룻밤 유치장 신세를 지게 했다고 한다. 나를 공격한 남자는 이튿날 자기 집에서 체포되었다.

다음 날 경찰 사진사가 와서 멍든 눈과 팔뚝과 발목에 난 손가락 모양의 멍 사진을 찍어갔다. 광대뼈에 주먹을 맞아서 생긴 혹은 나중에 사라졌지만 부츠에 맞은 뒤통수의 흉터는 아직도 남아 있다. 그 자리에는 머리카락이 나지 않아 가끔 손을 대어 빈자리를 만져본다.

몇 달 뒤 법정에서 나는 그 남자를 다시 보지 않아도 되게 칸막이를 쳐달라고 했다. 그 남자는 몇 달 전에도 다른 젊은 여성을 공격했던 전력이 있었다. 나는 얻어맞고도 의식을 잃지 않았지만 나 말고 다른 여자는 그렇게 운이 좋지 못해서 도로 위에서 정신이 몽롱한 상태로 헤매다 발견되었다고 한다. 남자는 두 차례 강간미수 범죄로 6년형을 선고받았다.

오늘은 새끼 섬 주위에서 파도가 요동친다. 나는 자전거를 타고 맞바람을 맞으며 가게로 간다. 싸락눈이 수평으로 들이닥치고 자전거를 흔들어놓는다. 도중에 체인이 끊겨서 하는 수 없이 자전거를 끌고 집으로 돌아온다. 집에서 런던에서 온 이메일 하나를 보고 속이 뒤집어졌는데, 컴퓨터 화면 위에 다른 빛깔이 비쳐 고개를 들어보니 창밖에서 하늘이 바뀌고 있다. 이데이 위에 파란 하늘 조각이 보이고 구름 가장자리가 연한 분홍색으로 물들었다. 벽난로에서 불꽃이 화르륵 타오른다. 심장박동이 차분하게 가라앉고 갑자기 모든 것이 고요한 떨림이 된다.

파페이에 온 지 4주가 되었다. 런던 중심부를 떠나지 않고 지내던 나날하고 비슷하다. 런던은 영국 안에 있는 동떨어진 섬이다. 섬에서 혼자 살다보니 일과가 이전과 완전히 달라졌다. 여기에서 내 몸을 따뜻하게 하고 배를 채우는 단순한 일에 몰두하는 게 즐겁다. 여러 해 동안 혼란의 세월을 보내고 나서 이제야 어떻게 일상생활을 제대로 하는지를 배우는 것 같다. 내 짐은 사방에 흩어져 있다. 내 연결고리와 습관은 나 자신이 만들어나가야 한다. 어디에 속할지는 내가 선택할 수 있다.

요즘은 화장도 안 하고 몸의 털도 안 깎는다. 아주 가끔 손님이 올 때, 엄마가 본섬에서 건너오거나 잰이 나를 가게에 데려다주러 올 때는 머리를 빗어야 하나, 식탁 위의 동물 뼈를 치워야 하나 하는 생각을 잠깐 한다. 이상하게 테이크아웃 음식과 카페가 그립다. 가끔은 나 없이 펼쳐지는 나이트라이프가 몸으로 느껴질 때도 있다. 나는 무릎에 담요를 덮고 불가에 앉아 어쩌다 갑자기 할머니가 되어버렸나 생각한다. 사람들을 만나고 사람들 앞에 나서고 활동의 중심에 있던 때가 생각난다. 여기에서는 사람들이 전혀 다른 주제로 이야기를 나눈다. 정치보다는 날씨가 우선이다.

내 무게 중심이 북쪽으로 옮겨왔다. 나는 셰틀랜드, 아이슬란드, 페로 제도 생각을 더 많이 한다. 아직도 문득문득 그동안 있었던 일들이 충격처럼 떠오른다. 내가 그렇게 위험한 상황에 놓였었다는 것, 결국 치료 센터에 가게 됐고 20개월 2주 4일 동안 술을 마시지 않았고 지금은 이런 상태라는 것. 나는 이 바람 부는 바위섬에 돌아왔고, 내 상상력에서 그리고 내 주변에서 희망을 찾으려 한다.

파페이에서는 날마다 가던 길에서 몸을 돌려 북풍을 마주하거나 내가 걸어온 바닷가를 돌아보고 가슴이 벅차오르는 순간이 있다. 찌르레기 수백 마리가 무리를 이루어 마치 액체나 되는 것처럼 형태를 바꾸고 또 바꾸어 포식자를 속이고 서로 서로의 뒤를 쫓으며 밤을 보낼 곳을 찾는다. 뒤쪽에서 바람이 하도 거세게 불어와 나는 밀리듯 달리면서 깔깔 웃는다. 파페이에서 몇 주를 보내고 나자 차분하지만 민감한 상태가 되어, 물때, 바람 방향, 일몰과 일출 시간, 달의 차고 기울어짐을 늘 인식하고 있다는 걸 알아차린다.

달이 일찍 뜰수록 새끼 섬으로 이어지는 바위가 드러나는 썰물이 더 늦은 때에 온다는 것을 깨닫고 두 가지가 어떻게 연결되는 걸까 생각한다. 조수는 지구의 자전과 달과 해의 위치에만 영향을 받는 게 아니라 달의 고도와 해저의 지형, 물이 섬 사이에서 움직이는 복잡한 방식에 영향을 받는다. 나는 지구의 자전을 생각하다가 바닷물이 나가고 달이 지는 게 아니라는 걸 알았다. 사실은 내가 물과 달에서 멀어지고 있는 것이다.

가까이에 있는 무인도 러스크 홈에는 나선 통로가 있는 탑이 있다. 그래서 만조 때에는 그곳 척박한 환경에서 해초를 먹고 사는 섬 양들이 파도에 휩쓸려 익사하지 않으려고 탑 위로 올라간다. 지금은 이 작은 집과 섬이 나에게는 러스크 홈의 탑인 셈이다. 들끓는 물이 점점 차오를 때에 내가 숨을 쉴 수 있는 곳이다.

16

파페이

파페이가 꽤 먼 곳이기는 하지만 이곳 생활이 완전히 고립되었다고 할 수는 없다. 겨울에는 여러 가지 지역 행사가 열린다. 12월 1일 토요일에 '파페이 걷기 위원회'라는 절반쯤 진지한 이름의 위원회가 (이 섬에는 이것 말고도 여러 위원회들이 있다) 섬 전체를 걸어서 도는 걷기 행사를 계획했다. 정오에 옛 부두에 모이기로 했고 손전등을 챙겨 오라고 했다. 11마일 넘게 걸어야 해서 3시 20분에 해가 진 뒤에도 일주가 끝나지 않기 때문이다. 하필 진눈깨비가 휘날리기 시작해 열정이 넘치는 뜨내기인 나 혼자 행사에 참석하는 건 아닐까 슬슬 걱정이 되던 참에 다른 사람들이 하나둘 도착한다. 동쪽 바다를 따라 남쪽을 향해 출발한다. 들쑥날쑥한 벼랑과 굴곡진 만을 돌아 해안선을 따라 섬 끝 언저리를 지나는 겨울해를 쫓아간다.

걸으면서 사람들과 이야기를 나누는 게 술을 끊고 안절부절못하는 사람에게는 좋은 일이다. 술잔을 드는 것 말고 내 몸으로 무얼 해야 할지 모르겠다는 문제를 해결해준다. 파페이에서 나고 자라지 않은 사람들한테는 저마다 어떻게 파페이에 오게 되었나 하는 사연이 있다. 계속 되풀이해 들려주다보니 이제는 잘 다듬어진 이야기가 되었다. 어떤 사람은 어떤 섬과 "사랑에 빠졌고" 남쪽의 삶을 접고 북쪽으로 이사할 수 있을 때까지 몇 년을 기다려서 결국 왔다고 한다. 어떤 사람은 부동산 가격이 싼 것에 혹해서 미리 와보지도 않고 망가진 농가를 사서 이사했다고 한다. 대니얼은 더글러스의 어선에서 2년 동안 했던 일을 들려준다. 잉글랜드에서 섬으로 이사 온 첫날에 일을 시작했는데 전에 경험해본 적이 전혀 없는 일이었단다. 메리는 자기가 간호사라서 어디에 가든 일자리를 구할 수 있을 거라고 생각했다고 한다. 북쪽 섬이 살기 좋을 것 같아 집을 사서 남편과 같이 잉글랜드 남쪽에서 이곳으로 이주했다.

섬 사람들은 두 가지 이상의 일을 하는 사람이 많다. 비행장에서 비행기를 맞는 농부 데이비드는 해안 경비원이기도 하다. 장미 오두막 근처에 사는 앤은 집배원 역할도 하고, 아이 넷을 키우고, 학교 수위 일도 하고, 카우리 조개나 파도에 반들반들해진 유리 조각 등 바닷가에서 발견한 물건들로 예쁘고 정교한 장신구를 만든다.

1851년 인구 조사에는 파페이 인구가 371명으로 기록되었다. 나는 바닷가에 띄엄띄엄 흩어진 버려진 농가를 지나며 그곳에 아이들 많은 대가족이 살던 때를 상상한다. 현재 이 섬에 사는 일흔 명은 상점이나 학교 같은 편의시설을 유지하는 데 반드시 필요한 최소 인원인 것 같다. 섬에 이런 시설이 없으면 새로 이주해오려는 사람들이 매력을 덜 느낀다. 그래도 신규 유입 인구 덕에 파페이 인구가 1990년대 중반에 쉰 명 남짓으로 줄었다가 다시 늘었고 학교에 학생도 여섯 명이나 있다.

파페이 섬에는 레딩부터 스트론세이까지 다양한 지역에서 이주해온 특이하고 모험심 있는 '남쪽 사람'들과 여러 세대 전부터 이 섬에 살아오면서 식구들이 멀리 떠나고 새로운 사람들이 들고 나는 것을 죽 보아온 더 보수적인 오크니 사람들이 뒤섞여 사는 기이한 공동체가 형성되었다. 흔히 섬에 살면 '모든 것으로부터 떠나' 살 수 있다고 생각하는데 큰 착각이다. 이렇게 작은 지역에 살면 도시에 있을 때보다 이웃들과 더 많이 부대낄 수밖에 없다. 그래도 대체로 다들 사이좋게 잘 지낸다.

걸으면서 새끼 섬에 파도가 부딪히는 소리, 트랙터 소리, 꽥꽥거리는 갈매기 소리, 빽빽거리는 검은머리물떼새 소리, 집 수리하는 망치질 소리를 간간이 듣는다. 드문드문 해초 썩는 냄새, 농장의 두엄 냄새가 코를 스친다. 11월에서 5월까지는 소를 축사 안에 두기 때문에 축사 옆을 지날 때에는 소들이 덜그럭거리고 음머거리는 소리가 들린다. 마도요떼가 기러기떼 한 줄과 교차한다.

동쪽 바닷가에 망가진 차 한 대가 벼랑 가장자리에 떨어지지 않고 걸려 있다. 몇 달 전에 차 주인이 쉽게 차를 처리하려다가 실패했고 그 증거물이 만천하에 보이게 남았다. 위태위태한 모습으로 녹슬어가며 부속이 없어지고 부식되어간다. 몇 주 뒤에 서쪽에서 돌풍이 불고 난 뒤에는 차체 한 조각만 남기고 사라져버리지만.

땅이 이야기를 만들어낸다. 난파선, 동굴, 날씨, 전쟁, 집안에 전해내려오는 이야기, 학교에서 가르치는 이야기, 옛날에 바닷가에서 있었던 일. 베스트니스라는 빈 농장에 있는 너른 돌 위에는 둘로 쪼개진 난파선 잔해가 있다. 어선이었는데 선장이 깜박 조는 사이 배가 바위 위로 올라오고 말았다. 섬사람 후손인 대니가 그 배에서 일했는데 가라앉는 배에서 구명보트 위로 뛰어 겨우 살았다. 어릴 적 친구인 회색 테디베어 새미를 포함해 소중한 물건이 든 상자를 배에 두고 내릴 수밖에 없었다고 한다. 그 뒤로 새미를 다시 보지 못했다.

섬에 있는 집들 몇 채는 벽이 라임색인데 바닷가에 떠밀려온 페인트로 칠한 것이라고 한다. 파페이 사람들은 대구를 가리키는 사투리인 '둔디스'라는 별명으로 불리고 웨스트레이 사람들은 바다오리를 가리키는 말인 '옥스', 샌데이 사람들은 '죽배불뚝이', 스트론세이 사람들은 '삿갓조개'라는 별명으로 불린다는 이야기도 듣는다. 사람들이 벼랑 옆에 있는 10미터짜리 시멘트 길을 가리키며 전쟁 때에는 그 주위가 채석장으로 쓰였는데 지금은 아무 데로도 이어지지 않는 길이 되었다고 일러준다. 1948년 난파한 벨라비스타 호의 잔해가 자갈밭 위에서 삭아가는 것도 본다.

파페이에는 고고학 유적지가 예순 곳은 된다. 지도를 보면 여기저기에 뭔지 알 수 없는 '불탄 둔덕'이 표시되어 있다. 가장 유명한 유적지는 호와 언덕인데 파페이 기록에 따르면 현재까지 남아 있는 주거지 중에서 서유럽에서 가장 오래된 것이라고 한다. 돌집 두 채가 모래에 묻혀 여러 세기가 지나도록 보존되었는데, 약 5000년 전 신석기 시대 사람들이 살았던 집이고 이집트의 피라미드나 스카라 브레이보다도 더 오래되었다고 한다.

내가 파페이에 막 왔을 때가 마침 해마다 11월 초에 열리는 '머클 서퍼Muckle Supper' 때였다. '머클'이란 스코틀랜드 사투리로 크다는 뜻인데 다 함께 모여 저녁을 먹으며 마지막 추수를 축하하는 전통 행사다. 다른 곳의 추수감사절과 비슷하다. 섬 사람 절반 이상이 강당에 모이고, 수프 단지와 새끼 섬에 사는 양을 잡아 요리한 양고기가 쌓인 접시를 내온다. 밥을 먹고 나면 음악과 스코틀랜드 전통춤의 시간이다. 학교에서 배워 아는 춤도 있고 파페이 특유의 춤도 있다. '모이다트의 여덟 남자' 같은 이상한 이름의 춤들을 춘다. 나는 주로 앉아서 구경하지만 '버드나무 가지를 벗겨라'라는 춤이 시작되자 어울려 같이 춘다.

섣달그믐 밤에는 '첫발 딛기'라는 걸 하는데, 옛날에는 스코틀랜드 전역에서 흔히 보던 풍습이었지만 음주운전 위험에다가 이웃과의 유대가 약해지기도 해서 지금은 대체로 잊혔다. 교회에서 자정에 제야 예배를 마치고 핸드벨을 치고 나서 무리를 지어 집집마다 다니며 먹을 것과 마실 것을 얻어먹는 행사다. 첫발 딛기를 동이 틀 때까지 하다가 새해의 첫 해가 뜨면 섬 북쪽 끄트머리에 있는 집에서 갓 볶은 음식을 먹고 '엉덩이 뛰기' 게임을 하면서 마무리한다. 참가자들이 엉덩이로 달리기를 하는 게임이다. 파페이는 옛 전통을 이어가면서 새로운 전통도 만들어나간다.

수요일에 나는 아침을 안 먹고 대신 교회와 병원 사이에 있는 방에서 열리는 '커피 모닝'에 참석해 맛있는 치즈 스콘과 집에서 구운 빵으로 배를 채운다. 여기에서 들에 쌓인 돌무더기가 곡식가리를 쌓을 때 쓰는 돌 구조물이었다는 사실도 알게 된다. 과거 농경 방식의 유물인 셈이다. 우리는 번스 기념일(시인 로버트 번스를 기념하기 위해 번스의 생일 즈음에 하는 행사로 양

내장과 고기로 만든 커다란 소시지인 해기스를 먹는다—옮긴이)에 쓸 채식주의 해기스를 어디에서 구할지 의논하고, 지금은 멸종한 새인 큰바다오리의 마지막 사냥을 재현하는 뜻으로 페인트탄이 든 총을 들고 새 역할을 맡은 젊은이를 언덕 위로 쫓아가는 행사 계획을 세우고, 파페이 생쥐의 독특한 턱뼈 형태에 대해 이야기한다.

이곳에서는 다양한 나이 대와 배경의 사람들과 어울릴 수밖에 없지만, 런던에 있을 때에 나는 공기방울 안에 있었다. 새로운 사람들을 만나고 생각을 넓히고 사교의 범위를 넓히러 도시에 간다고 하지만 결국에는 나와 비슷한 사람들만 만나게 되고 만다. 경험의 범위를 점점 더 좁은 반경으로 제한하다보니 불편하게 여겨질 만한 것은 어떤 것도 맞닥뜨릴 일이 없게 되었다.

지금도 사람들 옆에 있을 때에 어쩐지 긴장이 된다. 친구나 플랫메이트들에게 거절을 당하면 상처를 입었다. 뒤죽박죽으로 망치고 계속 무마하고 사과하는 인생에서는 내가 무언가 잘못을 했다는 느낌을 떨쳐버릴 수가 없다. 중독 상태로 살다 보면 저절로 비밀스럽게 감추는 태도를 기본으로 삼게 된다.

또 내가 한 어떤 행동이나 말이 끔찍한 오해를 일으킨 것 같은 기분이 종종 들곤 했다.

동쪽 바닷가에서는 바닷가 보도가 차도이기도 해서 걷기 모임 중인 우리는 자동차가 지나갈 때마다 손을 흔든다. 이 섬의 풍습이다. 이 섬에서는 자동차 안전검사라는 게 없다. 섬은 무법 상태이면서도 범죄가 없다. 경찰도 없고 (홀런드 농장에 가면 옛날에 쓰던 '교구 수갑'을 전시해놓은 것을 볼 수 있지만) 사방에 나무가 없다보니 내가 하는 행동이 어디에서든 관찰될 수 있고 내가 아침 몇 시에 커튼을 걷는지 이웃 사람들이 다 안다. 섬사람 중에는 보지 않고 소리만 듣고도 누구네 차인지 다 구분할 수 있다는 사람들도 있다.

걷기 행사를 하는 날에도 평상시에도 나는 장미 오두막 문을 잠그지 않고 집에서 나선다. 누가 내 컴퓨터와 죽을 훔쳐가더라도 멀리 도망가지는 못할 거고 집배원인 앤이 내가 인터넷으로 주문한 책을 배달하러 올 수도 있기 때문이다. 런던에 있을 때, 어느 아침 6시에 낯선 사람이 내 방에 들어와 잠에서 깬 일이 생각난다. 우리는 한순간 말없이 서로 쳐다보고 있었는데 그러다 남자가 내 침대 옆 방바닥에 놓인 노트북을 들고 달아났다. 남자도 노트북도 다시 찾을 수 없었다.

아흔 살 할머니인 매기 이야기를 들었다. 여든이 훌쩍 넘을 때까지도 고대의 유물 같은 파란색 트랙터를 몰고 돌아다닌 것으로 유명하다. 몇 년 전부터 웨스트레이에 있는 요양원에서 생활하기 때문에 만나보지 못했다. 그런데 올겨울 어느 아침에 매기 할머니의 시신이 작은 연락선 편으로, 할머니가 거의 평생을 살았던 섬으로 돌아왔다.

매기는 1960년대 부모님이 돌아가신 뒤로 혼자 미드하우스에서 살았다. 매기는 이 섬에 상수도와 전기가 들어오는 것을 봤고, 가사와 농업에 세탁기나 트랙터 따위 신기술이 도입되어 섬에 살면 피할 수 없는 중노동을 많이 덜어주는 과정도 경험했다. 매기는 과거의 자급자족 농경 어로 생활과 오늘날을 잇는 연결고리 같았다. 바닷가에서 해초를 거둬와 말려 일부는 퇴비로 쓰고 일부 다시마 종류는 수프 재료나 유리 공예에 쓰라고 남쪽으로 수출했다. 말이나 소에 쟁기를 매어 밭을 갈았다. 대구 등의 생선을 소금에 절여 건조해서 감자와 같이 주

식으로 삼았다.

매기의 장례식 날 아침에 산책을 나섰는데 섬이 이상하게 고요하고 적막했다. 다른 사람들은 모두 교회에 가 있었다. 1월 치고 온화한 날이었고 바람도 잔잔했다. 그날 저녁 5시쯤 갑자기 기압이 떨어지고 바람이 강해졌고 한밤이 되자 강력한 겨울 바람이 오크니를 휘갈겼다.

파페이 걷기 위원회는 섬 둘레 걷기를 계속한다. 해가 웨스트레이 너머로 지는 서쪽 가장자리에 다다라 바위와 바닷풀을 딛고 미끄러지듯 걷는다. 코를 풀거나 주머니에서 카메라를 꺼낼 때에는 몸을 돌려 바람을 등진다. 우리는 진눈깨비 속에서도 싸락눈 속에서도 햇빛이 쏟아질 때도 걸었고 무지개가 뜬 하늘 아래로도 걷고 울타리도 타 넘는다. 바닥이 진창인 곳이 많아서 장화를 신고 나오지 않은 게 후회가 된다.

파페이에는 눈은 잘 안 오고 소금기가 많아 눈이 빨리 녹아버리지만 그래도 나날의 삶이 날씨에 절대적인 영향을 받는다. 날씨가 안 좋으면 배와 비행기가 뜨지 않을 수 있다. 장을 보러 커크월로 가려고 비행장에 나왔는데 안개 때문에 결항이 되곤 한다. 겨울에는 융통성이 있어야 한다. 일이 평상시처럼 돌아가지 않는 것에나 없이 지내는 것에 익숙해져야 한다. 자동차나 컴퓨터 따위가 고장 난다거나 하는 문제가 발생하면 더 고달파질 수 있다. 새 부품을 구하는 데 시간이 걸리고 자동차를 권양기로 들어올려 배에 실어 정비소로 날라야 할 수도 있는데 그러려면 돈이 많이 든다. 또 다른 종류의 어려움도 있다. 영국 다른 곳과 다를 바 없이 다툼도 있고, 스팸 메일도 오고, 신용카드 회사에서 청구서도 날아오고, 일자리를 잃기도 한다. 다만 길거리 광고, 교통 체증, 공해는 없다.

크리스마스 무렵 날씨가 안 좋아 몇 주 동안 배가 오지 않은 탓에 상점에 신선 식품이 떨어졌다. 생협 상점이 평소에는 상품을 잘 갖추어놓지만 그래도 하루에 두어 시간 정도만 문을 열기 때문에 우유를 사러 가는 게 마치 사교 모임에 가는 것과 비슷하다. 나는 차가 없기 때문에 석탄 한 자루를 집에 가지고 가려면 누군가에게 도움을 청해야 한다. 다른 사람한테 주의도 들었고 어린 시절의 경험도 있어서 나는 혹시 실수를 저지를까봐 겁이 났었다. 내 목소리가 너무 클까봐, 너무 잉글랜드 사람 같을까봐 걱정했다. 하지만 파페이 사람들은 늘 친절하고 기꺼이 돕고 싶어한다. 내가 여기에서 대체 뭘 하고 있는지에 대해 살짝 호기심을 보이기도 하고.

어느 날 밤에는 누가 문을 두드리는 소리가 들려 나가보니 뜻밖에 가게에서 양배추 3분의 1통을 배달해준다. 상점에서 지나가는 말로 양배추 한 통을 사자니 혼자 먹기에 너무 많고 자전거로 나르기도 버겁다고 말한 적이 있어서다. 이런 사소하지만 친절한 행동이 나를 편안하게 해주고 여기에서 잘 어울려 지내지 못하는 것은 아닌가 하는 불안감을 달래준다. 섬 공동체가 돌아가는 방식이 도시보다 훨씬 이해하기 쉬워서 나는 점점 마음이 편안해지고 더 또렷이 보게 된다.

도시에 살 때 나는 내 몸 둘 자리가 없는 듯한 지경까지 갔다. 도시에서는 그 누구도 충분한 공간을 누리지 못한다. 회사 면접을 봤지만 응답이 없었고, 방을 구하기도 힘들었고, 대중교통 안에서는 사람들 사이에서 짓눌렸고, 비싼 방세를 내느라 허덕였다. 그에 비하면 이 섬은 와서 살라고 사람들을 부른다. 사람들, 특히 가족이 이사 결심을 하기까지 시범적으로 살아볼 수 있게 해주는 '실험 가옥'도 있다.

섬도 시시각각 변하는 사회에 맞추어 공동체에 대한 인식을 바꾸어야 한다. 나처럼 몇 달 머물렀다가 떠나더라도 앞으로도 계속 이곳과 관계를 유지하고 다시 돌아오곤 하는 사람도 있을 것이다. 이사를 결심하기 전에 몇 년 동안 지내보겠다는 모험심 많은 가족도 있을 수 있다. 이런 시도를 실패로 볼 것이 아니라 새로운 방식을 도입하고 활기를 더해주는 건강한 인구 유입으로 보아야 할 것이다. 이곳 사람들은 성姓 대신 집 이름으로 불리곤 한다. 이곳에서는 집이 사람들의 집단 기억 속에서 친숙한 존재이고 그 안에 사는 사람들보다 집이 더 오래 남을 테니까.

해가 막 졌을 때 파페이의 북쪽 끝에 다다랐다. 흐릿해가는 어스름 속에서 솟구치는 파도의 흰 가장자리가 언뜻 보인다. 물 아래 깊은 곳에서 해류가 만난다는 의미다. 섬 북쪽 멀리에 나가 있는 배의 불빛이 동쪽으로 움직인다. 나중에 해상 교통 웹사이트에서 찾아보니 에스토니아로 향하는 크로아티아 유조선이었다. 가게 주인 어맨다는 자기는 손전등에 집착해서 손전등이 60개인가 70개 있다고 말한다. 동쪽에서 노스 로널세이 등대가 깜박거린다. 더 멀리 보이는 불빛은 페어 아일 등대거나 수평선 근처에 뜬 별빛일 수도 있다.

오늘 밤에는 별들이 눈부시게 또렷하고 많다. 우리는 손전등을 끄고 어두운 바닷가에서 은하수를 따라 걷는다. 우리는 달무지개에 대해 이야기한다. 달무지개는 밤에 보름달 빛이 만들어내는 무지개다. 이웃이 며칠 전 밤에 소나기가 내렸을 때 달무지개를 봤다고 한다. 내가 메추라기뜸부기 조사를 하러 돌아다니던 여름밤에는 이렇게 별이 환히 보일 정도로 깊은 어둠이 내린 적이 없었다. 눈부신 별빛을 보려면 겨울까지 기다려야 한다. 빛나는 인공위성 두 개가 하늘을 가로지른다. 달이 낮은 구름 뒤에서 빛난다.

우리는 어둠 속에서 동쪽 해안을 따라 걸어 출발점인 옛 부두로 돌아온다. 한 바퀴 완주를 하고 고리를 완성하는 게 무슨 의식처럼 여겨진다. 우리는 사계절 날씨를 다 겪으며 동서남북을 다 찍고 빛과 어둠을 지나 걸었다. 우리 모두의 집인 이 섬의 지리적 경계를 따라 걸으며, 바다에 맞서 우리 것으로 삼은 작은 땅에 영역을 표시했다.

17

유쾌한 춤꾼들

동이 트기 전인 6시 30분으로 알람을 맞춰놓았다. 그 무렵에 하늘에서 네 행성을 동시에 볼 수 있다는 기사를 읽었다. 잠자리에서 일어나, 어둠에 눈이 익은 상태를 유지하려고 불을 끈 채로 잠옷 위에 외투를 걸치고 쌍안경을 들고 밖으로 나간다.

휴대폰에서 별자리 지도 앱을 켜고 맞는 방향을 찾는다. 남서쪽에서 목성이 빛나고, 남동쪽에는 금성이 보인다. 이 두 행성은 많이 봐서 익숙한데, 금성 위쪽으로 달 하나 거리 정도 떨어진 위치에 더 멀리 있는 토성이 보인다. 토성에는 달빛과 비슷한 고리 모양 빛이 있다. 금성에서는 하루가 한 해보다 더 길다. 수성이 수평선 아래에서 솟아오르는 것도 보고 싶은데 어둡고 낮은 구름이 수평선 언저리를 덮어버렸다.

나는 다시 침대로 돌아간다. 창문을 통해 구름이 금성과 토성 위를 지나는 게 보인다. 비가 시작하는 소리, 멀리 황소 우는 소리를 듣다가 까무룩 잠이 든다. 나중에 다시 깨었을 때에는 다 꿈이었나 싶다. 아침 일찍 일어나 잠결에 행성들 사이를 걸었던 것이.

작년 겨울에 오크니로 다시 돌아오고 얼마 안 되어 처음으로 천문학에 관심이 생겼다. 이곳의 겨울밤은 길고 긴 데다가 빛 공해가 없고 나무나 높은 건물, 산이 없이 사방이 탁 트여 별을 보기에 딱 좋다. 조건이 맞으면 여기에서 안드로메다 은하를 맨눈으로 볼 수도 있다. 밤하늘이 아주 캄캄한 곳에서만 가능한 일이다. '별 관찰을 한다'는 게 흡연자한테 집 밖에 나갈 좋은 핑계이기도 하지만 나한테는 단지 그것만이 아닌 무언가가 되었다.

어느 저녁에는 AA 모임에 가는 대신 오크니천문학협회의 첫번째 모임에 참석했다. 무언가 다른 걸 하려고 술을 끊은 거지 술을 끊었다는 이야기를 하면서 시간을 보내려고 끊은 건 아니니까. 그 뒤로 밤마다 집 밖에 나가 별 관찰 자세를 취했다. 머리를 뒤로 젖히고 입을 벌리고 있자면 중심을 잃어 어질어질해진다. 오파이어에 있는 얼어붙을 듯 추운 언덕 비탈에서 국제우주정거장이 머리 위로 지나가는 걸 봤다. 오크니 중심 브로드거 고리 뒤에 몸을 숨기고 내 주위에 있는 낮은 구릉과 컴컴한 호수 위에 밤하늘이 반짝이는 천막을 드리우는 것을 구경했다.

어느 날, 장미 오두막에서 분노에 휩싸여 잠에서 깼다. 꿈속에서 나이트클럽에 갔는데 술을 마시지 않으니 어색하고 너무 싫었다. 나는 거의 10년을, 적어도 그 10년의 처음 몇 년 동안을 클럽, 공연장, 심야 술집에서 사람들 몸뚱이와 베이스음과 보드카에 휩쓸려서 보냈다. 술을 끊은 뒤에는 자정이 넘은 늦은 밤에 집 밖에 있는 일이 거의 없었다. 가끔은 내가 끝난 것 같은 기분이 들었다. 술을 안 마시고 어떻게 춤을 출 수 있는지 상상이 안 갔다.

해마다 12월 중순, 사람들이 일과를 하며 크리스마스 준비를 할 때 지구는 3200파에톤이라는 소행성이 남긴 부스러기 구름을 통과한다. 작은 먼지와 얼음 조각이 시속 약 13만 4000마일의 속도로 지구의 대기에 충돌하며 불이 붙어 우리가 '별똥별'이라고 부르는 것이 된다. 하지만 당연히 이것들은 별은 아니다. 해마다 찾아오는 '쌍둥이자리 유성우'는 유성들이 지구 대기와 충돌해 불타 없어지면서 생겨나는 것이다.

작년 겨울 쌍둥이자리 유성우 기간에는 며칠 동안 밤마다 혼자 가로등이 없는 커크월 외곽으로 나가 별똥별을 찾았다. 구름이 너무 많아서 아무것도 볼 수 없었지만 추운 밤에 늦은 시간에 나와 수상쩍은 모습으로, 술은 한 방울도 마시지 않은 채로 돌아다니는 게 좋았다. 올해는 파페이에서 밤 11시 30분 정도에 의자와 이불을 들고 마당으로 나와 의자에 기대어 눈에 하늘을 가득 채운다. 달이 없는데 완벽하게 맑아 별 보기에 특히 좋은 날이다. 장미 오두막 위로 은하수가 펼쳐진다.

집에 불을 모두 껐고 노트북까지 닫아서 빛이 집 밖으로 하나도 새어나오지 않는다. 쌍안경으로 은하수를 훑으며 플라이아데스 성단에서 별 일곱 개를 헤아린다. 오크니 시인 로버트 렌들은 이런 밤하늘을 스코틀랜드 말로 "튤리멘턴tullimentan"이라고 불렀다. 눈부시게 빛난다는 뜻이다. 30분 만에 순간적으로 빛의 꼬리를 흘리며 지나가는 유성 열아홉 개를 본다. 유성들은 크기도 밝기도 제각각이다. 하나는 어찌나 밝고 가까운지 나도 모르게 “와” 하고 소리를 질렀다. 하지만 전부 눈 깜짝할 사이에 사라지고 만다.

섬에 불이 켜진 집이 몇 채 있다. 나는 소리를 죽이고 귀를 기울여본다. 암소가 음메 우는 소리, 가끔 개 짖는 소리를 빼면 바닷소리밖에 없다. 섬에서 어느 쪽에 있느냐에 따라 바다소리가 다르게 들린다. 북해와 만나는 동쪽 해안에서는 부서지는 소리가 난다. 대서양이 바위와 벼랑과 만나는 서쪽 바닷가에서는 천둥처럼 우릉거리는 소리가 들린다. 바다와 해안이 내는 끝없이 바뀌는 화음이 파페이 생활의 배경음악이다.

순식간에 구름이 밀려와 눈에 보이는 별들을 덮고 하늘이 다시 칠흑같이 어두워진다. 집 안으로 들어오자 굵은 비가 떨어진다.

장화를 신은 묵직한 발로 땅을 딛고 내가 있는 곳의 그림을 그려본다. 움직이는 지구 위, 달과 해와 별이 어떤 작용을 하는지. 겨울이면 파페이 노인들은 보름달이 뜰 무렵에 이웃집에 마실을 간다. 달빛이 훤해 걸어서 집에 돌아올 수 있기 때문이다. 왜 계절이 바뀌고 해가 바뀌는지, 내 개인의 생리가 계절과 시간의 변화에 대한 경험에 어떤 영향을 미치는지 생각한다. 공간 감각을 천문학적 규모로 계발해 머리를 바깥쪽으로 확장한다. 새롭고 재미난 사실들을 배워나간다. 이를테면 박명에 세 단계가 있다는 것도 알게 되었다. 도시의 어스름, 항해의 어스름, 우주의 어스름. 항해의 어스름은 바다와 하늘이 구분이 되지 않아 수평선을 이용해 항해를 할 수 없을 때까지다.

먼 곳을 보려면 곁눈으로 볼 때 가장 잘 보인다는 것도 알게 된다. 무언가를 똑바로 보면 사라지는 것이 그 때문이다. 또 별이 반짝이는 듯 보이는 것은 빛이 지구 대기에서 산란되기 때문이라는 것도 알았다. 별빛이 우리에게 와 닿으려고 애쓰고 있다고 생각하면 더욱 아름답게 느껴진다.

내 왼쪽 손목 위에 점 네 개가 평행사변형 모양으로 났는데 전에는 몰랐지만 쌍둥이자리를 닮았다. 달이 계속 지구에서 멀어진다는 점에 대해서도 생각한다. 1년에 고작 3.78 센티미터, 우리 손톱이 자라는 것과 비슷한 정도로 멀어질 뿐이지만 그 생각을 하면 어쩐지 슬퍼진다.

처음 오크니를 떠날 때 내 친구 션이 나침반을 선물로 줬다. 파티에 갈 때도 그걸 목에 걸고 갔는데 사람들이 뭐냐고 물으면 집으로 가는 길을 찾으려고 지니고 다닌다고 말하곤 했다. 내가 어디에 있든 우리 집은 항상 북쪽에 있으니까. 어느 날 밤 어디선가 나침반을 잃어버렸다. 그 뒤로 나는 완전히 길을 잃고 말았다.

커크월 읍내에서 북쪽 하늘을 관찰하기 가장 좋은 위치를 찾았다. 오래된 극장 바깥쪽 벽에 있는 소방용 계단 꼭대기다. 계단 위로 올라가서 북극광을 찾았다. 이곳에서는 북극광을 '유쾌한 춤꾼들Merry Dancers'이라는 이름으로 더 많이 부른다. 아무것도 안 보여 실망할 때가 많았지만 가끔은 구름 너머 신비로운 빛이 보이곤 했다.

그런데 이번 겨울에는 태양의 활동이 더욱 활발해졌고 2013년에 11년 주기로 돌아오는 '태양 활동 극대기'가 찾아온다는 예고가 있었다. 태양이 방출한, 전하를 띤 입자가 지구 대기에 부딪히면 지구의 자기장을 따라 빛이 생긴다. 대기와 상호작용해 뒤섞이고 움직여 '춤추는 듯한' 효과를 낸다. 이곳은 북극에 가깝기 때문에 북극광을 꽤 자주 볼 수 있다. 북극권 안에서 북극광 바로 아래에 있을 때보다 여기에서 북쪽을 바라볼 때 더 쉽게 보인다.

태양에서 나온 태양풍이 지구 대기와 충돌하기까지 이틀에서 사흘 정도가 걸린다. 미항공우주국 웹사이트에는 태양 활동 관측 위성이 보내온 몇 분 전 태양 표면의 사진이 올라오는데 여기에서 흑점이 폭발한 흰 플레어나 홍염을 볼 수 있다. 이런 것들이 태양계 전체에 영향을 미친다. 그래서 다른 행성에서도 오로라를 볼 수 있다고 한다.

집 안 불을 다 끄면 오두막 바로 앞이 오로라를 보기 최적의 장소가 된다. 집 앞에 나오면 북쪽이 가릴 것 없이 탁 트여 있다. 내 시야의 75퍼센트 정도는 하늘이 차지하고, 고개를 쳐들면 100퍼센트가 된다. 파페이에서 지낸 지 얼마 안 되었을 때 나는 전에 어디에서도 보지 못한 뚜렷한 북극광을 봤다. 담배 한 대를 피울 정도의 시간 동안 눈이 어둠에 적응하도록 눈을 감고 있다가 눈을 뜨는 순간 "세상에" 하고 소리를 질렀다. 전에 오로라를 보았을 때에는 녹색 물이 든 듯한 부드러운 빛의 곡선이 북쪽 하늘을 가로지른 광경이었는데 오늘 밤에는 하늘 전체가 기묘한 형태로 뒤덮여 있다. 수평선 너머에서 흰색 '탐조등'이 뻗은 듯 보이는가 하면 바로 그 위에 춤추는 물결이 있고, 천천히, 짜릿하게 피처럼 붉은빛이 꽃처럼 피어난다. 보름달이 떴을 때보다 더 밝다. 마도요, 기러기 따위 새가 새벽이 온 줄 알고 깨어 평상시보다 더 요란하게 울어댄다.

대기에서 정전기가 느껴진다. 기이한 빛이다. 조명이 훤하게 켜진 운동장 안에 있을 때나 자동차 헤드라이트 불빛 속에서 식사를 할 때처럼 으스스한 불빛이 사방에 가득하다.

비록 여기에서 나고 자랐지만 어릴 때에는 일부러 시간을 들여 유쾌한 춤꾼들을 구경할 생각이 없었다. 어느 겨울밤 부모님이 밖에 나와서 좀 보라고 했을 때도 만화영화를 보느라 집 밖에 나가기 싫었던 게 생각난다. 부모님한테 끌려나와 아웃런 너머 북쪽 하늘을 보면서도 뭔지 모를 저 희끄무레한 빛을 보라고 나를 나오라고 한 건가 확실히 알 수 없었던 일이 기억난다. 오늘 밤 파페이에서 보는 오로라는, 의심할 여지가 없다.

저녁 내내 아직 빛이 있는지 보려고 자꾸 밖으로 나가본다. 사진을 계속 찍어 인터넷에 올리면서 오크니 본섬이나 남쪽에 있는 친구들과 하늘 모습에 대해 이야기한다. 나도 농장의 아빠도 오로라를 본다. 오로라를 예보하는 우주 기상 예보

사이트를 확인한다. 몇 년 만에 찾아온 최고조의 지자기 폭풍이라고 한다. 파페이 사람들은 이웃에 전화를 걸어 나가서 바깥을 보라고 알려준다. 이튿날 아침 커피 모닝에 모인 사람들 모두 들떠서 오로라 이야기를 한다. 뜻밖의 좋은 날씨나 결혼식에 대해 이야기할 때처럼 신이 났다.

나는 밤늦게까지 자지 않고 태양의 주기와 코로나 질량 분출, 광자와 전자극에 대한 글을 읽는다. 우주선과 인공위성이 태양의 위험한 활동을 감시하며 우리를 보호한다는 것도 알게 된다. 태양풍이 우리 전기 네트워크에 타격을 입힐 수 있다는 기우성 예언도 보인다. 찬란한 북극광이 실은 우리에게 보내는 경고라면서.

밤에 나는 전 남자친구가 관리하지 않고 내버려둔 온라인 프로필을 둘러보기도 한다. 구글 스트리트 뷰로 우리가 같이 살던 아파트 앞을 보면 나뭇잎이 다 떨어지고 나무가 헐벗어 보인다. 내가 더 나아졌다는 걸 그 사람이 알았으면 좋겠다. 하지만 그 사람이 알든 말든 신경 쓰지 않게 되어야 정말로 나았다고 할 수 있을 것이다.

하지만 오늘 밤에는 북극광을 보고 흥분했다. 나는 요즘 다른 무언가에 푹 빠져 몰두한다. 맨체스터에 동생 톰을 만나러 갔을 때에는 사람들이 바글거리는 술집을 지나쳐 가면서도 안을 들여다보지도 않았다. 유성을 찾느라 하늘을 보고 있었기 때문이다. 지금 파페이에서, 나는 머클 서퍼, 첫발 딛기에도 갔고 심지어 춤도 좀 췄다. 이제는 밤늦게까지 자지 않을 수 있을 정도로 튼튼해진 느낌이다.

앞으로 몇 주 동안 태양 폭풍 예보가 더 있다. 나는 자기 전에 밖으로 나가서 하늘을 올려다볼 것이다. 자정이 지난 다음에도 집 밖에 있을지도 모르겠다. 모니터를 끄고, 손전등도 집어던지고, 빛 속에서 북쪽으로 걸을 것이다. 어쩌면 술 없이 사는 게 생각했던 것처럼 나쁘지 않을지도 모르겠다. 나는 클럽의 불빛을 천상의 불빛과 바꾸었는데 그래도 여전히 내 주위에는 유쾌한 춤꾼들이 있다. 예순일곱 개의 위성이 내 주위를 돈다.

18

북쪽 언덕

파페이 땅은 대부분 경작된 농지다. 오크니가 전반적으로 그렇듯 나무도 없고 바람받이라 첫인상은 황량해 보이지만 실은 땅이 꽤 비옥하다. 여름에 볕이 드는 시간이 길고 토양도 기름져서 최고 품질의 소고기가 생산되고 겨울에 소먹이로 쓰는 풀 생산량도 많다. 그렇지만 파페이 섬 북쪽 3분의 1을 차지한 북쪽 언덕은 왕립조류협회 보호지이고 개발되지 않은 황무지다. 구획이 나뉘어 있지도 않고 섬사람들이 공동 방목권에 따라 합의된 기간에만 살짝 가축을 방목한다.

나는 일주일에 몇 번 북쪽 언덕으로 산책을 간다. 아웃런과 비슷하게 거센 바람이 몰아치고 가장자리는 벼랑인 땅이다. 두 곳 다 '바닷가 황무지'라고 정의되는 땅이다. 여기에 오면 집에 돌아온 것 같다. 다시 십 대가 되어 전망 좋은 자리에 앉아 손가락 없는 장갑을 끼고 공책에 글을 끼적인다. 이 평평하고 탁 트인 바닷가 땅은 내 자연 서식지다.

해발 50미터 정도 되는 완만한 언덕이지만 섬에서 가장 높은 곳인 이 언덕 위에 올라서면 어느 집에서도 나를 볼 수가 없다. 북쪽 언덕에서 다른 사람을 만난 적은 한 번도 없다. 서쪽, 북쪽, 동쪽 삼면을 바다가 둘러싸고 있다. 올겨울에 이 황무지는 오롯이 내 것이다.

언덕 비탈에는 전봇대를 해양감시원 전망대로 바꾸어놓은 것이 있다. 디딤대를 잡고 밟고 꼭대기로 올라가자 사방 시야가 탁 트인다. 바다 위에 하얗게 부서지는 파도가 보이는데 이곳이 '보어Bore'라고 불리는 곳이다. 대서양 해류가 북해 해류와 만나 요동치는 지점이다. 북쪽 벼랑 너머를 바라보면 북극에 이를 때까지 바다 말고 아무것도 없다. 마치 세상 끝에 온 듯한 기분이다.

전봇대에 팔다리로 매달려 있자니 포경선의 망대에 올라

간 것 같다. 흰올빼미나 범고래 같은 희귀한 동물을 볼 수 있지 않을까 기대한다. 맑은 날에는 북쪽 수평선 언저리에 페어 아일이 보인다는 이야기를 들었다. 셰틀랜드 제도의 섬버그 곶이나 풀라 섬을 볼 수 있을지도 모른다. 여름보다는 겨울에 먼 곳이 눈에 들어올 가능성이 더 높다. 잘 안 믿기지만 여름에는 열기로 인한 아지랑이가 시야를 흐리게 할 수 있기 때문이다. 가까이에서 빛이 나는 화면을 보는 데 익숙한 눈으로 수평선을 훑으려면 초점을 맞추기가 쉽지 않다. 수평선 안쪽의 바다를 '앞바다offing'라고 부른다. 곧 도착할 배를 '앞바다에 있다'고 하기 때문에 '인 디 오핑in the offing'이라는 말이 '머지않아'라는 뜻으로 쓰인다.

수평선까지 거리가 얼마나 되느냐는 내 해발 위치에 따라 달라진다. 바다와 뭍이 만나는 지점에 서 있다면 멀리 보지 못한다. 내 키가 180센티미터니까 해수면과 같은 높이에 서서 바다를 내다보면 5킬로미터 거리에서 수평선이 보이지만 50미터 언덕 위에 있는 3미터 장대에 올라가서 보면 수평선까지의 거리가 26킬로미터나 된다.

보려는 대상이 수평선 너머에 있지만 해수면보다 높이가

높다면 계산이 더 복잡해진다. 페어 아일의 워드 힐은 해발 217미터이므로 북쪽 언덕 위에서 볼 때 거리가 77.8킬로미터 안쪽에 있다면 볼 수 있다. 구글 지도를 보니 북쪽 언덕에서 워드 힐까지 거리가 73.2킬로미터다. 그러니 가능성이 높지는 않아도 맑은 날에는 볼 수 있다는 게 사실이다. 그런데 파페이 사람들은 페어 아일에 있는 양 바위의 "독특하게 구부러진 모양새"를 보았다고 주장한다. 양 바위 높이가 121미터고 거리가 74.6킬로미터니까 높이와 거리로 따지면 너무 멀어서 볼 수가 없는 위치다. 파페이 사람들이 단체로 환영을 본 걸까? 그게 보일 거라고 생각해서 본 것 같은 착각이 드는 걸까? 대기의 굴절을 포함해 더욱 복잡한 계산을 하면 답을 찾을 수 있을 것 같다.

선달 그믐날에 파페이에서 평생 살아온 짐이 기이한 이야기를 들려준다. 전에 동쪽 바닷가에 있는 자기 집에서 노스 로널세이를 15분 동안 본 적이 있다는 거다. 웬만한 날에는 노스 로널세이가 보이기 때문에 그것 자체로 특별한 일은 아니었는데, 그때는 노스 로널세이가 뒤집어진 모양으로 보였단다. 그러니까 집과 등대가 아래쪽, 바다를 향해 솟았다고 한다.

짐이 본 광경은 아주 희귀하고 특별한 기상 현상으로 설명할 수 있다. '파타 모르가나Fata Morgana'라고 하는 '상위 신기루'의 한 종류다. 빛이 기온이 다른 공기층을 통과할 때 굴절되면서 나타나는 현상이다. 찬 공기층이 따뜻한 공기층 아래에 있는 온도의 전도 상황이 일어날 때 대기에 관 같은 것이 형성되는데 그게 굴절 렌즈처럼 작용해 우리가 보는 상을 뒤집어놓는다. 그래서 짐이 뒤집어진 등대를 본 것이다.

파타 모르가나가 일어날 때 여러 다양한 이미지의 층이 나타나고 상이 바뀌기도 한다. 뒤집어진 상과 오른쪽이 들린 상이 동시에 나타날 수도 있다. 배가 공중에 떠다니는 것처럼 보이기도 한다. 파타 모르가나라는 이름은 아서왕 전설에 나오는 마법사 요정 모르간을 가리키는 다른 이름이기도 하다. 모르간이 마법을 걸어 하늘을 나는 성이나 가짜 육지를 만들어 뱃사람들을 죽음으로 불러들인다는 이야기다.

짐이 더욱 신기한 이야기도 들려준다. 한번은 노르웨이를 본 적이 있다고 한다. 아름다운 피요르드가 있는 노르웨이 해안선이 보였다면서. 파페이에서 가장 가까운 노르웨이 해안은 450킬로미터 떨어져 있다. 신기루는 실제 대상을 더 높은 위치에 투영한 것이므로, 지평선 너머에 있는 것도 대기의 굴절 덕에 볼 수 있게 된다. 그렇지만 페어 아일에 있는 양 바위를 보았다는 게 노르웨이보다는 좀더 설득력 있게 들린다.

파타 모르가나는 볼 수는 있지만 가까이 다가갈 수는 없다. 헤더 블레더처럼 늘 수평선 언저리에 머무른다.

북쪽 언덕 위를 걸으며 나는 주머니 안에 든 웨스트레이 아낙의 조상彫像 복제품을 만지작거린다. 얼마 전에 웨스트레이에서 발굴된 4센티미터 길이 신석기 시대 조각상을 본뜬 물건이다. AA에서는 명상을 추천하는데 나는 명상이 힘들다. 자꾸 주의가 흐트러지고 감정이 격해지거나 아니면 잠이 들어버린다. 그래서 대신 언덕 위를 걸으며 주위를 흡수하면서 나름의 명상법을 연습한다. 걷다보면 움직임이 나를 안정시킨다. 몸은 바쁘고 정신은 자유롭다. 아웃런처럼 이곳도 겉보기보다 훨씬 더 풍요로운 곳이다. 벼랑 꼭대기에 불가사리 한 마리가 보인다. 날아가던 새가 떨어뜨렸을 것이다. 언덕 위에는 고고학적 유적도 있다. 무덤 마흔 개. 만조선 위에 있는 부목 무더기는 임자가 있는 것이지만 만조선 아래에 있는 것은 뭐든 주워 가져도 된다. 서쪽에서 돌풍이 불고 난 다음에는 바닷가에서 주운 것들을 한 아름 안고 집으로 돌아간다.

언덕 군데군데 분화구처럼 패인 자리가 있다. 2차대전 무렵 해군이 이 섬을 사격 연습장으로 쓸 때 바다에서 섬 쪽으로 연습용 포탄을 날려서 생긴 거다. 겨울에는 구덩이에 빗물이 고인다. 크기는 아이들 물놀이 풀만 한 것도 있고 자쿠지 욕조만 한 것도 있다. 포탄 하나가 의도하지 않게 더 멀리 남쪽으로 날아가서 농사꾼 아낙이 맞을 뻔했다고 한다. 아낙은 가까스로 살았지만 대신 암소가 죽었다. 전쟁이 끝난 뒤에 해군 함선에서 탑승했던 군인이 말하길 타격 목표지였던 섬에 사람이 산다는 사실은 꿈에도 몰랐다고 한다.

보호구역 동쪽에 있는 벼랑은 파울 크레이그라고 불리는데 번식 철이 오면 바다오리, 큰부리바다오리, 바다쇠오리, 가마우지, 풀머갈매기, 세가락갈매기 등 바닷새 군락이 생긴다. 해크니에 있는 공원에 술꾼들과 가족들이 서로 다른 지역에 무리 짓듯 새들도 종에 따라 벼랑을 나누어 차지한다. 바다쇠오리는 벼랑 꼭대기 근처 토끼굴과 분홍색 너도부추 수풀 사이에 둥지를 틀고, 풀머갈매기는 위쪽 선반바위와 바위틈에, 가마우지는 다시마로 만든 커다란 둥우리 안에 깃들고, 무리 동물인 바다오리는 훨씬 아래쪽에 포식자로부터 알을 지키려고 한데 모이고, 큰부리바다오리가 그 사이에 드문드문 끼어 있다.

겨울에는 바닷새들이 거의 떠나고 없다. 바다쇠오리 등은 바다에 나가 겨울을 보낸다. 겨울에는 언덕 위에서 어디든 돌아다녀도 되지만 여름에는 바닷가를 벗어나지 말라고 한다. 극제비갈매기 서식지인 언덕 위에는 올라가면 안 된다. 번식기에는 극제비갈매기가 둥지를 지키려고 지나가는 사람들을 공격한다.

오두막 벽난로 선반 위에 극제비갈매기 날개가 있다. 너무나 작고 연약해보여 이 날개로 그 먼 곳까지 여행한다는 게 믿기지 않는다. 극제비갈매기는 어느 새보다도 이동 거리가 길다. 봄마다 남극에서 파페이까지 날아오는데 1만 마일 가까이 되는 엄청난 거리다. 동네 사람들은 극제비갈매기가 "5월의 첫 번째 안개"가 내릴 때 돌아온다고 말한다. 극제비갈매기는 1년에 여름을 두 번 지나니 지구상 어떤 생물보다 더 많은 햇빛을 누리는 셈이다.

옛날에는 북쪽 언덕에 영국 최대의 극제비갈매기 군락이

있었다. 가장 많을 때에는 9000마리까지 되었는데 지금은 그 수가 급감했다. 올여름에는 보호구역에서 213쌍을 헤아렸다. 언덕 위에서 네 군락을 형성하고 알을 낳았는데 6월에 춥고 바람 부는 나날이 계속되어 두 군락이 소멸되었다. 남은 두 군락에서 일부 새는 알을 부화했지만 7월 중순에는 그나마도 버려져 날아갈 수 있을 만큼 자란 새끼가 한 마리도 없었다. 내가 어릴 때 머리 위를 가르고 지나가던 극제비갈매기들은 이제는 아웃런으로 돌아오지 않는다.

북극도둑갈매기와 도둑갈매기도 언덕 위에 둥지를 튼다. 도둑갈매기는 절취기생을 하는 새인데, 무슨 말인가 하면 갈매기 등 다른 새를 괴롭혀서 먹이를 떨어뜨리게 한 다음 낚아챈다. 다른 곳에서는 도둑갈매기를 보기 어렵지만 이곳에는 흔하다. 오크니와 셰틀랜드에 전 세계 도둑갈매기의 60퍼센트가 산다. 북쪽 언덕에서는 작년에 북극도둑갈매기 스물두 쌍이 확인되었다. 2010년의 마흔네 쌍에 비하면 많이 줄었다.

지난 20년 동안 스코틀랜드 해안에서 바닷새의 수가 급격하게 감소했다. 오크니 벼랑의 새 군락지처럼 파울 크레이그도 지금은 내가 어릴 적처럼 북적거리지 않는다. 개체수 감소의 주된 원인은 먹이 변화다. 북해의 수온이 지난 25년 동안 1도 정도 상승해 플랑크톤 양이 줄었고 따라서 플랑크톤을 먹고 사는 까나리 수도 줄었다. 그래서 극제비갈매기, 세가락갈매기, 바다오리, 가마우지 등 까나리를 주식으로 삼는 바닷새들이 어려움을 겪게 되었다. 먹이가 부족해지자 극제비갈매기들의 힘이 약해진데다 먹이를 찾아 더 멀리까지 나가야 한다. 그러다 보면 둥지를 틀기 힘들어지고 둥지를 틀더라도 새끼들까지 먹일 먹이를 구하지 못할 수 있다. 지금은 멸종한 큰바다오리는 큰부리바다오리의 친척으로 키가 1미터 가까이 되었다. 영국 최후의 큰바다오리가 파페이에 있었는데, 1813년 런던 수집가의 주문에 따라 사람들이 총으로 쏴서 잡았다. 1990년대 파페이 학생들은 〈마지막 큰바다오리 사냥꾼Raiders of the Last Auk(영화 〈레이더스Raiders of the Lost Ark〉의 제목을 패러디한 제목—옮긴이)〉이라는 큰바다오리에 대한 연극을 공연하곤 했다. 나는 파울 크레이그에서 수평선 사진을 찍는다. 컴퓨터로 사진을 보는데 튀어나온 바위 위에 선 내 그림자가 땅딸막한 모양으로 벼랑에 드리워져 마치 큰바다오리 한 마리처럼 보인다. 멸종한 지 200년이 지났는데.

일부 종들은 사라지고 있지만 잘 버텨나가는 종도 있다. 북쪽 언덕에는 세상에서 가장 큰 스코틀랜드 프림로즈 군락이 있다. 이 특별한 꽃은 키가 4센티미터 정도밖에 자라지 않고 꽃은 지름이 8밀리미터 정도다. 다른 꽃들은 자라지 못하는 소금기 많고 바람이 거친 환경에서 잘 자란다. 스코틀랜드 북쪽 일부 바닷가에서만 발견되는데 스코틀랜드 프림로즈가 생존하려면 특별한 조건이 갖춰져야 한다. 소에게 너무 많이 뜯겨도 안 되고 너무 안 뜯겨도 안 된다. 3년에 한 번씩 북쪽 언덕에서 스코틀랜드 프림로즈 전체 개체수를 헤아리는데 작년 여름에는 8134개가 있었다. 내가 밧줄이 쳐진 길을 따라 기어다니면서 617개를 셌다.

나는 파페이에서 달마다 하는 겨울철 새 조사를 돕는다. 나무가 없어서 새 마릿수를 쉽게 셀 수 있다. 언덕과 바닷가를 쌍안경으로 훑는다. 바다 위에 무지개가 떠 있고 나는 북양가마우지가 자맥질하는 것을 잠깐 구경한다. 북양가마우지는 순식간에 날개를 접고 완벽한 화살 모양을 만들어 바닷물 속으로 들어간다. 그걸 보고 있으니 몇 주 전에 본 유성우의 느낌이 살아난다. 곁눈으로 본 순식간에 떨어지는 빛, 마지막으로 터지는 불꽃, 그 짜릿함. 북양가마우지는 다른 바닷새들과 달리 오크니 주위에서 번식에 성공한 몇 안 되는 새 가운데 하나다. 웨스트레이 누프 곶의 군락이 2003년에 처음 생겼을 때에는 세 쌍밖에 없었는데 이제 623쌍으로 늘었다.

1월 중순 월요일 아침에 우리 작은 섬에서 마흔일곱 종의 새를 헤아렸다. 마도요 102마리, 주홍도요 280마리, 풀머갈매기 276마리, 바다비오리 열여섯 마리, 찌르레기 1000마리, 잿빛개구리매 두 마리, 횡조롱이 한 마리, 회색기러기 1500마리 등. 사람 한 명 당 새 수백 마리가 있는 셈이다.

이 섬 북쪽 끄트머리는 파울 플래그라고 불리는데 검푸른 너른 바위가 거친 파도 속으로 비스듬히 박힌 데다 미끄러운 검은 이끼로 뒤덮여 위험한 곳이다. 이끼가 빛과 물에 따라 어떻게 자라는지 바위 위에 펼쳐진 모습을 보면 알 수 있다. 물기에 젖어 축축한 곳은 녹색과 검정색이고 마른 곳은 흰색이나 회색이고 물방울이 튀는 곳은 노란색이다.

지도를 보면 파울 플래그 주위에 동굴이 있다고 되어 있다. 나는 벼랑 가장자리에 엎드려 누워 머리를 벼랑 밖으로 쑥 내밀고 동굴이 있는지 보려고 한다. 바다 쪽에서 보면 동굴이 잘 보인다. 어부 더글러스는 보트를 타고 동굴 안으로 들어가 본 적이 있다고 한다. 동굴은 섬 안쪽으로 50미터 깊이까지 뻗어 있고 한 동굴로 들어가 다른 동굴로 나올 수도 있다. 내 발 아래 언덕 안에 굴이 뚫려 있고 미로처럼 얽혀 있다는 얘기다.

나는 나침반을 보고 똑바로 걷는 산책길을 개발했다. 섬의 척추를 따라, 전봇대 전망대를 지나 북쪽 언덕의 삼각점까지 간다. 언덕 꼭대기에서 몸을 돌려 섬을 내려다보면 남쪽에 있는 겨울 해의 흐린 빛이 길 위를 바로 비춘다. 오늘은 바람이 많고 햇빛이 안개를 잘 뚫지 못한다. 섬 전체가 안개에 덮여 떤다.

안개 속에 헛것이 보인다. 섬의 경계를 런던 지도에 겹쳐 본다. 파페이는 해크니 지역의 절반 크기지만 인구는 해크니의 10만 분의 1밖에 되지 않는다. 꿈처럼 몽롱한 상태에서 파페이의 중앙로가 해크니를 남북으로 가로지르는 메어 스트리트가 되고 들마다 건물이 들어선다. 새끼 섬은 습지 공원, 호수는 공원이 되고 전깃줄은 전철 선로, 각 집은 역이 된다. 울부짖는 갈매기는 사이렌 소리, 바다는 자동차의 물결.

전에 안개가 짙게 낀 추운 겨울날 해크니에서 강둑길을

따라 자전거를 탄 적이 있다. 밖으로 나왔을 때에는 속눈썹에 얼음방울이 달라붙어 있었다.

어느 날 아침 언덕 위를 걷는데 느닷없이 해가 난다. 갑자기 기운이 솟아서 신나게 걷기 시작한 순간 불쑥 차가운 맥주 한잔 하면 정말 기분이 상쾌하겠다는 생각이 머리를 스친다. 최악으로 기분이 안 좋을 때에도 술 생각이 들지만 최고로 좋을 때에도 찾아온다. 눈물이 난다. 나는 20개월 8일 동안 술을 마시지 않았고 그 뒤에 내 삶에 일어난 변화들이 좋지만, 아직도 여전히 술을 마실 수 '없다'는 게 속상하다. 나는 술을 마시지 않지만 마시고 싶다. 이런 역설 속에서 살아가기란 고통스러운 일이다.

술을 끊고 한 동안은 아캄프로세이트라는 약을 먹었다. 술에 대한 욕구를 줄여주는 처방약이다. 하지만 어떤 약을 먹어도 깊은 갈증을 없애주지는 않는다. 나는 술 자체를 원한다기보다는 술이 주는 효과를 느끼고 싶다. 느긋함을 느끼고 싶다. 내 문제는 신체적인 것이 아니다. 술에 대한 욕구를 떨쳐버렸어도 애초에 왜 그런 욕구를 느꼈는가, 무엇으로 그 빈 공간을 메울 것인가 하는 문제는 여전히 남아 있다.

이런 불만족감에 저항하기 위해 나는 주로 오래 걷고 찬 물에서 수영하고 옛날 일기를 순서대로 읽는 등 나만의 치료법을 시행한다. 자유를 느끼고 만끽하는 법을 배운다. 공간의 자유, 파괴적 충동으로부터의 자유. 나는 빈 공간을 새로운 지식과 아름다운 순간으로 메우려 한다. 위험한 생각이 불쑥 불쑥 솟는다. 그럴 때면 평생 이런 기분으로 살아야 할 것 같아 비참하다. 그렇지만 이런 갈망을 가볍게 넘겨야 한다. 그 갈망에 매달리고 계속 키워나갈 수는 없다.

바람 부는 날 나는 북쪽 언덕에서 탑 모양 삼각점 위로 기어올라가 위태한 자세로 무릎을 꿇고 앉는다. 햇빛이 물보라에 부딪혀 무지개가 서린다. 그다음에는 파울 플래그로 간다. 벼랑 꼭대기에 서면 가슴이 마구 뛰고 가슴이 텅 비며 열리는 것 같다. 나는 세상의 끝에 다다랐다. 너울이 요동치는 보어를 보면서 최대한 큰 소리로 울부짖는다. 내 울음소리가 파도에 실려 다시 바닷가로 밀려와 가닿을 수 없는 동굴 안으로 들어가 내 발 아래에서 메아리치며 우릉거린다.

19

온라인

처음 장미 오두막에 도착했을 때 나는 온수보다 인터넷 연결을 먼저 챙겼다. 나는 와이파이로 연결되어 있는 중세인이다. 불 피우고 빵을 굽는 따위 기본적인 일들에 매달리면서도 점점 스마트폰 의존도가 커진다.

나는 어디에 있든 거의 언제나 노트북에서 온라인 상태다. 그러니 고요하고 아름다운 파페이 섬에서도 그럴 만하다. 지난 10여 년 사이 인터넷 연결 덕에 섬에서 생활할 수 있는 사람의 수가 늘었다. 남쪽 회사에서 일을 받아서 원격으로 일을 할 수 있으니까. 이런 방법이 있으니 작은 섬의 희박한 인구가 이제 더 줄지 않고 심지어 늘 수도 있으리라는 희망이 생긴다. 인터넷이 도시보다 외딴 지역 공동체에 더 중요하다고도 할 수 있겠다. 술을 끊고 오크니에서 지낸 뒤로 나는 아직 끊고 싶지 않은 예전의 삶과 연결 고리를 유지하기 위해 전보다 인터넷을 더 많이 한다. 나의 과거라는 유령과 허깨비 같은 대화를 계속 이어간다.

연결이 안 좋을 때도 있다. 파페이 인터넷은 구리선을 통해 들어온다. 인구가 워낙 적어서 통신회사에서 광섬유 케이블을 놓아주지 않는다. 전파 신호가 커크월에서 샤핀세이, 샌데이, 웨스트레이를 거쳐 우리한테 오는데 중계소를 지날 때마다 속도가 떨어진다. 모바일 신호가 바람에 영향을 받기도 한다. 섬의 한쪽 면에는 오렌지 통신사 신호가, 다른 쪽에는 O2 통신사 신호가 잡힌다. 나는 또 한 차례 강풍이 불어와 내 문자 메시지를 전해주기를 기다리고 있다.

디지털 미디어 시대에 섬에 살다보면, 모순적으로 들리지만 기술 때문에 더 자연에 가까워지는 것 같을 때도 있다. 흰꼬리수리 같은 희귀종 새가 오크니 하늘에서 눈에 뜨였거나 바닷가에서 범고래 무리를 보았을 때 사람들은 바로 지역 새 관찰 동호회 웹사이트나 단체 문자메시지를 통해 빨리 나와서 보라고 소식을 전한다. 북극광이 나타날 가능성이 있다는 알림이 SNS로 돌고 그날 밤이나 다음 날이면 사람들이 사진을 올린다.

샌데이에는 11월에 새끼를 낳는 회색바다표범 무리가 있는 곳에 맞춰진 웹캠이 있다. 내가 페이스북에 링크를 띄우면 런던 사무실에 있는 내 친구들이 덩치 큰 회색 암컷이 아직 헤엄을 못 치는 하얀 곰인형 같은 새끼들을 거느리고 바닷가에 늘어져 있는 모습을 본다. 동이 트기 전에 야간촬영용 카메라에 잡힌 바다표범들을 보며 우리는 대화를 나눈다. 검은등갈매기가 바다표범 태반을 먹는 모습이 화면에 비친다.

평생 파페이에서만 살았던 매기 할머니 생각이 난다. 이 섬의 사람들과 장소에 대한 매기의 기억은 어쩌면 내가 아는 사람들을 인터넷의 이 구석 저 구석이나 어떤 시기와 연결시키는 것하고 비슷할 거다. 직접 만나본 적 없는 사람들도 많지만 여러 해 동안 서로의 삶을 대략적으로나마 따라가서 어떻게 사는지 대충 안다. 내 진짜 삶은 컴퓨터 안에 있고 오크니에 돌아와 보낸 시간이나 여기에서 만난 사람들은 일시적 삽화가 아닌가 하는 생각도 든다. 트위터에서 알게 되었지만 실제로는 만난 적이 없는 사람을 사무실에서 몇 달 동안 마주 앉아 있었던 사람이나 같이 학교에 다닌 사람보다 더 잘 안다. 나는 여기저기 떠돌며 살았지만 사실 인터넷이 내 집이다.

휴대폰에 있는 GPS 앱을 이용해서 파페이에서 내가 날마다 양이 지나다니는 오솔길과 만조선을 따라 걷는 경로를 기록하기 시작했다. 섬의 경계 안에서 내 이동경로가 그린 선으로 지도를 만들어간다. 위성지도와 겹쳐놓으면 어떤 이야기가 만들어진다. GPS 궤적을 보면 내 산책로가 어떻게 바뀌었는지 알 수 있다. 처음에는 바닷가 길을 따라 멀리 크게 걸으며 내 영역을 표시했다. 몇 주 지난 뒤에는 느릿느릿 걸으며 탐험을 한다. 좁은 지역을 샅샅이 밟는다. 바위를 타고 작은 만으로 내려가고 작은 웅덩이에서 보물을 찾는다.

실제 해안선과 주머니 안에 있는 육지 측량부 지도, 휴대폰의 구글 지도, 내 신체적 시각적 경험을 서로 견주어가며 내 위치를 파악하고 북쪽 언덕에 있는 들쭉날쭉한 지형에 정확한 이름을 연결한다. 켈디 곶은 썰물 때 수영을 할 만한 장소 같다. 매드 지오는 깊고 어둡다. '스넥'이니 '이리벌'이니 하는 지형이 디지털 세계에도 있고 내 발밑에도 있다.

오크니와 셰틀랜드는 원래 종이지도에서는 지도 한 켠 네모 칸 안에만 나와 있었다. 영국 지도를 보면 오크니와 셰틀랜드가 북쪽이 아니라 대개 동쪽에 그려 있다. 하지만 구글 지도는 끝없이 이어지며 지구를 돈다. 한밤중에 인터넷을 하다가도 아웃런 서쪽 수평선 바로 너머에 있는 술 스케리의 위키피디아 페이지와 위성지도로 자꾸 돌아가게 된다. 봄이면 수천 마리의 바다쇠오리와 북양가마우지가 둥지를 틀고 알을 낳는 곳이다. 마치 인터넷에서 이 주위 파도가 특히 거센 것처럼 자꾸 자꾸 여기로 밀려온다.

별자리 지도 앱을 켜고 휴대폰을 밤하늘에 맞추면 그 하늘에 어떤 별과 행성들이 있는지 알 수 있다. 어느 날 밤 한 친구가 저 빛나는 별이 뭐냐고 물었는데 나는 그건 별이 아니라 목성이라고 대답해주었다. 앱으로 내 말이 맞다는 걸 확인할 수 있어서 내 별 볼 일 없는 천문학 지식에 자신감이 붙었다. 이 앱은 마치 기포 수준기처럼 지평선을 표시하기 때문에 아무리 바람이 세고 캄캄한 밤에도 이 앱만 있으면 디지털 균형감을 갖출 수 있다. 저 멀리, 지구 반대편에는 국제우주정거장이 있다. 오늘 밤에는 남반구 사람들만 볼 수 있다. 국제우주정거장에서 우주비행사들이 자기들이 보는 풍경 사진을 트위터로 지구 사람들에게 전송하고 사람들은 머리 위로 지나가는 국제우주정거장을 장시간 노출로 찍은 사진으로 응답한다. 사진에 대륙 위를 지나가는 우주정거장 빛의 궤적이 담겼다.

어느 아침에 페이스북에서 오크니 서쪽 해안에서 범고래가 돌고래 사냥을 하며 북쪽으로 가는 것을 보았다는 글을 읽었다. 나는 북쪽 언덕으로 나가 범고래를 찾는다. 옷을 따뜻하게 챙겨 입고 눈을 부릅뜨고 살핀다. 고래는 안 보이지만 커다란 배가 막 시야에서 사라지는 게 보인다. 북해 유전으로 가는 유조선일 거라고 생각했는데 오두막에 돌아와 해상 교통 웹사이트에서 찾아보니 러시아 북쪽 칸달락샤로 가는 쿠즈마 미닌이라는 러시아 화물선이란다. 비행 레이더 웹사이트에서는 어느 날 맑은 새벽에 웨스트레이 위쪽에 뜬 비행운이 로스엔젤레스에서 프랑크푸르트로 가는 야간 비행기의 궤적이라는 걸 알아낸다.

시간을 더 많이 들여 자세히 볼수록 더 깊숙이 알게 되고 얻는 것도 많다. 브라우저 탭을 여럿 열어놓고 지구의 운송수

단들이 숱하게 이동하고 교차하면서도 찌르레기떼처럼 서로 충돌하지 않고 일사불란하게 움직이는 모습을 보고 있자니 내가 전지적 존재가 된 것 같다.

바닷새를 잡아 위성 추적 장치나 GPS 정보 기록기를 달면서, 새들이 먹이를 구하러 얼마나 멀리까지 가는지를 처음으로 알게 되었다. 이번과 줄리엣이 코핀세이에서 장치를 부착한 풀머갈매기 한 마리는 노르웨이까지 갔다가 둥지로 돌아왔다. 일광지리 위치 추적기를 이용해 메추라기뜸부기들을 아프리카까지 추적했는데 메추라기뜸부기가 이동을 마치고 우거진 숲으로 들어가 햇빛이 닿지 않는 곳으로 가자 작동이 중단되었다. 엄마는 올해 여름에 카약을 타다가 스캐퍼 플로에서 햇볕을 쬐는 상어를 봤다. 이곳 바다에서 상어가 종종 눈에 뜨였고 사람들이 상어 마릿수가 늘어났다고들 말한다. 사람들의 목격담을 확인하기 위해 연구자들이 스코틀랜드 서해안에서 해를 쬐는 상어 스무 마리에 위치 추적 장치를 부착했다. 그래서 인터넷으로 상어의 움직임을 거의 실시간으로 관찰할 수 있다.

나로 말할 것 같으면, 신비스러운 동물이나 멸종위기 동물을 추적하고 있다기보다는 나 자신에 대한 유사과학적 연구를 진행 중이다. 영혼의 측심測深을 한다고나 할까. 내 라스트FMlast.fm 계정은 내가 듣는 노래를 전부 헤아리고 내가 가장 좋아하는 음악가 리스트를 계속 업데이트하고 새로운 가수를 소개해준다. 페이스북은 내가 이야기를 나누는 친구들에게 우선순위를 매긴다. 나는 트위터 리트위트 수와 페이스북 에지랭크 순위에 목을 맨다. 자신을 정의하는, 끝없이 변동하는 과정 중에 있는 셈이다. 나날의 활동과 움직임을 헤아리고 분석하고 기록하고 한없이 데이터를 수집하는 일에 푹 빠졌다. 나는 수면 사이클을 기록하고 꿈을 분석한다. 생리주기 기록 프로그램을 다운로드하고 그게 내 브라우저의 다른 창에 떠 있는 달이 차고 이지러지는 주기와 맞아 들어가는 걸 본다.

돌풍이 불던 날 한밤중에 휴대폰으로 장미 오두막 침실에서 들리는 비바람 소리를 녹음한다. 휴대폰에 있는 소음측정 앱에 따르면 내 침대에서 들리는 바깥 날씨 소리가 평균 68데시벨이라고 한다. 큰 소리로 대화하는 것과 비슷한 정도라 잠을 이루기가 쉽지 않다. 내가 어릴 때 농장 집 침실에서 이런 바람 소리를 듣던 것이 생각난다. 나이트클럽의 쾅쾅 울리는 음악소리 속에서 말을 하려고 사람들 귀에 대고 소리를 질렀던 게 떠오른다. 오늘 밤에는 바람과 휴대폰이 내 벗이다.

파울 크레이그에서 파도가 부서지는 소리, 가끔 깊은 밤의 신비한 회색기러기 울음소리, 전깃줄 사이에서 울부짖는 바람 소리, 프로펠러 비행기의 익숙한 진동 소리를 녹음한다. 녹음한 소리를 인터넷에 올린다. 섬의 삶을 전하는 20초짜리 감각적 게시물. 마치 시 같다.

그렇지만 가끔 인터넷이나 이런 과잉접속 상태가 나를 더 외롭게 만들기도 한다. 카메라가 아니라 화면을 보며 서로 어긋난 시선으로 스카이프 대화를 하다보면 뭔가 솔직하지 않은 거리감이 느껴진다. 실제 만나게 될지는 불확실하다. 눈을 깜박이고 대답하기 전에 뜸을 들인다. 온라인에서 보내는 시간이 너무 길다보니 실제 삶이 그냥 브라우저의 다른 창처럼 느껴지기도 한다. 침대에 전기담요를 깔고 누워 유튜브로 자연 다큐멘터리를 보면 되는데 뭐 하러 자연을 보러 굳이 집 밖에 나가나.

밤중에 이유 없는 불안감에 반쯤 잠에서 깨어 휴대폰을 움켜쥔다. 여전히 나는 위안이 필요할 때 인터넷을 찾는다. 전에는 술을 마시면서 인터넷에 글을 쓰곤 했다. 최근에는 몇 년 전 술에 취했을 때 인터넷 이 구석 저 구석에 여러 다른 자아를 이용해 남긴 자취를 정리했다. 나는 인터넷에 내 심장을 붉은 와인처럼 쏟아놓곤 했다.

교차 중독이란 알코올중독자들이 술을 끊고 중독 행동을 다른 것으로 옮긴다는 의미다. 음식, 운동, 쇼핑, 도박 등으로 흔히 나타난다. 나는 코카콜라, 담배, 관계, 인터넷으로 옮겨갔다. 어떤 때에는 담배를 피우는 도중에 다음 담배에 불을 붙이고 싶을 때도 있다. 새로운 친구한테 꽂히면 그 사람의 인터넷 프로필 속으로 빠져든다. 다른 사람의 정체로 내 정체를 지우고 싶어서.

늘 공허함이 있다. 술을 잃고 나를 채울 무언가를 절박하게 찾는다. 그게 뭘까. 커피, 섹스, 글쓰기, 사랑, 새 옷? 아니면 온라인에서의 인정? 삑 하는 신호음, 알림, 진동이 도파민 약간, 아드레날린 약간을 방출시켜서 우리 뇌에 영향을 미치고 뇌를 바꾸어놓는다는 글을 읽는다. 그 작은 신호음을 찾으려고 나는 강이나 길을 따라 여행하는 새처럼 익숙한 웹사이트들을 돌아다닌다. 기다리던 메시지가 도착했다는 알림은 맥주 첫 모금, 혹은 목이 바싹 탔을 때 찬물 한 모금, 지쳤을 때 푹신한 침대, 물에 빠져 죽을 준비가 되어 헤엄치기를 그만둘 때의 느낌과 언뜻 비슷하다.

나는 브라우저에 탭을 스무 개 열어놓는다. 하나 하나 다 끝이 없는 여행, 맺지 못한 생각이다. 아직은 잠들 수 없다. 내 머릿속에도 열려 있는 탭이 너무 많다. 이 갈증을 달랠 수가 없을 것 같다. 오래전에 받은 이메일을 수십 번 읽으며 이제 더 이상 거기에 없는 무언가를 찾으려 한다. 뚫린 구멍을 메울 적당한 것을 찾으려고 애쓰지만 계속 내 손에서, 의식의 문턱에서, 시야의 가장자리에서 빠져나간다. 찾으러 갔지만 막상 가 보니 그게 무엇이었는지 기억할 수 없는 무엇이, 수평선 바로 너머에 있는 섬이.

이런 공허 속에 있을 때 술 생각이 난다. 남자친구를 그리워하듯 술이 그립다. 어쩌면 AA 모임은 동성애자들이 이성애자가 되려고 들어간다는 미국 기독교 근본주의자 합숙소 같은 게 아닌가 하는 생각이 들기 시작한다.

어쩌면 내가 알코올중독자로서 살아가지 못하게 막는 게 잔인하고 부자연스러운 일인지도 모른다. 어릴 때 우리 부모님이 술을 과하게 마시는 모습을 본 기억은 없다. 아빠가 조증 상태일 때 더 많이 마셨다는 건 알지만. 하지만 나는 처음 술을 입에 대기 시작한 십 대 때부터 위험할 정도로 급하게 마셨다. 술꾼이 될 성향이 진작부터 나에게 있었던 거다. 타고난 기질을 거스르며 살려니 힘들다.

적어도 술은 애매한 질문에 구체적 답을 준다. 진공을 메운다. 술이 없다면 나는 질문이 대체 무엇인지부터 고민해야 한다. 그래서 AA에서 제시하는 12단계 프로그램이 그 출발점이 된다고 하기도 한다. 1단계는 "우리는 우리에게 알코올을 제어할 힘이 없고 우리 삶이 통제불능이 되었음을 인정한다"라는 것이다. 나는 이미 오래전에 치료 센터에 들어가면서 1단계는 이루었지만 그다음 단계를 받아들이기는 계속 망설이고 있다.

치료를 받는 동안 나는 감정을 인식하고 어떤 행위가 무얼 이루기 위한 것인지, 실제로 무얼 이룰지를 이해하는 법을 배웠다. 멍한 상태로 마우스를 클릭하다가 한 걸음 물러서서 보면, 휴대폰 배터리가 나가면 내가 거의 존재하지 않는 것 같고 내 자취가 기록되지 않는 듯한 기분이 되곤 하는 걸 알 수 있다. 나는 이 모든 테크놀로지의 이점을 누리고 싶지만 그런 한편 그걸 제어할 수 있었으면, 그것의 노예가 되지 않았으면 좋겠다. 내 중독적이고 강박적인 성향을 잘 아니까.

대양 가장자리에 있는 나는 무언가의 중심으로 가려고 기술을 사용한다. 내 주변 환경을 이해하려고 애쓴다. 디지털 장비를 이용하면 비행기, 새, 별들을 수량화하고 추적할 수 있다. 나는 파페이의 바깥세상과 내 이전 삶과의 연결을 유지하려고 한다. 웨스트레이 위에 지는 해 사진을 찍어 페이스북에 업로드한다. 내 하늘이 0과 1로 이루어진 디지털 신호로 변환되고, 내가 만든 정보가 위성으로 송출되고, 해저 광섬유 케이블을 통해 전달되고, 단파와 구리전선을 통해 섬을 넘어 당신에게 전해진다.

20
바다 수영

우리가 만난 지 얼마 안 되었을 때는 그 사람도 술에 취한 나의 충동적이고 자유분방한 모습에 매력을 느꼈다. 결국에는 그것 때문에 헤어졌지만. 어느 날 밤 우리는 그때 내가 살던 런던 시내에서 서로 밀어주고 당겨주면서 (다음 날 보니 온몸에 멍들고 까진 자리가 있었다) 3미터짜리 담장을 넘어 야외 수영장에 들어갔다. 우리는 소리 없이 타일로 된 수영장 가장자리로 내려갔다. 추운 밤이었는데 물이 따뜻하게 데워져 있었다. 우리는 달빛 아래에서 CCTV가 지켜보는 가운데 얼굴을 덮는 방한모자만 빼고 옷을 홀딱 벗고 몇 차례 수영장을 가로질렀다. 아직도 그

때 사진 몇 장이 남아 있다. 플래시가 터져 우리 피부가 창백하게 나왔다.

오크니에 돌아와 다시 야외 수영의 스릴을 느껴보려고 했다. 나는 '오크니 북극곰'이라는 특이한 모임에 가입했다. 이들은 한 해 내내 토요일 아침마다 섬 이곳저곳 다른 장소에서 바다 수영을 한다. 나는 아침밥으로 죽을 먹고 공격적인 랩 음악을 들으며 마음의 준비를 한다. 우리는 이상한 사람들이다. 차 옆에서 수영복으로 갈아입는다. 머리에는 털모자를 썼고 온몸에는 소름이 돋았다. 바다 수영도 다른 사람들하고 같이 하면 혼자 할 때보다 훨씬 용기가 난다. 사람마다 물에 들어가는 방법이 다 다르다. 열렬하게 뛰어 들어가는 사람이 있는가 하면 조심조심 사타구니께까지 들어갔다가 화들짝 놀라 다시 뛰어나오곤 하는 사람도 있다.

수영을 하면서 바뀌는 계절과 오크니의 여러 장소를 몸으로 느낄 수 있다. 조류와 바람 방향을 분석해 수영할 곳을 결정한다. 우리가 있는 곳이 섬이다보니 땅덩이는 작아도 해안선은 수 마일에 달하고 대체로 내가 가본 적이 없는 한적한 곳이 많다.

우리는 중앙로 옆에 있는 다리 밑에서도 수영을 했다. 지나가는 트럭이 우리를 보고 빵빵거렸다. 울퉁불퉁한 긴 길을 달려 내려가 엉겅퀴에 찔리며 울타리를 넘어야 들어갈 수 있는 외딴 모래사장에서도 수영했다. 바위 사이 웅덩이 안에서도, 항구에서도 수영했다.

난파선이 있는 곳으로 헤엄쳐 가기도 한다. 오크니 해안 여기저기에 난파선이 있는데, 2차대전 때 적이 항구로 들어오지 못하도록 일부러 침몰시킨 폐색선들이다. 헤엄쳐서 녹슨 선체 가까이 접근한다. 우리는 다른 각도에서 육지를 보고 새들을 만나기도 한다. 한번은 흰죽지바다비둘기 바로 코앞까지 헤엄치기도 했고 극제비갈매기가 바로 옆에서 자맥질을 하기도 했다.

온도가 미지근하고 염소 소독약 냄새가 나는 직사각형 수영장에서 수영하는 것하고는 전혀 다르다. 가끔 호기심 많은 바다표범이 다가와 우리와 같이 멱을 감기도 한다. '오크니 북극곰' 친구 한 사람은 깊이 잠수해서 조개 한 움큼을 잡아 올라와서는 집에 가져가 점심으로 먹었다. 우리는 모래 위에서, 자갈 위에서, 바다풀과 진흙 위에서도, 새와 물고기와 같이,

날씨를 불문하고 수영을 한다.

우리는 자동차 앞 유리 와이퍼를 최고 속도로 켜야 할 정도의 폭우 속에서도 수영을 한다. 비를 피해 마구 뛰어 물속으로 들어가면 물속이 오히려 건조한 느낌이다. 지나가는 배 뱃머리가 일으킨 파도에 몸이 들썩 들리기도 한다. 물은 늘 다르다. 때로는 어두운 벨벳 같고 때로는 완벽하게 투명하고 평평한 유리 같다. 햇살이 수면에 얼룩을 만들고 물 아래 공기방울에 보석처럼 불을 밝힐 때에도 수영을 한다.

5월 1일은 '오월제'라고도 하고 '벨테인'이라고도 하는 축제날인데 우리는 동이 트는 시간인 5시 14분에 오크니 본토에서 가장 동쪽에 있는 바닷가에서 모인다. 이곳에서 해가 대양 수평선 위로 뜨는 것을 본다. 우리는 검고 탁한 바닷물로 들어가지만, 곧 해가 떠서 웃으며 소리 지르는 우리 얼굴을 환하게 비추며 빛살이 잔물결 위에서 반짝인다.

정확히 하지점에 도달하는 순간에는 본섬 북쪽 해안에서 수영을 한다. 자정이 갓 지난 새벽 12시 9분이지만 '그림린스' 때라 어둡지 않다. 다음 날 아침이 되면 모닥불 냄새를 맡고 바다소금 맛을 느낀다. 나침반이 가리키는 방향과 한 해의 전환점을 따라, 8월 1일 수확제 날이 되면 일몰을 보러 서해안으로 간다. 이날은 첫 추수를 축하하는 고대 축일이다.

해가 지지 않는 안개 낀 밤이라 으스스하다. 우리는 해초에 미끄러지며 만으로 내려간다. 같이 수영하는 동료들이 안개 속에 숨어 잘 안 보인다. 오크니 북극곰 회원들이 동짓날에는 캄캄한 시각에 머리에 헤드랜턴을 쓰고 바닷가에 켜둔 불빛을 보고 바닷가로 헤엄쳐 돌아왔는데, 나는 그때 파페이에서 지낼 때라 참석을 못 했다. 춘분, 하지, 추분, 동지를 나침반의 네 방위, 달과 조석간만과 일출 달력에 맞춰 기념하니 마치 의식을 치르는 것 같다.

오크니로 돌아와 이런 것들에 대해 더 잘 알게 되기 전에는 몰랐던 사실이지만, 내가 마지막으로 술을 마신 다음 날, 그러니까 술을 끊은 첫날이 춘분날인 3월 20일이었다. 그 뒤로 지점과 분점을 지날 때마다 술을 끊고 한 해의 4분의 1을 또 버틴 셈이다. 내 작은 선택과 개인적 행동을 태양계의 패턴에 맞춘다는 게 마음에 든다. 바다 수영은 또 그걸 기념하는 방법이다.

매번 헉 소리가 날 정도로 춥다. 바닷물 온도가 여름 내내 점점 높아져서 9월이면 평균 13도 정도의 '차가운' 물이 된다.

그러다가 점점 기온이 수온보다 낮아지고 2월에는 '극도로 차가운' 4도 정도까지 내려간다. 처음에는 살갗이 에이는 것 같았지만 한 주 한 주 지날 때마다 조금씩 쉬워지고 몸이 적응한다. 그래도 모임에서 내가 가장 소극적이다. 다른 사람들은 여전히 부두에서 평영을 하는데도 나는 얼른 물가로 올라와서 물기를 닦는다. 유쾌한 사람들이다. 헤엄을 치면서도 머리를 들고 서로 잡담을 나눈다.

나는 충격 요법을 써서 정신이 번쩍 들기를 바란다. 중앙난방을 돌리고 커튼을 치고 지내다가, 온몸으로 추위를 느끼고 거친 물속에 몸을 담그면 몸이 반짝 살아나는 것 같다. 나는 섬에 갇혀 사는 답답함, 그런데도 술을 마셔서 해소할 수 없다는 좌절감을 떨쳐버리고 싶다. 얼음 같은 물에 중독성이 있다. 막상 들어갈 때에는 불쾌한 기분마저 드는데 그런데도 또 들어가고 싶다. 다시 가겠다고 약속하고, 다음 수영 계획을 짜고, 호수, 만, 저수지들을 눈여겨본다. 포탄이 만들어놓은 웅덩이에서도 수영하고 싶다.

처음 몇 번은 수영하는 도중에 몸이 공포에 휩싸인 순간이 있었다. 익사하는 상상을 하고 발밑 물의 깊이를 생각하니 심장이 마구 뛰었다. 최대한 빨리 바닷가로 돌아가야 했다. 사다리를 잡고 몸을 부두 위로 끌어올리거나 아니면 파도를 타고 바닷가로 밀려오고 나면 이제 살았다는 느낌이 들었다. 다시 태어나 살아 있는 느낌.

사람들은 바다 수영을 하면 여러모로 몸에 좋다고 주장한다. 혈액순환도 좋아지고 면역력도 좋아진다고. 야외수영협회에서는 찬물에서 수영하면 젊어진다고 장담하기도 한다. 하지만 나는 찬물이 주는 황홀감 때문에 한다. 잠깐만 물에 들어갔다 나와도 기분이 들뜨고 엔도르핀이 돈다. 수영을 하고 나면 미친 사람처럼 빨갛고 소금기 묻은 얼굴로 활짝 웃으며 토요일에 종일 (슈퍼마켓부터 시작해서) 돌아다닌다. 다른 오크니 북극곰 회원들은 활기차게 주말을 시작할 수 있어 좋다고 말하기도 하지만 한 여자는 그저 다른 사람들이 자기를 미쳤다고 생각하는 게 좋아서 수영을 한다고 한다. 특이한 취미고 모험인 것은 사실이다.

파페이에 살러 왔을 때 나는 토요일 아침 10시, 본섬 오크니 북극곰 회원들이 수영을 할 때 나도 수영을 하기로 결심했다.

나는 클럽 유일의 전초기지 회원이다. 자전거를 타고 500미터 정도 달려 노스 윅 만으로 가 자전거를 모래 언덕 위에 눕혀놓고 옷을 벗고 아침 햇살 속에서 옥색 바다 속으로 달려 들어간다. 노스 윅과 사우스 윅 바다는 늘 선명한 옥색이다. 물이 맑고 얕고 아래에 모래가 있기 때문이다. 열대 지방의 바다 같은 색이지만 막상 들어가보면 얼음장이다.

바다에 들어가려고 바닷가에서 옷을 벗다가 런던에서 낯선 사람 집에서 옷을 벗던 일이 생각난다. 그때의 절망감과 분노가 떠오른다. 이게 내가 가진 전부이고, 이런 지경까지 오고 말았다는 절망감. 오늘은 그때처럼 고통스럽지는 않지만 나는 결국 똑같은 사람이다. 헐벗고 쓰라린.

그냥 바다 안에 있기만 해도 새로이 알게 되는 일들이 있다. 파도가 돌을 나를 수 있다. 큼직한 자갈돌들이 물에 둥둥 떠서 공깃돌처럼 가볍게 던져지곤 한다. 나는 바다표범의 시점에서 갈매기가 물 위에 내려앉는 걸 본다. 갈매기는 나를 알아차리지 못한 것 같다. 어느 아침에는 잔잔한 물 위에 하늘이 거울처럼 비쳐 구름 속에서 헤엄을 친다.

혼자 수영을 할 때는 서로 힘을 북돋워주던 회원들이 없는 게 아쉽다. 어느 추운 토요일 아침에는, 자전거를 타고 바닷가로 내려가서 한동안 파도를 바라보다가 바지를 벗고 차가운 북풍, 보슬비, 파도가 일으키는 물보라를 다리로 맞는다. 하지만 도저히 물속에 들어가지는 못하겠다. 나한테는 이게 한계다.

우리가 수영을 할 때 바다표범들이 가까운 곳에서 고개를 들고 인간의 존재에 관심을 보이며 친근한 눈으로 우리를 바라보기도 한다. 우리는 쌍둥이 같다. 사람도 바다표범도 자기 세상의 가장자리에 와서 각자 영역의 아주 일부분만을 공유한다. 산책을 하는데 같은 바다표범 한 쌍이 계속 나를 따라 섬을 도는 것 같은 기분이 든다. 한 마리는 나에게서 눈을 안 떼고 뚫어져라 쳐다보다가 파도에 놀란 것 같다. 바다표범이 부서지는 파도에 갇혀 몸을 파닥이는 게 보인다.

바다표범을 친구라고 생각한 사람이 나만은 아니다. 오크니 말로 바다표범을 '셀키Selkie'라고 부르는데 이 말은 옛이야기에 나오는, 사람처럼 모습을 바꾸는 바다표범을 가리키는 말이기도 하다. 셀키는 바다표범 가죽을 벗고 아름다운 벌거벗은 사람으로 변신해 달빛 아래 바닷가에서 춤을 춘다고 조지 매케이 브라운이 《시간의 바다 옆에서Beside the Ocean of Time》라는 소설에서 묘사했다. "그리고 모래 위에서 남자와 여자들—낯선 사람들—이 춤추는 모습이 어른어른 보였다. 바위 위에는 바다표범 가죽이 널려 있었다!" 가죽을 잃어버리거나 도둑맞으면 셀키들은 다시 원래 모습으로 돌아갈 수가 없다. 남자가 가죽을 숨겨 바다표범 처녀를 아내로 삼지만 아내는 영원히 바다에 속한 존재로 남는다는 이야기들이 있다.

외로운 선원들이 바다표범의 구슬픈 울음소리에 속아 넘어가곤 하는 걸 설명하려고 셀키를 둘러싼 민담이 생겨났다고 하기도 한다. 1890년대에는 본섬 동쪽에 있는 디어니스에서 인어가 발견되었다. 수백 명이 넘는 목격자가 자기 눈으로 똑똑히 봤다고 말했다.

바다에서 수영을 하다보면 보통의 경계를 넘어서게 된다. 나는 땅에 있지 않고 세상의 대양을 이루는 물 안에 있다. 물은 내 아래, 내 주위에서 움직이고 빠지고 차오른다. 벌거벗은 채로 바닷가 위로 올라가면 나는 가죽을 벗은 셀키가 된다.

일기장에 적어놓은 글귀가 있는데 어디에서 보고 베낀 것인지 찾을 수 없다. “할 수 있으면 여름이건 겨울이건 벌거벗고 수영을 하라. 그러면 영원히 죽지 않을 것이다.” 오래전부터 수영을 강장이나 치료 요법으로 처방하곤 했다. 파페이에서 수영을 마치고 샤워를 할 때에는 차가운 물의 느낌과 몸을 달래주는 온기에 균형을 맞춘다. 내 나름의 물 치료 요법을 수행하는 것이다. 오래전부터 알코올중독자들을 치료할 때 본인의 의지와 상관없이 물 치료를 하곤 했다. AA 설립자 빌 W는 1930년대 초에 알코올중독 때문에 물 치료를 받았다. 알코올중독자이자 정신병이 있는 배우 프랜시스 파머는 다른 미친 여성들과 같이 감금되어 차갑고 뜨거운 물 세례를 받았다.

엄마가 다니는 교회는 오크니 바닷가에서 세례를 한다. 장로 두 사람이 새로 입교한 사람과 함께 차가운 바다로 걸어가 팔을 하나씩 잡고 파도 아래로 밀어넣는다. 예수의 추종자로 새로 태어남을 상징하는 행동이다. 사람들은 홀딱 젖어 웃으며 덜덜 떨며 새로운 삶으로 돌아온다. 차가운 물은 카타르시스를 준다. 첫 잔처럼 상쾌하다. 변화와 탈출을 제공한다. 중독처럼, 익사처럼. 나는 너무나 목이 마르고 욕망으로 가득

하다.

이스트런던에 있는 무단점유 창고에서 열린 파티에서 밤샘을 한 뒤 글로리아와 나는 약을 해서 동그래진 눈으로 햄스테드 히스 연못에서 새벽 수영을 하기로 했다. 우리는 밤새 날뛰어 몸이 땀투성이였고 잠을 못 자서 피곤했는데 차가운 물이 기분을 상쾌하게 해주고 심지어는 구원을 줄 거라고 생각했다. 우리가 북쪽으로 가는 길에 해가 뜨고 지하철이 다니기 시작했다. 연못에서 우리는 중년 여성들 무리를 만났다. 한 사람은 연중 아침마다 야외 연못에서 수영을 한다고 했다. 그렇게 해서 건강을 유지하고 행복감을 느낀다고 말했다.

요즘 들어 조금씩 재프로그래밍이 이루어지는 것 같다. 전에는 스트레스를 받으면 가장 먼저 드는 충동이 술을 마시고 싶은 거였다. 그래서 일단 술집이나 술을 파는 가게로 갔다. 몇 년 전에는 술을 끊으려고 한 달을 참았는데 이사를 하면서 다시 술을 입에 댔다. 지금은 술을 마시고 싶은 충동뿐 아니라 다른 충동들도 생긴 것 같기도 하다. 작년 여름에도, 조류협회 사무실에서 힘든 하루를 보내고 나올 때 가장 먼저 머릿속에 떠오른 것이 맥주가 아니라 '바다에 들어가고 싶다'는 생각일 때가 있었다. 수영을 하면 긴장이 풀리고 생기가 솟고 다른 사람이 된 것 같다. 결국 자유 시간을 보낼 새로운 방법들을 찾았고 거기에서 즐거움도 얻는다. 이렇게 될 수 있다고 생각하긴 했지만 감정까지 생각을 따라잡기까지는 시간이 좀 걸린다. 나는 점점 강건해진다.

동기야 달라진 게 없지만 내가 감정을 다루는 방식은 바뀌어간다. 전에는 금요일 밤이면 신나는 나이트클럽에서 신경전달물질을 뒤흔들어놓곤 했다. 지금은 토요일 아침에 에이는 듯 차가운 바다에서 내 감각에 충격을 가한다. 따스한 몸을 차가운 물에 던지고, 감각의 홍수를 온몸에 들이붓고, 정화된다.

21
새끼 섬

구글 지도 위성사진으로 사람이 살지 않는 파페이의 새끼 섬을 찾아보면, 섬이 있어야 할 자리가 기본 바다 색깔인 짙은 청색이다. 새끼 섬은 인터넷이 끝나는 곳, 디지털 지도제작자의 영역을 넘어서는 곳이다. 여기에 사이버 괴물들이 깃들어 산다.

영국은 유럽에서 떨어져나온 섬이고, 오크니는 영국에서 떨어져나온 섬이고, 웨스트레이는 오크니에서 떨어져나온 섬이고, 파페이는 웨스트레이에서, 파페이 새끼 섬은 파페이에서 떨어져나온 섬이다. 파페이 섬의 삶이 너무 분주하게 느껴질 때 가는 곳이다.

오크니 사방에 '홈holm'이라고 하는 새끼 섬들이 있는데 이 단어는 '작은 섬'을 뜻하는 고대 스칸디나비아어인 '홈르hólmr'에서 왔다. 더 큰 섬의 앞바다에 있는 작은 섬을 가리키는 말이다. 파페이 새끼 섬은 동쪽을 보면 항상 보인다. 쐐기 모양의 섬 위에 돌무덤이 있다. 얕은 하늘색 바다 건너 고작 몇 백 미터 떨어진 곳에 있다. 썰물 때에는 두 섬 사이 바위가 드러난다. 5000년도 더 지난 옛날, 사람들이 호와 언덕에 살았을 때에는 두 섬이 땅으로 연결되어 있었을 수도 있다.

고요하고 맑은 아침에 홀랜드 농장 농부 닐이 나에게 전화를 걸어 숫양을 데리고 새끼 섬에 갈 건데 같이 가고 싶으면 가자고 한다. 홀랜드 농장은 파페이 가운데에 있고 17세기에서 19세기까지 이 섬의 지주가 살던 곳이다. 나는 자전거를 타고 옛 부두로 쏜살같이 내려간다.

뿔이 난 자그마한 숫양을 사람이 직접 트레일러에서 내려 작은 배에 태운다. 숫양은 1년에 딱 한 가지 일만 하면 되는데 몇 주 만에 다 끝난다. 봄에 새끼를 낳을 예정인 미리 골라 놓은 암양 스무 마리에게 봉사하는 일이다. 작은 배에 사람 네 명, 숫양 한 마리, 양치기 개 한 마리가 타고 바다를 건너는 데

10분이 채 안 걸린다. 오늘은 바람이 별로 없어 물 바닥이 훤히 보인다. 물이 맑고 표면이 잔잔하다.

배에서 내려 우리 말고 다른 사람은 아무도 없는 섬에 올라서니 코핀세이에 갔을 때처럼 두려움과 뒤섞인 흥분감이 느껴진다. 이곳 새와 바다표범 들은 더 크고 거세 보인다. 풀머갈매기 한 마리가 있길래 나한테 토사물을 뿜을까봐 멀리 돌아간다. 노스 로널세이 쪽 바다에 깊이 숨은 만이 많다. 이따금 이곳을 찾는 사람들에게나 바다 쪽에서 보는 사람에게만 그 존재를 드러낸다. 바닷가 옆 풀밭에 죽은 바다표범 새끼가 있다. 그런데 가까이 가자 움직이기 시작한다. 죽은 게 아니라 보기 힘든 겨울 해가 나서 일광욕을 하던 것이었다. 새끼 섬에는 암양이 여든 마리 정도 사는데, 풀이 드문 겨울에는 바다풀을 먹고 산다. 먹이를 추가로 공급해주지 않아도 이곳에서 겨울을 날 수 있는 믿기지 않을 정도로 굳센 양들이다. 전에 우리 농장에도 구릉에서 방목하는 비슷한 양들이 있었는데 나는 이 품종의 양을 가장 좋아했다. 더 통통한 텍셀이나 서퍽 품종에 비해 발놀림이 야물고 독립적이다. 암양 한 녀석이 울타리를 넘는 능력을 키워서 양육장을 탈출해 아웃런으로 나가곤 했다. 그러면 이 양의 새끼들도 가시철망을 뚫고 어미를 따라갔다. 파페이에는 여름에 '새끼 섬의 날'이 있다. 오크니 공동 경작 역사의 마지막 흔적 같은 것이다. 이날에는 섬 사람들이 같이 새끼 섬으로 가서 양을 잡고 털을 깎는 일을 거든다.

이 섬에 사람이 살았던 흔적은 없지만 고대에 옛사람들은 망자를 이곳으로 데려왔다. 새끼 섬에 방 모양으로 만든 무덤이 세 개 있다. 그 가운데 가장 큰 남쪽 돌무덤이 발굴되어 보존되었고 지금은 스코틀랜드 역사협회라는 정부 기관에서 관리한다. 오가기가 쉽지 않아서 가장 관리를 안 하는 곳이기도 하다. 장미 오두막에서 날마다 보던 돌무덤에 직접 와 그 위로 올라가서 낮게 뜬 해가 내 그림자를 섬 위에 드리우는 걸 보니 기분이 이상하다. 쇠 빗장을 들어올리고 사다리를 타고 돌무더기 안으로 들어간다. 관광객용으로 비치된 손전등을 켜고 긴 통로 안으로 기어들어가자 조그만 방 같은 것 열 개가 줄줄이 나온다. 바위에 눈썹 같은 모양이 새겨져 있는데 웨스트레이 아낙 조각상의 '눈' 하고 비슷하다.

한 친구가 이 돌무덤은 오크니 본섬에 있는 메이샤우 무덤처럼 동지 해와 방향을 맞추어 지었다고 알려준다. 메이샤우에서는 동지 전후 며칠 동안 구름 없는 날에는 (그 무렵에는 그런 날이 드물지만) 지는 해가 입구 복도를 똑바로 비춘다. 그곳에 웹캠이 설치되어 있어 한겨울 어느 오후에 나는 인터넷으로 금빛 햇살이 안쪽 벽을 정통으로 비추는 모습을 본다.

농부 닐이나 어부 더글러스에게 동지 즈음에 새끼 섬에서 하룻밤을 보낼 수 있게 데려다달라고 부탁할까 하는 무모한 생각을 잠시 했다. 해 질 녘부터 동틀 때까지 있으면서 해가 정말 똑바로 비추는지 알아보고 싶었다. 나는 용감하고 미신 같은 것은 안 믿으니까 무덤에서 하룻밤 보내는 것쯤은 아무렇지도 않을 거라고 생각했다. 그런데 지금 이 아래에 내려온 지 채 몇 분도 안 되었는데 나가고 싶다. 춥고 축축하고 어둡고 무섭다. 여기에서 하룻밤을 보낸다는 건 말도 안 된다.

돌무덤에서 기어나와 섬의 남동쪽 끝으로 걸어간다. 구글 지도에 나오지 않는 지역이다. 마치 탈출한 것 같은 기분이다. 나는 인터넷을 벗어났다.

나는 이런 가장자리 땅에 끌린다. 도시 중심부에서 살든가 그게 아니면 섬 너머의 섬, 망자들의 섬에서 살고 싶다. 해크니에 있는 술집에서 글로리아와 나는 두 남자와 당구를 쳤는데 이 사람들이 길 건너 자기 집에 맥주가 있다고 우리를 초대했다. 그 사람들이 사는 집은 노숙자 숙소였다. 며칠 뒤 어느 밤 우리는 어느 밴드를 따라 고급 호텔에 들어갔다가 새벽에 몰래 사우나로 가서 냉장고가 빌 때까지 생수병에 든 찬물로 서로 더운 몸을 식혀주었다. 나는 찬란한 성공 혹은 처절한 실패를 갈구했다.

때로는 화가 난다. 나처럼 양심적이고 좋은 운과 기회를 타고났고 가족의 뒷받침도 누렸던 사람이 중독 치료소에 가게 되다니. 그렇지만 다른 관점에서 보면 놀랄 일이 아니다. 나한테는 극단적인 게 정상이었다. 나는 정신병을 가까이에서 보며 자랐다. 아빠는 느닷없이 비정상적이고 과격한 행동을 보였다가 뒤이어 우울하게 침잠했다. 순간순간이 떠오른다. 엄마와 아빠가 싸우며 계단 위에서 서로 밀치는 모습을 아래층에서 올려다보던 것. 이웃이 나를 집 밖으로 데리고 나간 것. 돌아와보면 아빠가 집을 떠났고 몇 주, 몇 달 동안 돌아오지 않았다. 나는 극적인 장면 속으로 태어났다. 난파선과 울부짖는 폭풍의 풍광 속에서 동물들이 나고 죽었고 종교적 계시가 있었고 혼란이 가까이에 있었고 무언가 신나는 일이 일어날 가능성과 동시에 무언가가 잘못될 위험이 있었다. 내 안 어딘가에 이 격렬하게 흔들리는 진동이, 정상은 아닐지라도 바람직한 일이라는 생각이 있다. 나는 자라면서 극단을 기대하고 심지어 추구하게끔 되었다. 그와 반대인 균형은 불분명하고 제한적인 것 같다. 자극을 추구하고 더 강렬하게 살아 있고 싶다.

새끼 섬의 가장자리에서 나는 제자리를 몇 바퀴 돈다. 수평선 위의 섬들이 흐릿한 파노라마를 그리며 내 주위에서 빙빙 돈다. 휴대폰 신호가 잡혔다 끊겼다 하고 나는 위성의 시야 안에 들어왔다 나갔다 한다. 등대 밑에서 잘 때 머리 위를 훑던 등대 불빛처럼, 내가 태어나던 날 머리 위의 헬리콥터의 날개처럼 빙빙 돌면서 내 시야보다 한발 앞서 가려 한다.

여기 온 지 얼마 되지도 않았는데 닐이 파페이로 돌아가자고 한다. 숫양을 부려놓아 더 가벼워진 배로 돌아가 오늘 일과를 마저 해야 한다고. 그래서 나는 섬을 가로질러 배로 간다. 조금씩 조금씩, 겨울 외출과 이런 탐사 여행을 통해, 자신을 좀더 잘 이해할 수 있게 된다. 내 욕망의 패턴을 파악하고 뿌리를 찾아간다. 그렇지만 앞으로 나아갈 길을 찾으려면 도움을 받아야 할 것이다.

디를 처음 알게 된 것은, 디가 오크니 제도에 사는 나 말고 또 한 명의 금주자로서 도와주겠다고 이메일을 보냈기 때문이다. 그때 나는 디가 사는 섬 파페이에 오게 될 거라고는 생각도 못 했다. 디와 남편 모는 4년 전에 파페이로 이사를 했고 버려진 농가를 아늑한 집으로 개조했다. 내가 다른 사람한테 도움을 부탁한 적은 없었지만 그래도 누군가 나와 생각이 비슷하고 종교를 입에 올리지 않는 사람이라 관심이 갔다.

내가 처음으로 AA 모임에 간 것은 치료 센터에 들어가기 4~5년 전이었는데 인터넷에서 이 모임을 비판하는 자료를 많이 찾아보고 갔다. AA와 달리 적당히 조절하며 술을 마실 수 있게 하는 프로그램이나 종교적 색채가 없는 모임을 소개하는 글도 있었다. 나는 AA 프로그램이 강제로 술을 끊게 하고 종교적인 면이 있다는 점 때문에 어쩐지 주저했고 될 수 있으면 많이 알아보고 가고 싶었다. 어쩌면 아예 안 가는 게 좋겠다고 생각하게 해줄 핑계를 찾고 싶었는지도 모르겠다.

AA나 NA, 치료 센터 등의 본질적 역설은 우리가 삶에서 뿌리 뽑고 싶어하는 바로 그것, 우리가 강박적으로 추구하고 소비하는 그것에 대해 종일 이야기하고 분석하고 추억하면서 시간을 보낸다는 점이다. 술이나 약에 대한 집착을 다른 방식으로 대체하는 것에 불과하다고 말하는 사람도 많다.

유독 예민해졌을 때에는 중독의 세계에서 벗어나기가 영원히 불가능하지 않을까 싶은 생각도 든다. 영원히 알코올이, 아니 좀더 정확히 얘기하면 알코올의 부재가 나를 정의할 테니 말이다. 모임에 새로 들어온 사람들에게 내가 뭘 먹고 마셨고, 그렇게 해서 어떻게 되었고, 어떻게 해서 끊었는지를 끊임없이 이야기하고 싶지는 않다. 나는 해방된 몸으로 다른 것들을 하고 싶다.

치료 센터에 있을 때에는 치료 프로그램이 나를 어떤 존재로 만드는 걸까 두려움이 솟곤 했다. 끝없이 나 자신에 몰두하고 스스로를 회의하고 예전 같으면 질겁했을 상투어들을 내 입으로 내뱉는 모습에 충격을 받기도 했다. 내 도덕적 나침반이 흔들리는 건 아닐까 하는 생각도 들었다. 사람들이 술이나 약에 취해서 저지른 끔찍한 행동과 범죄를 다른 사람들과 '나누는' 것을 들었고 그 사람들을 '솔직하다'고 칭찬했다. 종일 상습범, 중독자, 약쟁이들과 어울리고 어떤 사람이 방글라데시에 있는 자기 집안이 연줄이 워낙 좋아서 자기 형은 살인을 저지르고도 무사히 빠져나왔다고 자랑스럽게 말할 때 고개를 끄덕였다.

나는 AA에 대해 편견이 많았다. 나를 세뇌시킬 것 같았고 내 정신에 대한 통제권을 포기하게 만들 것 같았다. 토요일 아침에 AA 모임에 갔다면 일요일 아침에는 교회에도 가야 할 것 같았다. AA의 《빅 북Big Book》이 사실상 성경이나 다름없게 느껴졌다. 회복 치료에서 밥 먹듯이 쓰는 용어들—'원망' '목록 만들기' '재발' '대화방' '술을 끊은 술꾼' '위대한 힘'— 따위를 내가 일상 대화에서 쓰게 되는 것도 시간문제일 듯했다.

그렇지만 모임에 나가보면 자기는 무신론자인데 이 프로그램에 들어왔다고 하는 사람들, 개성, 유머 감각, 비판적 사고를 잃지 않은 듯한 사람들, 자기 삶을 제대로 꾸려나가는 듯한 사람들도 있었다. AA 모임에서 만난 한 친구는 이 용어들을 일종의 내부적 '에스페란토'라고 생각하면 된다고 유용한 팁을 주었다. 복잡한 개념과 경험을 간략하게 표현해서 서로 무슨 이야기를 하는지 쉽게 이해하기 위한 방편일 뿐이라고.

나는 이 프로그램의 첫 부분을 잘 따라가고 있다. 술을 마시지 않고 한 번에 하루, 아니 한 시간, 1분씩을 보낸다. 그렇지만 그걸 넘어서서 술을 끊은 상태를 받아들이고 만족감을 느끼는 단계로는 나아가지 못했다. AA에 대해 회의적이긴 하지만, 나는 아직 분투하는 중이고 도움이 필요하기 때문에 AA 방식을 한번 시도해보기로 한다. 이 작은 섬에 수십 년 동안 술을 끊고 살아온 사람이 있다니 신기한 우연이다. 그래서 디에게 약간 떨리는 마음으로 내가 파페이에서 지내는 동안 12단계를 완성할 수 있도록 이끌어달라고 부탁한다. 우리는 AA 《빅 북》을 공부하는 것으로 시작한다. 문제에 대해 적극적으로 주도권을 쥐겠다고 하는 건지 아니면 놓아버리겠다고 하는 건지 나도 알 수가 없다.

한겨울에는 하늘이 어둑한 상태에서 더 밝아지지 않는다. 종일 어둡긴 하지만 그래도 저물녘이라고 할 수 있는 때에 나는 매서운 바람과 굵은 비를 맞으며 바닷가로 내려가 호와 언덕으로 간다. 석기 시대 구조물 아래에서 비바람을 피하며 숱한 사람의 손길에도 5000년 동안 버텨온 둥근 돌벽을 경탄의 눈으로 본다. 장미 오두막처럼 여기에도 화덕이 있다. 알곡을 빻고 빵을 만드는 데 쓰던 돌도 있다. 고래 뼈로 골조를 만들고 짐승 가죽을 덮은 집 안에서도 안락하게 살 수 있다.

회색 층운이 해를 가렸지만 동지 때에는 여기에 와서 해넘이를 봐야겠다는 생각이 든다. 메이샤우 무덤 입구가 해와 나란해지는 동지에, 술을 끊고 한 해의 4분의 1을 또 한 차례 버텼다는 걸 기념할 거다. 막연히 무슨 일이 일어나기를 기다리며 있다가 바보 같다는 생각이 문득 든다. 그런데 오후 3시 15분 정확히 해넘이 시각이 되었을 때, 바람이 불어 조수 방향 반대로 잔물결을 만드는 파파 해협 너머에서, 웨스트레이 활주로의 착륙 유도등이 반짝 켜진다. 어스름 속에서 빛나는 여덟 개의 별.

지붕이 없는 석기 시대 집 안에서 웨스트레이에서 이륙해 날아가는 비행기를 본다. 하얀색 날개등 두 개와 붉은 꼬리등 한 개. 비행기가 파페이 활주로에 켜진 착륙 유도등을 보고 접근한다. 파페이 활주로에 새로 등을 설치했는데 겨울밤에도 비행기 운항을 하겠다는 의미다. 먼 곳에서 온 사람들은 이곳의 고대 유적을 보고 신기해하지만 우리에게는 일상의 기적이다. 신석기 시대에 살고 있는 듯한 환상은 곧 깨어지지만 곧 나는 새로운 경외감에 휩싸인다. 능숙한 조종사가 한겨울에 아무리 거센 바람 속에서도 비행기를 몰아 집으로 인도하는 빛을 보고 내려앉는 운송 시스템을 보면서.

22

개인적 지리

마지막으로 마셨던 술을 기억해내려고 애쓰고 있다. 벌써 2년이 지났다. 내가 해독 프로그램을 시작하기 전 주말이었다.

다른 사람이 먹다 남긴 술이었을 것이다. 사우스런던에 있는 술집 영업이 끝날 무렵 비척비척 걸으며 병을 집어가지고 나왔다. 그리고 택시비도 없으면서 택시를 탔다. 택시가 우리 집 근처 신호등에 멈췄을 때 문을 열고 달려나와 베스널 그린에 있는 건물 복도 안으로 숨었다. 가슴이 쿵쾅거렸다. 이럴 계획은 아니었다. 결단코 아니었다.

《빅 북》에는 알코올중독자의 악순환이 잘 묘사되어 있다.

술 취해 흥청거리고, 그다음에 "정신이 들면 희미하게 기억나는 일들에 몸서리가 난다". 그래서 기억을 억지로 밀어내고, 두려움과 긴장감 속에서 살게 되고, 그러다보면 또 술을 찾게 된다.

밤에 비밀이 있다. 멋지고도 끔찍한 일들이 일어난다. 사람들을 만나고 또 만난다. 그렇지만 술이 깨고 낮에 직장에 있을 때에는 내가 그랬다는 게 믿기지 않는다. 가끔은 이 위험스러운 삶이 좋기도 했지만, 전날의 기억을 떨쳐버리려고 술을 마시기 시작했을 때는 이미 게임이 끝났다는 걸 알았다. 외로움과 절망 속에서, 이 책에서 "자기연민이라는 씁쓸한 난국"이라고 말하는 것에 빠지고 말았다. 나는 가라앉고 있었고 알코올이 나를 굴복시켰다는 걸 알았다.

섬 주위에서 산책하다보면 이 땅이 대체 어떻게 생겨난 걸까 하는 생각이 자꾸 든다. 바닷가를 따라 조금만 걸어도 신기하고 다양하게 생긴 바위들이 보인다. 평행사변형 바위를 위태하게 쌓아올린 곳에 물웅덩이가 있다. 모양과 크기가 제각각인 돌로 바닥을 깐 듯한 곳, 파도처럼 물결치는 모양의 바위. 벼랑에는 마치 책을 눕혀놓은 것처럼 층이 있다. 전에는 섬마다 있는 이런 바위층이 하나로 붙어 있고 섬들이 하나의 땅덩이였는데 수천 년 동안 바다와 얼음의 작용으로 갈라졌다. 해식 아치, 해식 기둥, 해식 동굴 등이 침식이 계속 이루어진다는 증거를 보여준다.

오크니 땅의 대부분은 케이스니스 판석으로 이루어졌다. 이곳에서는 슬레이트라고도 부르는 회색 퇴적암인데 4억 년 전 데본기에 형성되었다. 평평한 조각으로 깨지기 때문에 돌담을 쌓을 때 쓰기 좋다. 호이나 이데이 등에는 오크니 사암이 난다. 커크윌에 있는 성 마그누스 성당을 지을 때 쓴 붉은 돌이다.

마지막 빙하기가 끝나고 해수면이 안정되었을 때 오크니가 오늘날 모습과 대체로 비슷해졌지만 지금처럼 섬세하지는 않았다. 수천 년이 흐르면서 바다가 해안선을 조각했다. 파도가 비교적 잔잔한 곳은 바닷가 모습도 완만하지만 서쪽 해안은 대서양을 가로질러온 거친 파도를 아무 방어 장치 없이 바로 맞는다. 그래서 해식 기둥이나 호이에 있는 세인트 존스 헤드 같은 벼랑이 생긴다. 세인트 존스 헤드는 바다 위로 365미터나 치솟은 깎아지른 벼랑이다.

파페이에서도 이런 패턴을 작은 규모로 볼 수 있다. 대서양에 면한 쪽에는 서쪽 바다를 면한 아웃런처럼 비스듬한 바위 지형과 깊고 좁은 만이 있고 동쪽에는 완만하고 넓은 만이 있다. 이 섬들이 전부 바다에 갉아먹혀 조금씩 작아지고 있다는 걸 깨닫고 깜짝 놀란다.

오크니의 지질도에 따르면 파페이가 반으로 나뉜다. 파페이를 둘로 나누는 선이 장미 오두막이 있는 지역을 통과하고 북쪽 언덕을 가른다. 나는 섬에서 지내는 동안 단층선을 찾아보려고 하지만 사실 그게 어떻게 생겼는지는 잘 모른다.

내가 왜 알코올중독자가 되었는지 자신에게 묻는다. 어쩌면 그런 몸으로 태어났기 때문인지도 모른다. AA 모임에서 알코올중독자의 몸은 알코올을 분해하는 방식이 다르다는 이론을 여러 번 들었다. 우리 몸에는 알코올 분해에 쓰이는 아세톤이 많다고 한다. 우리 몸은 우리가 갈망하는 것을 몹시 싫어한다는 말이다. 너무 쉬운 설명이라 그럴듯하게 들리지만 의학전문가들은 더 이상 사실로 받아들이지 않는다.

그게 아니라면, 내가 아는 한 우리 집안에 나 말고 다른 알코올중독자는 없지만 나한테 유전적 소인이 있을 수도 있다. 정신병 탓일 수도 있다. 조울증 부모의 자녀한테서 온갖 유형의 불안장애가 흔히 나타난다는 글을 본 적이 있다. 아니면 경험 때문일 수도 있다. 어린 시절에 부정적인 경험을 하면 중독 위험이 높아진다. 부모님의 이혼이나 청소년기의 상실감 같은 힘든 경험 탓이라고 할 수도 있다. 그렇지만 상담가들이 나에게 어린 시절을 돌아보라고 재촉하면 어쩐지 불편했다. 조울증 환자와 같이 살기는 했지만 나는 늘 사랑받았고 학대받은 적도 없고 마음에 상처 같은 것도 없다. 나한테는 아무 책임이 없고 이 모든 게 최선을 다해 살아온 부모님 탓이라고 돌려버리는 건 너무 편한 방법이라고 생각했다. 나는 습관이 걷잡을 수 없이 되어버린 게 아닌가 생각하는 편이다. 여러 해 동안 술을 마시다보니 파도가 바위를 침식하듯 브레이크가 망가졌고 너무 심해서 고칠 수가 없을 정도가 된 거다.

남동풍이 파울 크레이그에 우렁찬 파도를 몰아치는 날 언덕으로 산책을 간다. 바위 위에 앉아 바다를 보며 아빠 생각을 한다. 요즘에 아빠를 대하기가 좀 힘들어졌다. 아빠가 병원에 간

지 15년이 지났고 약을 끊은 지 10년이 되었지만 몇 주 전부터 약간 동요된 상태고 변덕스럽고 흥분을 잘한다. 아빠를 오래전부터 알고 지낸 사람들이 아빠한테 조증이 오는 게 아닌가 걱정할 정도다.

내가 십 대 때, 아빠가 마지막으로 입원하기 직전에 나에게 백지 수표를 주며 읍내에 가서 뭔가를 사오라고 했다. 아마 무선전화기였던 것 같다. 신나긴 했지만 어쩐지 걱정이 됐다. 돈을 함부로 막 쓰는 게 조증의 증상 가운데 하나이기 때문이다. 충동적인 상태와 위험한 상태가 백지 한 장 차이이다. 거창한 계획을 세우고 마구 돈을 쓰는 게 신이 나다가 어느 순간 아니게 된다.

지금 아빠는 페이스북에 빠져 있다. 쓸쓸하게 지내는 농부한테는 잘된 일이기는 하지만 아빠가 쓰는 몇몇 글들은 당황스럽다. 여자에게 수작을 걸고, 대체로 조용조용한 오크니 농부들한테 도발적인 발언을 한다. 다른 사람들이 댓글을 달거나 '좋아요'를 누르지 않으면 실망한다. 왕립의사협회에서는 조증의 시작을 "극단적으로 잘 지낸다고 생각하고 낙관주의와 에너지가 넘친다"고 묘사한다. "거창한 생각과 행동"이 특징적으로 나타나고 "낙관적 전망을 공유하지 않는 사람들에게 짜증을 내는" 경향이 있다고 한다. 기분이 들떠서 말이 많아진 상태일 때 아빠는 다른 사람들이 지나치게 까칠하다고 느낀다.

어쨌든 나는 아빠에게 공감한다. 파도가 부서지며 거품 덩어리를 나에게 던져 내 몸을 맞힌다. 그때 내가 아빠가 어떤 기분인지 안다는 생각이 든다. 나도 술을 마실 때 그런 기분이었으니까. 조증 증상은 취했을 때 상태와 비슷하다. 기분이 들뜨고 신이 나고 생각이 마구 달려가고 판단력은 흐려지고 충동적이 되어 무모한 행동을 한다. 처음에는 재미있다. 사람들과 이야기를 하고 계획을 세우고 자신감이 솟구치고 대담한 행동을 해서 사람들의 호응을 이끌어낸다. 싫다는 사람을 댄스플로어로 끌고 올라오고, 클럽에 들여보내달라고 클럽 문지기와 실랑이를 하고, 남자친구한테 나는 아무 짓도 하지 않았다고, 그냥 신나게 논 것뿐이라고, 선을 넘어서 진짜로 살아 있고 싶었을 뿐이라고 해명한다.

지금까지 해본 적 없던 생각이 떠오른다. 술을 마시는 게 아빠를 통해 경험한 조증 상태에 나도 도달하기 위한 것이 아닐까. 내 음주에 대한 다른 어떤 설명보다 명쾌하고 그럴듯하다. 나는 정신병이 없지만 스스로 조증을 추구하고 있었다는 말로 내가 알코올을 통해 무얼 얻으려고 했는지, 어떤 기분이 되려고 했는지를 잘 설명할 수 있을 것 같다. 어떻게 보면 내가 술을 마신 건 아빠를 흉내 내고 (당연히 성공하지 못했지만), 내가 거칠고 자유롭고 살아 있다는 것을 아빠에게 각인시키고 싶어서가 아니었나 싶다.

술을 마시며 나는 사람들이 서로 거리낌없이 대하고 한계에 도달하고 극단을 맛볼 수 있다는 환상을 좇았다. 그렇지만 그에 따르는 문제와 불만들은 애써 무시했다. 술에 취하지 않은 정상인들에게는 그런 행동이 짜증스러울 뿐이다. 취한 사람이 옆에 있으면 불편해하고 어떻게 대해야 할지 난감해한다. 종일 춤을 출 수는 없으니까.

한 차례의 폭음은 조울증 사이클을 축소한 것과 다름없다. 흥분감과 고양감이 걷잡을 수 없는 위험한 행동으로 이어진다. 다음 날 찾아오는 숙취는 피할 수 없는 울증 기간과 같다. 시간이 지난 뒤에 정신이 돌아오면, 내가 어떤 피해를 유발했는지, 가까운 사람과의 관계를 어떻게 망쳤는지를 돌아보고 사과를 하고 다음에는 그러지 않겠다고 약속을 하고 자기연민에 빠진다.

정신이 번쩍 들어 바위 위에서 일어선다. 나는 내가 왜 그런 행동을 했는지를 스스로, 바다와 바람의 힘을 받아서 깨우쳤다. 상담치료실에서 알게 된 것도 아니고 프로그램을 성실하게 따라서 알게 된 것도 아니고 디와 이야기하면서 알게 된 것도 아니고, 야외에서 파도를 보면서 알았다. 유체 역학에 대한 글을 읽고 파도가 부서지는 수학적 기준점을 알게 되었다. 파도의 높이는 파도의 길이의 7분의 1을 넘는 지점이라고 한다. 부서지는 파도의 형태는 여러 가지다. 쏟아지는 것, 거꾸러지는 것, 무너지는 것, 쇄도하는 것 등. 다양한 방법으로 부서지지만 파도가 무너지기 전에 감당할 수 있는 높이는 딱 그 정도다.

작은 발작 비슷한 '정지' 현상을 처음 경험했을 때 더 이상 술을 마시면 안 된다는 걸 알았어야 했다. 술을 마시다보면 이런 현상이 일어나는데 그 순간이 점점 이르게 찾아왔다.

처음에는 경고하듯이 손목에 긴장감이 찾아왔다. 그러다가 손목이 굳어 로봇처럼 뻣뻣한 팔로 술잔을 들어올렸다. 그래도 몸 상태가 어떻든 간에 잔을 들어올려 마셔야만 했다. 담배를 눌러 끄기도 쉽지 않았다. 그러다가 더 이상 말도 못 하고 삼키지도 못하고 침을 흘렸다. 발끝으로 깡충깡충 뛰면서 벽에 몸을 부딪쳐 긴장 상태를 풀려고 했다. 그러지 않으면 결국 웅크린 자세 그대로 의자에서 바닥으로 떨어졌다. 내 몸을 끌고 소파로 가려고 애썼다. 또 이렇게 됐네, 하면서. 그때 나는 확실하게 속수무책이 되었다는 걸 알았다. 나를 아프게 만드는 물질과 수치스럽게 혼자서 술을 마시는 버릇에 저항할 수 없게 중독되어버렸다.

집 밖에서 사람들과 같이 있을 때에도 이런 정지 현상이 나타났다. 나는 뻣뻣한 다리로 화장실까지 걸어가서 오그라진 손으로 화장실 문을 잠그고 안에서 몸을 흔들었고 몸이 풀리면 다시 사람들한테 돌아갔다. 몸이 굳어서 침을 흘리면서도 계속 술을 마시는 게 당연한 일이라는 듯이. 그게 경고라는 걸 알면서도. 그저 그 증상이 없어지게 하는 데만 몰두했다. 그렇게 해서 그게 다시 돌아오기 전에 술을 더 마실 수 있도록.

그 뒤에 알코올중독자의 신경장애에 대한 글을 읽었다. 알코올이 신경을 손상시키고 비타민 결핍을 일으킨다고 했다.

그 글을 읽기 전에도 술이 내 뇌를 손상시키기 시작했다는 걸 느꼈지만 그래도 계속 마셨다. 미국 작가 데이비드 포스터 월러스는 약물중독이었는데 약물중독의 아이러니를 이런 말로 표현했다. “그것이 일으키는 문제에 대한 해결책으로 그것이 떠오른다는 것.” 알면서도 이런 발작을 유발한다는 게 미친 짓인 것 같지만 나는 어쩔 수 없다고 생각했다.

언덕 위에서 단층선일지도 모르는 무언가를 찾아냈다. 바위가 삐죽 솟은 선이 희미하게 남아 있다. 그렇지만 단층의 원인이 뭔지 어디에서 시작되었는지는 중요하지 않다. 중요한 것은 내가 문제를 인지한다는 것이다. AA의 12단계 중 1단계에서 말하는 무력함과 수습불가능성이 이런 인지 과정을 깔끔하게 요약한다. 그다음으로는 적극적으로 증상을 치료하고(2~3단계) 금주의 삶으로 나아간다(4~12단계). 술을 끊는 것은 신체적인 부분만을 다루는 것이고 시작에 불과하다. 일단 술을 입에 대면 시작되는 술에 대한 갈망을 피하고자 하는 것이다. 이미 오래전에 해독과 회복이 이루어졌어도 정서적인 면, 집착은 아직 남아 있기 때문이다.

2단계는 "우리보다 위대하신 '힘'이 우리를 본 정신으로 돌아오게 해주실 수 있다는 것을 믿게 되었다"는 것이다. 디가 다음번 만나기 전에 나 자신보다 큰 힘이 있다고 믿는지 한번 생각해보라고 했다.

나는 마지못해 섬에서 살며 경험한 힘들을 생각한다. 바람과 바다. 침식과 부식을 생각한다. 오크니에서는 부식이 큰 골칫거리인데 파페이처럼 작은 섬에서는 더욱 그렇다. 소금기 때문이다. 섬 전체에 짠물이 불어와 비바람이 지나간 뒤에는 유리창에서 소금을 긁어낼 수 있을 정도다. 자동차나 자전거 등 금속으로 된 것은 무엇이든 금세 녹이 슨다.

동물의 본능의 힘에 대해서도 생각한다. 메추라기뜸부기를 아프리카로 인도하고 한밤중에 술에 떡이 된 나를 남자친구의 집으로 인도하는 힘. 필연적으로 질서에서 무질서로 이행한다는 엔트로피 개념에 대해서 생각한다. 바닷가에서 유리조각을 발견한다. 재떨이 같은 것이었을 텐데 바다 안에 하도 오래 있다보니 거의 조약돌처럼 닳았다.

이런 질문들이 나한테 잘 와닿지 않는 영적인 영역으로 나를 몰고 가는 것 같아 불편하긴 하지만 그래도 '나보다 위대한 힘'이 있다는 것은 받아들일 수 있다. 하느님은 아니라도, 내가 늘 알던 것들, 자라면서 늘 느꼈던 힘들, 배를 부서뜨리고 섬을 깎을 정도로 강한 힘.

12단계 프로그램은 알코올중독자가 회복하려면 변화를 겪어야 하고 이른바 "영적 체험"이라고 하는 것을 해야 한다고 한다. "엄청난 감정적 이동과 재배치"라고도 한다. 바다가 육지를 바꾸어놓는 과정을 생각한다. 모래가 바위가 되는 순환은 대체로 아주 천천히 일어나지만 때로 갑작스럽게 거대한 규모로 일어나기도 한다. 동쪽에서 돌풍이 불고 밀물이 들었던 밤을 보내고 아침에 바닷가에 나가보면 전날에는 없었던 계단 같은 것이 생겨나 있다. 바다가 밤새 몇 톤의 모래를 쓸어가버린 탓이다. 모래가 다른 해변 위로 밀려 올라갔을 수도 있고 아니면 해저로 내려가 암반의 새 층을 이룰 수도 있다. 파페이가 사라지고 난 뒤에 그 자리에 새 섬이 생길 수도 있다.

수백 년 동안 점진적 침식이 계속되다가 어느 날, 지리학적으로는 멀지 않은 미래에 스택 오루는 바다로 쓰러질 것이다. 기둥을 만들어낸 바로 그 과정에 의해서. 그렇지만 침식이 진행되면서 벼랑에 또 새로 해식 아치가 생길 거고 그게 해식 기둥이 되고 결국에는 무너질 거다. 섬은 계속 작아지고 있다. 벼랑은 점점 더 정교한 모양으로 깎인다. 삶은 점점 슬퍼지지만 또 점점 흥미로워진다. 모든 상처와 아픔은, 바닷가의 흉터처럼 서서히 닳아 없어진다.

겨울 아침에 산책을 할 때, 밤에 거친 날씨에 흔들리는 오두막 안에 있을 때, 내가 누구인지, 어떻게 해서 이렇게 되었는지, 어디로 가야 하는지 하는 오래전부터 계속되어온 생각이 바뀌어간다. 성격이란 사실 지속적이고 반복적인 행동이고, 행동의 패턴을 습득하고 무언의 승인을 받으면서 형성된다. 부모는 무의식적으로 아이들이 자기와 닮은 모습이 되게끔 영향을 미친다.

나는 그저 날마다 할 수 있는 일을 하고 미루지 않으려고 하면서도 더 긴 기간, 지리적 시간을 생각한다. 순간의 흥분이나 즉각적인 만족을 추구하지 않고 다른 사람의 감정과 행동의 결과를 생각한다.

한 가지 변화는, 술에 취해 기분 좋은 짧은 시간이 그립고 누군가의 기념일을 샴페인으로 축하하거나 마음에 드는 남자와 같이 와인을 마시거나 일을 마치고 차가운 맥주 한 잔을 마실 수 없다는 게 속상하단 사실을 그냥 인정하게 됐다는 것이다. 나는 내가 상실감을 느끼도록 내버려둔다. 그렇지만 이런 상실감은 일자리를 유지하고 인간관계를 유지하고 정신 상태를 유지하는 능력에 비하면 아무것도 아니다. 어쨌든 나는 술을 마신다면 내가 어떻게 될지 미리 떠올리는 법을 익혔다. 혼란과 우울이 찾아올 거라는 것.

중독 상태로 술을 마시는 건 미봉책이고 반복되는 실수고 목적지에 도달할 수 없는 여행이다. 긴장을 풀어주고 기분을 들뜨게 해준다고 술이 유혹하지만 나는 이제 그 기분 좋은 상태에 닿을 수가 없다. 나에게서 멀어져, 헤더 블레더처럼 수평선 너머로 사라졌다. 아무리 마셔도, 더 이상 마실 수 없을 때까지 마셔도 모자랐다.

유럽 대륙과 아메리카 대륙이 점점 멀어진다는 이야기를 들었다. 아이슬란드에 있는 지질구조판 틈새로 용암이 솟기 때문이다. 큰 규모의 지리학적 변화도 있지만 나는 모래가 크기에 따라 나뉘는 것을 관찰하면서 아주 작은 규모로 본다. 오크니 바닷가마다 조약돌 크기가 다르다. 어떤 바닷가는 온전한 조개껍데기들로, 또 어떤 바닷가는 깨진 조각들로 덮였고, 다른 곳에는 고운 모래만 있다. 섬 북동쪽에 있는 작은 만 하나는 모래 대부분이 난파선 잔해인 철 조각으로 이루어져 있다. 나는 20억 년 전 빗방울이 남긴 화석을 찾는다. 해가 지구에서 더 멀리 있었던 때의 유물이다.

언덕 위에서 신선한 공기를 잔뜩 들이마시고 자유를 만끽하는 장대한 순간에 나는 나 자신의 지리를 탐구한다. 내 몸은 대륙이다. 밤이면 여러 힘들이 작용한다. 나는 자면서 지질구조판이 맞부딪치듯 이를 가는 버릇이 있다. 내가 눈을 깜박이면 해도 깜박이고, 내 숨결이 구름을 몰아가고, 파도가 내 심장 박동에 맞추어 바닷가로 몰려온다. 재채기를 할 때마다 천둥이 치고 오르가즘을 느낄 때면 지진이 일어난다. 섬의 곶이 욕조 안 내 다리처럼 물 위로 솟는다. 내 점은 유명한 지형지물이고 내 눈물은 강이다. 내 연인들은 지질구조판이고 석조성당이다.

23

트리두아나

나는 섬 남쪽 끝으로는 잘 안 간다. 겨울이고 차도 없어서 가게까지만 가기에도 꽤 멀다. 하지만 오늘은 처음으로 트레드웰 호수에 간다. 가다보니 진창길이 나와서 자전거를 두고 걸어서 바다와 만과 호수를 연결하는, 풀이 드문드문 돋은 모래 언덕을 통과한다. 북쪽 언덕의 황무지와는 땅이 다르다. 축축한 습지에 울타리 문과 기둥이 반쯤 잠겼다.

풀을 뜯던 기러기들이 기척을 느끼고 푸드득 날아올라 평행선에서 브이 자로 대형을 자연스럽게 바꾸며 날아간다. 가을에 주말 이틀 동안 오크니에서 번식 중인 회색기러기를 2만

1000마리 넘게 헤아렸다. 이제 공식적으로 오크니에는 사람 수보다 기러기 수가 더 많다. 겨울 동안 북쪽에서 이주해온 새들이 합해져 7만 6000마리까지 늘았다. 아이슬란드의 회색기러기 수의 절반에 가깝다. 회색기러기는 풀을 뜯어 먹기 때문에 회색기러기 급증이 농부들에게는 골칫거리다. 그래서 최근 몇 달 동안에 수백 마리를 총으로 잡았다.

둥근 돔 모양의 곶이 호수 안으로 비쭉 솟아 있는데 홀랜드 농장의 조슬린 렌달이 파페이 여행 안내서에 적은 표현에 따르면 "그 위에 폐허가 된 건물이 알 듯 모를 듯 뒤죽박죽으로 솟아 있다"고 한다. 전에는 섬이었던 이 조그맣고 동그란 반도는 초기 기독교 유적지다. 8세기 무렵까지 거슬러 올라가는 예배당 유적이 남아 있다. 중요한 장소들이 종종 그러듯 이 예배당도 훨씬 오래된 구조물 위에 지어졌다. 철기 시대에 지어진 고고학적 유적인 벽과 둑이 하나 남아 있다. 1879년 파페이 지주가 이곳 유적지를 발굴했는데 그때 연못 가장자리를 따라 이어진 지하 통로도 발견되었다.

나는 둔덕 위에 앉아 담배를 피운다. 왜 그렇게 오랜 세월 동안 이곳이 특별한 장소 취급을 받았는지 알 것 같다. 본섬에 있는 브로드거 고리에 있을 때처럼, 섬 한가운데에 있으면 호수에 둘러싸여 있고 또 그 바깥의 육지, 그 너머 바다에 둘러싸인 기분이다. 저 멀리 새끼 섬과 그 너머 다른 섬들도 잘 보인다. 오크니에서는 육지가 하늘과 물 사이를 가르는 얇은 경계에 불과할 때가 많다. 어딜 보든 바다나 호수가 눈에 들어온다.

이 곳을 항공사진으로 보면 동심원 구조와 그 안에 있는 예배당이 보인다. 오늘 오후에는 어둑해져가는 하늘이 여러 다른 물 위에 비친다. 바람에 잔물결이 인 호수, 조수에 따라 요동치는 바다. 조그만 비행기가 프로펠러를 웅웅거리며 본섬을 향해 돌아간다. 이곳의 평화와 아름다움에 마음이 차분해진다.

트리두아나라고도 하는 성 트레드웰은 '성처녀' 혹은 수녀인데 픽트족 왕 네흐탄이 트리두아나의 아름다운 눈에 반해서 구애를 했다. 그러자 트리두아나는 두 눈을 뽑아 가시나무에 꽂아 네흐탄에게 보냈다. 이 이야기를 여러 다른 버전으로 읽었는데 어디에서는 왕이 트리두아나를 강간하려고 해서 자기 몸을 지키려고 눈을 뽑았다고 하고, 다른 데에서는 사랑에서 나온 행동이라고 한다.

트레드웰 이야기는 확실하지가 않다. 이교도 여신이었는데 기독교 성녀로 재탄생되었을 수도 있다. 파페이가 이 성녀와 연관되어 있고 무덤도 파페이에 있다고 한다. 호수에 있는 예배당에서 혼자서 살았다는 이야기도 있다. 트리두아나가 실존 인물이라면, 죽고 난 뒤 한참 뒤에 유골이나 유품이 이곳으로 옮겨졌다고 보는 게 더 그럴듯한 것 같다.

스코틀랜드 북부에는 트리두아나와 연관된 샘이나 트리두아나에게 바쳐진 장소들이 여럿 있다. 성 마그누스 성당에는 트리두아나가 고요하게 후광을 빛내며 있는 모습을 묘사한 스테인드글라스 유리창이 있다. 트리두아나는 더 이상 볼 수 없는 빛이 유리창을 투과해 비춘다.

12세기에 호수 안에 있는 예배당은 눈이 보이지 않는 사람이나 눈병이 있는 사람들의 순례지가 되었다. 파페이에 가면 눈을 고칠 수 있다고 믿고 오크니 전역에서, 더 먼 곳에서부터 순례객들이 찾아왔다. 오크닝가 사가에 따르면 하랄드 마다손 영주가 1201년 고문을 받아 "혀가 잘려나가고 눈을 칼로 찔렸"는데 "트레드웰 성녀가 묻힌 곳으로 데려오자 말도 할 수 있게 되고 눈도 보이게 되었다"고 한다.

그때부터 500년 뒤인 1700년에도 믿음이 깊은 사람들이 이곳으로 왔고 장로교 목사 존 브랜드는 "미신에 빠진 사람들"이 이곳으로 순례를 온다고 말했다. "걸을 수 있는 사람들은 치료가 완성된다고 생각하는 횟수만큼 호수 주위를 돌고 나서 호수 물을 몸에 적셨고 그다음에는 아무 말도 하지 않고 이곳을 떴다. 말을 하면 효험이 떨어진다고 믿었기 때문이다." 사람들이 호수 주위를 세 바퀴 돌고 나서 치유의 힘이 있는 물로 눈을 씻었다고 한다.

나는 종교에 대해, 특히 우리 엄마가 다니는 교회에 거부감이 있어 12단계를 시작하기가 망설여진다. 신과 신앙에 대해 생각하거나 이야기하기를 꺼린다. 어쩐지 심장이 두근두근 뛰고 분노가 치솟는다. AA에서는 이런 '적대감'이 음주로 이어진다고 말한다. 나는 냉정하고 합리적인 정신을 잃고 싶지는 않지만 그런 한편 술도 끊고 싶으니, 치료 센터에서 말하는 것처럼 이 감정들을 마주해야 한다.

전에는 나도 믿음이 있었다. 어릴 때 남동생과 같이 엄마를 따라 교회에 갔다. 섬 여기저기에 있고 사람들이 주로 결혼식이나 장례식 때에만 가는 전통적인 스코틀랜드 국교회가 아니었다. 우리가 다닌 교회는 삶의 모든 것을 지배하는 선택이고 생활 방식이었다.

오크니기독교협회는 학교나 군민 회관에서 모임을 가졌다. 찬송가 대신 기타를 치고 두 팔을 들고 신을 찬양하는 대중가요를 부르고 할렐루야를 외쳤다. 카리스마 넘치는 설교자들, 마치 연극 같은 구원 의식을 봤고 '거듭나다' '성령' '구원받다' '목격하다' 등의 단어를 들었다.

교회는 건물이 아니라 사람들을 가리키는 말이라는 걸 배웠다. 예수를 우리 가슴속으로 모셔와야 한다고 배웠다. 지옥과 악마는 실재한다고 배웠다. 열두 살 때 나는 주말에 열리는 '사랑 학교'에 가서 동성애와 자위가 죄악이라는 말을 들었다. 나는 방언도 했다. 열세 살 때 두통에 시달렸는데 의사도 원인이 무엇인지 알아내지 못하자 엄마가 나를 남쪽으로 데려가 미국 복음주의 설교자가 연 회합에 참석시켰다. 아프거나 고통스러워하는 사람들이 줄줄이 서 있다가 설교자가 이마에 손을 대면 '영혼을 베여' 바닥에 쓰러졌다.

엄마가 다니던 교회에 새로 오는 신도들 가운데는 엄마처럼 다른 곳에서 오크니로 이사 와서 살기 힘들어하는 사람들이 많았다. 의도는 좋을지 몰라도 다른 사람들에게 자기들 관점과 방법을 강요하는 억압적인 사람들이 교회를 이끌었다.

열네 살 무렵부터 나는 우리 아빠를 비롯해 다른 사람들이 하는 말도 듣게 되었다. 교회 말고 다른 곳에서도 영향을 받았다. 십 대 때는 종교와 로큰롤 사이에서, 현대 미국 영어 성경과 시집, 음악 잡지 사이에서 왔다 갔다 했다. 어린 시절은 자유로운 농장과 교회의 규범 사이에서 왔다 갔다 했고.

나는 더 이상 교회에 가지 않았다. 믿음도 없어졌다. 엄마에게 엄마가 원하는 딸은 되지 않을 거라고 소리를 질렀다. 예수를 따르지 않을 거고 지옥에 갈 거라고 했다. 나는 오만하고 심술궂게도 엄마가 일요일 아침에 교회에서 하는 경험이나 내가 토요일 밤에 클럽에서 팔을 들고 노래하며 취해 있는 것하고 다를 바 없다고 말하곤 했다. 그러고 나서 이렇게 잘난 척하며 덧붙였다. “하지만 적어도 나는 내가 속고 있다는 건 안다고.”

일단 그 안에서 세례를 받으면 돌이키기가 쉽지 않다. 이런 믿음은 너무 강해서 사람을 주변인, 친구, 가족으로부터 돌려 세운다.

3단계는 "우리가 이해하는 바 신의 돌보심에 우리의 의지와 생명을 맡기기로 결정했다"는 것이다. 나는 자기주도권을 놓아버리고 싶지 않다. 정말 그렇게 할 수 있는 사람이 누가 있을까. 우리는 어쨌든 간에 스스로 결정을 내려야 한다. 하지만 디는 나에게 "무언가를 맡긴다"는 것을 사물을 다른 각도에서 보는 일이라고 생각해보라 했다. AA의 신 어쩌고 하는 부분을 회복을 위해 생각의 관점을 바꾸는 과정으로 볼 수도 있다. 중독자들은 우리의 자아, 우리를 좌초시킨 생각을 억제하는 법을 배워야 한다. 내 사고 패턴이 나를 곤경에 빠뜨렸으니 다르게 행동하려고 노력해야 하는 건 분명하다.

AA 프로그램은 사실 신비주의적인 것은 아니다. 해로운 사고 패턴과 행동을 인식하고 그걸 바꾸려 노력하고 한 걸음 떨어져 서서 행동하기 전에 결과를 생각하라고 하는 등 인지행동치료와 비슷할 때가 많다.

나는 내 생각을 붙들고 싸운다. 나에게는 두 가지 다른 부분이 있는 것 같다. 치료 센터와 AA 모임에 자발적으로 갔고 22개월 20일 동안 술을 입에 대지 않은 나. 그리고 다른 한편에 와인 한 병을 꿈꾸며 지금 그렇게 살고 있지는 않지만 그래도 그게 '진짜 나'라고 생각하는 나. 놓아버리고 싶지 않다. 내 안에서 싸움이 벌어진다.

나는 시력도 좋고 믿음은 거의 없지만 그래도 오늘은 새로운 것을 시도해본다는 의미에서 순례자들의 의식을 따라서 호수 둘레를 시계 반대 방향으로 돈다. 내 휴대폰의 GPS 추적 장치에 따르면 호수 둘레가 3.1마일이고 다 도는 데 78분 걸린다고 한다. 몸을 숙여 전기 울타리 아래를 지나고 철조망 위를 타서 넘고 돌담 꼭대기를 따라 중심을 잡으며 걷는다. 바닥은 질척거리고 풀은 듬성듬성하고 장화 발자국 주위에 물이 솟는다. 반쯤 돌았을 때 비가 내리기 시작해 빗방울이 바다에서 내 얼굴로 불어온다. 아픈 사람이, 눈이 거의 보이지 않는 사람이 거추장스러운 스커트와 페티코트 차림으로 입을 꾹 다물고 말없이 호수를 세 바퀴 도는 모습을 떠올려본다.

내가 여기 파페이에 온 것은 이 성스러운 섬에 오기 위해

힘겨운 여행을 했을 절박한 순례객들의 발자취를 따르는 것과 다름없다. 이곳은 바이킹 시대에도 특별한 장소여서 오크닝가 사가에는 론발드 영주의 시신을 파페이까지 운반해 와 매장했다는 이야기가 나온다.

트리두아나가 이 호수 주위를 걸었을까? 아름다운 젊은 여성, 힘과 믿음이 너무나 강해서 그렇게 극단적인 방식으로 자해를 할 수 있는 사람은 어떤 마음이었을까 생각한다. 사랑에서 나온 행동이건 정절을 지키려고 한 행동이건 수세기를 넘어 숭배의 대상이 되게 한 강한 신념을 보여주는 행동이었다.

호수 주위를 조용히 터덜터덜 걷는데 잿빛개구리매가 쑥 날아드는 바람에 호수 위 오리와 왜가리들이 놀라 푸드득 날아오른다. 나는 뒤통수에 난 흉터를 문지른다. 번지 밧줄에 묶인 채로 뒷구르기로 떨어지다 트램펄린 위 허공에 매달린 내 모습을 떠올린다. 나는 이곳과 저곳 사이에 붙들렸다. 몸은 파페이에 있지만 정신은 인터넷에, 런던에 있다. '영적 프로그램'에 저항하면서도 회복을 갈구한다.

요즘에도 섬에 오는 사람들은 무언가를 찾고 있거나 무언가로부터 도망치는 경우가 많다. 나는 호수 주위를 돌면서 무얼 기대하는 걸까? 여기에 와서 용감하게 혼자 겨울을 나면 내가 더 나은 사람이 된다거나 나을 수 있다고 생각했을까? 기적을 바라는 걸까? 내가 호수를 올바른 방식으로 돌면 트리두아나가 내 중독을 치료해줄까?

나는 움직일 때 편안해지고 몸뿐 아니라 마음도 앞으로 나아갈 수 있다. 걷거나 수영을 하면서 복잡한 생각을 가라앉힌다. 내가 종종 느끼는, 이유 없는 약한 정도의 불안을 달래는 데 바다 수영이 점점 큰 역할을 한다. 차가운 물이 충격을 주어 정신적 스트레스를 몰아낸다. 일단 내 몸이 가장 우선으로 대처해야 할 대상이 된다. 그렇게 보면 바다 수영은 아빠가 받은 전기충격 요법을 좀더 온건한 방식으로 쓰는 것이나 다름없다.

호수 둘레를 다 돌고 나서 나는 곶의 가장자리를 따라 걸은 다음 안쪽 원 두 개의 벽을 차근차근 따라 걸으며 GPS 추적 장치에 이 경로가 기록되도록 한다. 노트에 나는 12단계 과정의 하나로 추천하는 나만의 '3단계 기도'를 적었다. 예시로 나와 있는 기도문들에서는 하느님이나 신비로운 힘을 언급하지만 나는 이런 것들을 진심으로 믿을 수가 없기 때문에 편하게 느껴지는 부분까지만 기도에 담는다. 곶에서 작은 돌을 하나 집어든다. 그리고 내 기도를 큰 소리로 읽는다. 기도를 한다는 생각 자체가 저항감을 불러일으키지만 입을 열자 조금씩 자신감이 생기고 목소리도 커진다. "나를 맡긴다"는 개념을 생각하면서 돌을 호수에 던지고 물 위에 생긴 파문이 가라앉을 때까지 바라본다.

나는 깊은 바다에서 꿈꾸는 듯 헤매는 기분이었고 강박적으로 컴퓨터 키보드 틈새에서 눈썹을 빼내고 이를 갈았다. 하지만 지금은 편안한 기분이다. 호수 위 예배당은 몸을 피할 수 있는 곳, 천혜의 방어기지다. 막대기에 꽂힌 트리두아나의 눈을 생각한다. 용액 안에 보존되어 코펜하겐 동물 박물관으로 보내진 마지막 큰바다오리의 영원을 바라보는 눈을 생각한다.

엄마나 엄마의 교회가 나에게 그런 것들을 가르쳤다고 원망하지는 않는다. 병을 이기려고 이곳을 찾는 과거의 순례객들을 미워하지 않는 것과 마찬가지다. 복음주의자들의 신념에는 존경스러운 면도 있다. 진심으로 믿지 않는다면 대체 종교가 무슨 의미가 있나. 그들이 하는 성경 해석이 정말 옳고 구원받지 못한 자는 모두 지옥으로 간다면, 신도들이 목청을 높여 전도를 하는 건 당연하고 마땅한 일이다.

종교는 초월적인 것에 도달하는 하나의 방법이다. 다른 사람들이 파티, 술, 사랑, 미신, 조증 등에서 느끼는 흥분감과 편안함을 이들은 종교에서 찾으려 하는 것이다. 이런 것들이 없다면 삶은 너무 단조로울 것이다. 엄마의 신앙이 극단적이기는 하나 그렇다고 엄마한테서 그걸 뺏고 싶지는 않다.

다시 호수가 고요해졌다. 내가 던진 돌은 유물과 무너진 터널 사이로 가라앉았다. 나는 눈에 붕대를 두른 독실한 8세기 켈트족 처녀가 아니다. 머리에 스카프를 두르고 장화를 신고 BMX를 탄 21세기의 이교도다. 이제 떠나야 한다. 손이 꽁꽁 얼었고 가게가 금요일에는 두 시간밖에 문을 안 여니까.

24

페어 아일

파페이에서 봤을 때 페어 아일은 내 시야 가장자리, 수평선 바로 너머에 있는 유령 같은 존재였다. 1654년 제작된 오크니와 셰틀랜드 지도 복제품이 부엌 식탁 위에 걸려 있는데, '더 페어 아일The Faire Yle'이라고 적힌 섬이 있긴 하지만 두 군도 사이에 대략의 윤곽으로만 그려 있다. 오크니와 셰틀랜드는 둘 다 선박 예보 시스템에서 페어 아일 해상 영역에 속한다. 나는 잠자리에 들 준비를 하다가 라디오에서 페어 아일 기상 예보를 듣고 귀를 쫑긋 세운다. "바람은 동풍이나 북동풍이 보퍼트 풍력 계급 6에서 큰바람인 8까지 불겠습니다. 해상 상태는 거칠거나 매우 거칠겠습니다. 찬 소나기가 내리는 곳이 있겠고 시계는 좋다가 때로 나쁘겠습니다.”

오크니에는 하늘이 엄청나게 많기 때문에 날씨가 계속 바뀌며 다가오는 걸 눈으로 볼 수 있다. 파페이에 부는 북풍은 페어 아일에서부터 불어와 북쪽 언덕을 넘는다. 창밖만 봐도 다가올 날씨를 쉽게 짐작할 수 있지만 나는 인터넷 예보도 열심히 확인한다. BBC 날씨 사이트는 물론이고 페어 아일에 사는 데이브가 운영하는 북부 섬 날씨라는 사이트도 본다. 나는 데이브를 배교자背教者 기상학자로 상상해보길 좋아한다. 눈으로 볼 수 있는 세상 너머, 머나먼 섬에서 독립적으로 활동하는 사람.

섣달그믐 행사 때 파페이 사람들 가운데 페어 아일에서 건너온 어빈 집안 사람들의 후손이 있다는 이야기를 들었다. 파페이 북쪽에 있는 어빈 만이 이들이 탄 배가 닿은 곳이다. 19세기 초 페어 아일에서의 생활은 파페이에서의 생활조차 매력적으로 보일 정도로 척박했다. 그래서 어빈 가족은 작은 배에 짐을 싣고 남쪽으로 노를 저었다. 아마도 어디에 가닿게 될지 확실히 몰랐을 것이다. 다시는 고향을 보지 못할지도 몰랐을 것이다. 맑은 날 수평선 위에 어른거리는 모습 말고는.

페어 아일에 대한 이야기를 자주 듣다보니 그곳에 가야겠다는 생각이 점점 커진다. 커크월 술집에서 '미친 금요일'이라고 부르는 크리스마스 직전 금요일에, 아마도 다른 사람들이 파티를 하며 신나게 즐기고 있을 때에, 나는 1월 초 페어 아일에 가겠다는 무모한 계획을 세운다. 커크월에서 셰틀랜드에 있는 러윅으로 심야 페리를 타고 건너가(페어 아일은 공식적으로 셰틀랜드에 속한다) 비행기를 타고 페어 아일로 갈 거다. 비행기 좌석을 예약하면서 섬에 갇혀 계획보다 오래 머물러야 할 수도 있다는 주의를 듣는다. 이맘때에는 안개, 바람, 풍랑 등 날씨 때문에 페리나 비행기가 결항되는 일이 잦기 때문이다.

크리스마스에서 13일이 지난 날, 셰틀랜드 본섬 팅월 공항에서 페어 아일로 떠나는 비행기에는 나와 뒤쪽에 실은 우편물밖에 없다. 하늘로 올라가 셰틀랜드 양이 벼랑 가장자리에서 위태위태한 모습으로 풀을 뜯는 것을 내려다본다. 서쪽으로는 풀라 섬이 보인다. 물 위로 몇 마일을 날아가니 페어 아일이 바다 밑에서 장려하게 솟아 수평선 위에 나타난다. 지도로 보면 파페이와 비슷한 크기로 보인다. 공식 기록을 보면 페어 아일은 7.68제곱킬로미터이고 파페이는 9.18제곱킬로미터라고 하지만 페어 아일은 높이가 높아서 (가장 높은 워드 힐이 해발 217미터고 깎아지른 벼랑과 풀과 자갈로 덮인 가파른 비탈이 있다) 더 커 보인다.

평년에 비해 온화한 날씨다. 나는 페어 아일 북쪽에 있는 북쪽 등대로 걸어간다. 좁은 통로를 따라 아찔한 급경사로 내려갈 수 있는데 끝에는 이제 사용하지 않는 안개 고동이 있다. 페어 아일 인구는 일흔 명 정도로 파페이와 비슷하다. 주민들은 섬 남쪽에 모여 살고 대부분 스코틀랜드 내셔널 트러스트 소유의 하얀색 농가에서 산다. 이 집들은 옹기종기 모여 혹독한 기후와 들이닥치는 바다에 맞선다. 파페이에서는 주위 다른 섬들을 볼 수 있지만 여기에서는 어디를 봐도 바다밖에 보이지 않는다. 그래서 더 외진 느낌이 들고 더 날씨에 그대로 노출되어 있는 기분이다. 페어 아일은 영국에서 사람이 사는 섬 가운데 가장 외딴 섬일 뿐 아니라 (이 타이틀은 풀라 섬과 공동 소유다) 헤브리디스 제도 있는 타이리 섬과 함께 영국에서 바람이 가장 강하게 부는 곳이기도 하다.

페어 아일은 내가 가본 어떤 곳과도 다르다. 호이 섬에 있는 랙윅 골짜기 정도하고 비슷하다고 할 수 있을 것 같다. 랙윅에는 깎아지른 벼랑 사이 만에 고립된 마을 하나가 있다. 페어 아일에서는 어디를 보든 해안선이 극적인 모습으로 펼쳐진다. 완만한 곡면이 솟구치는 벼랑으로 툭툭 끊긴다. 십락Sheep Rock의 스키 슬로프같이 깎인 독특한 모양을 보면 어떻게 저런 것이 있을 수 있나 싶다. 1977년까지는 양을 그곳에 방목했고 한 마리씩 윈치와 밧줄을 사용해서 아래쪽 배에서 끌어올리고 또 배로 내리고 했다는 이야기가 터무니없게 느껴진다.

벼랑 위에 새 관찰용 은신처가 있어 그 안으로 들어가 본다. 벼랑에 풀머갈매기들이 많이 보인다. 짝짓기 철에는 바글거릴 거다. 검은등갈매기가 빙산 모양 바위섬 꼭대기에 해적왕처럼 자리잡았다.

페어 아일은 새 관찰소가 유명해 새 연구자들이 짝짓기를 하는 바닷새 군락을 관찰하고 봄가을에 이동하는 보기 드문 새들을 보러 많이 찾는다. 드넓은 바다 위에 홀로 있는 섬이고 스칸디나비아, 아이슬란드, 페로스 제도와 유럽 대륙 사이 비행로상에 있다보니 흔한 새건 희귀종이건 온갖 새들이 이곳으로 모여든다. 골짜기에는 새를 잡아 연구하는 데 쓰는 깔때기 모양의 덫이 설치되어 있다.

나는 계단을 밟고 울타리를 넘으려다 중심을 잃고 풀밭에 떨어진다. 어질어질한 생태로 몸을 일으켜 둑 너머를 돌아보니 자동차가 멈추는 게 보인다. 운전자가 차에서 내려 트렁크에서 죽은 양을 꺼내 던지더니 발로 차서 만 가장자리 너머, 벼랑 아래, 바다 밑으로 보낸다. 여기는 가장자리가 참 많다.

전날 밤 오크니에서 건너오는 심야 페리에서 잠을 잘 못 잔데다가 날씨가 봄날처럼 따뜻하고 방수복도 입었으니 아늑한 구석에 들어가 낮잠 한숨 잘 수도 있을 것 같다. 그런데 돌베개의 선뜻한 냉기가 지금이 1월이라는 사실을 일깨워준다. 페리에서는 일렁이는 북해가 내가 탄 배도 흔들고 내 배 속도 흔드는데 오크닝가 사가도 읽느라 잠을 이루지 못했다. 내가 건너는 이 바다를 10세기 북유럽 영주들이 건너던 이야기를 읽으며 그 시공간을 느끼려고 하고 있었다.

페어 아일은 영웅 전설인 사가의 시대에 전략적 요충지였다. 섬에 봉화를 설치해 셰틀랜드의 론발드 영주가 배로 침공해오면 오크니의 폴 영주에게 봉화로 경고를 하게 되어 있었다. 그런데 론발드가 꾀를 내어 가짜 배를 보냈다. "페어 아일의 봉화에 불이 붙는 것을 보고 노스 로널세이에서 소스틴 로그누손이 봉화를 밝혔고 이어서 섬들에 하나씩 하나씩 불이 켜졌다. 농부들이 모두 영주가 있는 곳으로 집결해 상당한 규모의 군을 이루었다."

거짓 경보로 헛소동을 벌이고 난 뒤 론발드는 페어 아일에 첩자를 보냈다. "우니가 셰틀랜드 청년 세 명을 뽑아 노 여섯 개짜리 배에 식량과 낚시 도구를 싣고 셰틀랜드로 노를 저어 건너갔다." 우니는 론발드 영주에게 홀대를 받아 도망온 노르웨이 사람인 척하면서 페어 아일 봉수대를 지키는 일에 자원한다. 론발드의 진짜 배가 접근했을 때 우니는 사라졌고 봉수대는 물에 흠뻑 젖어 불이 붙지 않았다. 그래서 그날 밤에는 오크니에 경보가 전해지지 않았고 군대도 소집하지 못했다.

선장이 아침 여섯 시에 선내 방송으로 승객들에게 러윅에 곧 도착한다고 알렸을 때 나는 요즘 등대처럼 언덕 꼭대기에 불이 하나씩 켜지는 모습을 상상한다. 어두운 바다 위 빛의 점들.

데이브 휠러는 페어 아일의 기상통보관이자 비행장 관리자이고 농장주이며 섬의 출생, 사망, 결혼을 공식적으로 기록하는 기록담당자이기도 하다. 또 전문 사진가이고 학교에서 IT 과목을 가르친다(학생 수는 여섯 명으로 파페이와 같다). 데이브는 요크셔 출신인데 1970년대 초에 이 섬에 와서 기상관측 네트워크의 빈틈을 메우려면 페어 아일에 관측소가 있어야 한다고 기상청을 설득했다. "틈새를 찾아야 해요." 데이브는 섬 생활을 이런 말로 설명한다. 그래서 자기와 아내 제인은 이 섬에 흔치 않은 젖소를 들여와서 우유를 판다고 한다. 그 말을 들으니 우리 부모님이 생각난다. 1970년대에 오크니에 건너와, 지금과 다른 머리 모양에 스웨터를 입고 살 궁리를 하던 모습.

데이브의 날씨 기록 장비 일부는 자동으로 작동하지만 데이브는 날마다 아침 6시부터 밤늦은 시간까지 기상청에 정기적으로 보고를 보낸다. 데이브는 십락 그늘에 있는 자신의 농장 '필드'에 설치한 기상관측시설을 나에게 보여준다. 온도계가 대기, 풀밭, 지하 온도를 측정한다. 기상청 표준에 따라 10미터 높이 기둥 위에 풍속계를 설치하고 풍속을 측정한다. 수정 구슬처럼 생긴 아름다운 장비는 일조日照를 기록한다. 이 유리구는 햇빛을 한 점에 모아 시간 단위로 표시된 종이 띠를 태우는 화경火鏡이라고 데이브가 설명한다. 그래서 불에 탄 길이를 보면 일조 시간을 측정할 수 있다. 날마다 일몰 뒤에 종이를 교체한다.

나는 데이브의 고정 웹캠이 지난 몇 달 동안 같은 곳을 같은 셔터스피드로 찍은 사진 모음을 훑어본다. 한 시간에 한 번씩 사진을 찍는데 날씨에 따라, 빛에 따라, 계절에 따라 하루 안에도 정말 큰 변화가 보인다. 푸른 풀과 파란 하늘의 세상이 겨울의 끝 무렵 무채색의 풍광으로 바뀌는 모습이 보인다. 아침이면 뒤쪽에서 빛을 받아 십락이 그림자처럼 나타나지만 저녁에는 십락의 굴곡이 세세하게 드러난다. 노을이 하늘과 벼랑과 구릉을 분홍빛으로 물들인다. 잿빛 하늘도 눈으로 온통 새하얗게 덮인 화이트아웃 상태도 있다. 안개가 내려 십락이 부옇게 흐려질 때도 있고 카메라 렌즈에 빗방울이 맺혀 있을 때도 있다. 눈부시게 환한 날에는 렌즈가 햇빛을 처리하지 못해 해가 검은 점처럼 보인다.

바람 때문에 계획과 달리 다음 날 섬에서 떠날 수가 없다. 사람들이 경고한 대로 비행편이 취소되었다. 나는 제 발로 섬에 오는 것과 좌초되어 머물 수밖에 없는 것 사이의 차이를 생각한다. 십 대 때 나는 "여기에서 태어나고 싶지 않았다"고 외쳤고, 부모님이 태워주지 않으면 어디에도 갈 수 없으며 문밖에만 나오면 강풍이 울부짖는 것에 질렸었다.

1890년에 지어졌고 1998년에 자동화된 남쪽 등대에 있는 예전 등대지기 숙소에서 하루를 더 묵는다. 앞쪽에 있는 안개고동은 40킬로미터까지 소리가 전달된다고 하는데 2005년에 작동을 중단했다. 등대 주위 풀밭은 공원 관리인이 관리한 것처럼 짧게 다듬어져 있는데 사실은 매운 바람과 소금기 때문에 길게 자라지 못하는 것이다.

BBC 해외통신원이 전하는 뉴스를 들으며 바닷가를 산책하자니 대양 위의 점이 된 기분이다. 나는 사가에 나오는 봉수대가 있던 자리라고 하는 맬컴 곶까지 걸어가기로 마음을 먹지만 이 된바람 속에서는 무모한 계획이다. 몸을 웅크리고 언덕을 오른다. 아마 아래쪽 농가에서 섬사람들이 재미있다는 듯 지켜보고 있으리라. 나는 공기 매트리스 위에 눕듯 바람 속으로 몸을 죽 뻗는다. 바람 때문에 숨을 쉬기 힘들고 온몸이 지친다. 소리가 너무 커서 모든 걸 삼켜버릴 듯하다. 파도가 만든 거품덩이가 벼랑을 넘어 내 얼굴을 친다. 좀 잠잠해졌나 싶더니 거센 바람이 다시 분다.

등대에 묵으러 오는 사람 가운데는 새를 관찰하는 사람도 있지만 '섬 수집가'들도 있다. 스코틀랜드 섬을 최대한 많이 방문하는 것을 목표로 삼은 사람들이다. 1861년 인구조사에서는 섬을 "양 한두 마리를 키우기에 충분한 풀이 있거나 사람이 사는, 물로 둘러싸인 고정된 땅"이라고 정의했다. 해미시 헤스웰스미스의 《스코틀랜드의 섬》에서는 스카이 섬이 다리로 육지와 연결되었으니 이제 섬이 아니라고 엄격하게 규정한다. 오크니 제도의 버레이와 사우스 로널세이도 2차대전 때 독일 U보트의 접근을 막기 위해 처칠 방벽을 지어 육지와 이어졌기 때문에 마찬가지로 섬이 아니다. '등대 수집가'와 '마릴린 수집가'도 있다. 스코틀랜드에서는 3000피트(915미터)가 넘는 언덕을 '먼로'라고 부르고 490피트(150미터) 이상의 언덕을 '마릴린'이라고 부른다. 모든 먼로를 오르는 목표를 달성한 사람들은 마릴린에 도전하기도 하는데, 페어 아일의 워드 힐도 마릴린이다.

사람들이 페어 아일에 오는 또 다른 이유는 가족의 역사를 되짚기 위해서다. 스타우트나 어빈 같은 성을 가진 페어 아일 사람들의 후손 수천 명이 캐나다와 미국 등지에 흩어져 산다. 내가 페어 아일에 가기로 했다고 하자 오크니 친구 몇 명이 자기 증조부가 그 섬에서 왔다고 했다. 내 친구 론발드 레슬리는 증조할아버지 조지 레슬리의 사진을 보여주었다. 말쑥하고 잘생긴 데다가 거의 몽골계나 이누이트, 라플란드 사람처럼 보이는 이국적인 외양이라 놀랐다. 우연일 수도 있지만 페어 아일 사람들은 변방에 사는 사람들, 머나먼 북쪽의 강인한 사람들과 유대감을 느낀다. 론발드는 자기 증조할아버지가 푼드라는 농장에 살았다고 했는데, 데이브가 이 섬에서 사람이 살지 않는 집이 단 두 채인데 그중 하나가 푼드라며 어느 쪽에 있는지 알려준다. 대부분 경우에는 집이 버려지면 그 돌을 이용해 다른 집을 짓기 때문에 빈집으로 남아 있지 않다. 나는 안개 속에서 지금은 사료 저장고와 헛간 등으로 쓰이는 무너진 집 주위를 돌아본다. 20세기 초에 베드퍼드 공작부인이 새 관찰 여행을 왔을 때 묵었던 곳이 바로 푼드라는 사실도 알게 된다. 론발드에게 귀족과의 인연에 대해 알려줄 생각을 하니 신이 난다.

1월에 섬에 오는 사람은 거의 없기 때문에 직접 만나보지 않은 섬사람들도 내가 여기 있다는 걸 안다. 가게에 있는 여자는 내가 어디에서 묵는지 이미 안다. 하지만 미혼 여성이 혼자 1월에 페어 아일에서 대체 뭘 하는 건지. 새 관찰하는 사람도 아니고 자기 가족사를 알고 싶은 사람도 아니라면. 나도 알 수가 없다. 그저 오랫동안 구글 지도를 둘러보고 위키피디아를 읽고 하다가 여기에 오게 되었다. 이제 여가 시간을 술과 클럽으로 보내지 않고, 아이도 없고 달리 책임질 것도 없으니, 그래서 대신 이런 일을 한다. 점점 더 먼 북쪽 땅으로, 지도의 가장자리까지 가는 것. 술을 끊으면 이런 일이 일어난다. 이게 금주가 주는 자유다.

내가 술을 끊으면, 알 수 없는 미래에 들어서면 어떻게 될지 몰랐다. 오크니로 되돌아오리라는 것도 몰랐다. 메추라기뜸부기의 거슬리는 울음소리를 듣기를 이렇게 간절히 바라게 될 줄도 몰랐다. 바다 수영을 시작하고 진지하게 글쓰기에 몰두하게 되리라는 것도 생각해보지 못했다. 1월 초 된바람 속에서 이 나라에서 가장 외딴 섬에서 물보라를 얻어맞으며 가파른 언덕을 혼자서 오르게 되리라는 것도 알 수 없었다. 하지만 무슨 일이 일어날지 일단 시도는 해봐야 했다.

'페어 아일'이라는 이름의 유래에 대해서는 논란이 있다. 골프의 '페어웨이fairway'나 주요 도로를 뜻하는 '소로페어thoroughfare'와 같은 어근에서 나온 말일 수도 있다. 오크니와 셰틀랜드의 중간에 있는 곳, 지나가는 길에 있는 섬이라는 뜻으로. 페어 아일은 오크니의 노스 로널세이 섬과 셰틀랜드의 섬버그 곶 사이 딱 중앙에 있어 둘 다 페어 아일에서 26마일 정도 떨어졌고 둘 다 수평선 바로 너머에 있다는 사실이 참 기이하고 신비스럽다. 페어 아일은 거의 완전히 고립된 곳이지만, 또 아니기도 하다. 노스 로널세이 등대는 영국 지상 등대 중에서 가장 높이가 높아서 여기에서도 불빛을 볼 수 있다. 한편으로 페어 아일이 '예쁘기fair' 때문에 그런 이름이 붙었다고 하기도 한다.

조난 사고가 많이 일어나기로 악명이 높은 곳이기도 해서 페어 아일은 바위투성이 바다의 위험을 경고하는 여러 수단을 갖췄다. 등대 두 개에 안개 고동에다가 폭죽 발사대도 있다. 폭죽 발사대는 1885년에 지어졌고 1년 밖에 사용하지 않았지만, 안개 고동을 대신해서 지나가는 배에 섬의 존재를 알리는 역할을 했다. 짙은 안개가 끼거나 눈이 내릴 때에는 10분 간격으로 폭죽을 발사했고 해발 800피트 높이에서 불꽃이 터졌다. 맬컴 곶 꼭대기에 있는 바이킹 봉수대 옆에는 19세기에 지어진 파수대가 있다. 나폴레옹 전쟁 때 적함의 접근을 감시하려고 세운 것이다. 워드 힐에는 2차대전 레이더 기지와 해안경비대 숙소 잔해가 있다. 조난된 선원이 있는지 눈으로 바다를 살피는 데 쓰던 곳이다.

페어 아일은 지금은 군사적 요충지는 아니지만 어느 곳과도 멀리 떨어진 외딴 곳이라 기상학적 조류학적 연구에는 전략적으로 중요한 곳이다.

페어 아일에서 보낸 마지막 날 밤, 잠이 들고 한 시간쯤 지났을 때에 소행성이 지구에 꽤 가깝게 지나갔다. 소행성 99942 아포피스가 2029년에 지구와 충돌할 가능성이 2.9퍼센트 있다는 계산이 나와서 두려움을 불러 일으켰는데, 시간이 지나면서 천문학자들이 궤도를 더 정교하게 다듬어 계산을 수정했고 오늘 밤에 아포피스는 800만 마일 멀리에서 지구를 비켜 지나간다. 아포피스보다 충돌 위험이 더 높은 소행성이 열 개 있다. 캘리포니아에 있는 관측소에서 슈퍼 망원경으로 수집한 정보를 이용해 소행성들을 감시한다.

등대에 있는 방 창밖을 내다보면 등대가 돌면서 네 개의 빛살이 특유의 표지에 따라 30초에 한 번씩 바다 안개를 훑는다(바다에서 보면 불빛이 반짝이는 것처럼 보인다. 몇 밤 뒤 오크니로 돌아가는 페리 갑판에서 밤 9시 무렵에 이 불빛을 보고 페어 아일 등대라는 걸 알 수 있었다). 등대 방 안으로 들어와 등대 불빛 아래에서 잠이 들어 경고 시스템에 대한 꿈을 꾼다. 봉화, 폭죽, 등대, 위성, 망원경. 우리가 예측하고 측량하고 수집하려고 하는 위험과 신비가 이 작은 섬에, 바다를 넘어, 하늘을 뚫고, 우주를 건너오는 꿈을 꾼다.

25

모닥불

치료 센터 벽에 미술치료 수업을 듣는 동료들이 그린 작품(무지개, 영감을 주는 문구 등)들 사이에 사인펜으로 꼬리에 불이 붙은 개를 그린 그림이 있다. 나는 끝이 없는 집단치료 시간에 그걸 바라보곤 했다. 그 그림이 어째서인지 마음에 와닿았다.

프로그램 마지막 주에 젊은 남자가 새로 들어왔다. 많은 사람들이 그렇듯 그 사람도 두번째 입소였다. 나는 그 남자가 개 그림을 그린 장본인이라는 걸 알고 반가웠다. 남자는 누군가가 자기 그림을 좋아한다는 걸 알고 기뻐하면서 내가 떠날 때 그 그림을 작별 선물로 주었다. 나는 지금 꼬리에 불이 붙은 개 그림을 장미 오두막 벽에 걸어놓았다. 치료 센터에서 보낸 12주를 생각하고 이게 내 마지막 기회라는 걸 떠올리기 위해서. 다시 그 일을 반복하고 악순환에 갇히고 싶지 않다. 또 무언가 타는 냄새가 난다면 아마 그건 내가 타는 냄새일 거라는 사실을 일깨워주는 기능도 한다.

배가 도착하면 파페이는 살짝 들뜬다. 이때를 기다리며 거대한 쓰레기더미를 쌓아놓았다. 전에는 쓰레기를 벼랑 너머로 그냥 버렸지만 지금은 섬 밖으로 실어나간다. 예전부터 양이 죽으면 벼랑 너머로 던져서 처리했다. 우리 농장에서는 네보 만으로 던졌다. 지금은 그렇게 하면 불법이라서 아빠는 들 너머에 금속통을 가져다놓고 그 안에 양의 시신을 부패하도록 넣어둔다. 그 옆을 지날 때면 살이 썩는 냄새가 코를 스친다.

　모닥불도 이곳에서 널리 쓰는 쓰레기 처리 방법의 하나다. 집집마다 마당에 검게 탄 흔적이 있다. 고요한 날이면 낮은 지대에서 불꽃과 연기 기둥이 솟아오르고 일요일에도 흔히 보인다. 이곳 인구가 얼마 안 되지만 그래도 교회 모임이 세 종류나 있다. 스코틀랜드 국교회, 복음관, 퀘이커 모임. 그렇지만 모닥불은 기독교 이전의 믿음과 사람들을 연결한다.

파페이에는 다섯 명 남짓의 주민들로 구성된 소방대가 있다. 급료가 약간 나오긴 하지만 복무 시간이나 받아야 하는 훈련 등 때문에 적정 인원을 유지하기가 어렵다. 도시에 살 때에는 지역 사회에서 개최하는 불꽃놀이 행사를 흔히 봤다. 형광 조끼를 입은 관리인들이 안전선을 설치하고 통제한다. 하지만 농장에서 일주일에 한 번씩 피우던 화톳불과 목초덩이를 쌌던 검은 비닐 타는 냄새도 생각난다. 여기에서는 스스로 불을 관리해야 한다.

파페이에서는 실용적인 목적으로도 불을 피우지만 특별한 날이나 일을 축하하기 위해서도 피운다. 3년 전부터 2월 중순에 섬에서 '파페이 자이로 나이츠'라는 이름의 현대예술 축제가 열렸다. 파페이 주민들과 이바노브와 쓰 챈 부부 예술가가 여는 축제다. 부부는 5년 전에 섬으로 이사 왔고 이곳에서 딸을 낳았다. 이곳에서 예술제가 열린다는 것 자체가 신기한 일이다. 그것도 강풍이 몰아치고 밤이 길고 어두운 겨울에.

'자이로의 밤'은 옛날부터 전해 내려오는 파페이 전통이고 20세기 초까지 2월 첫 보름날에 열렸다. 겨울 밤에 어린 남자

아이들이 밖으로 나가고 더 큰 아이들이 "환한 보름달 아래에서 바닷풀로 때리려고" 이 아이들을 쫓아간다. 1914년을 끝으로 이 행사는 끝났다고 알려졌지만 100년이 지난 지금 이 전통을 현대적으로 해석해 예술제로 되살리려 한다.

예술제의 주된 장르는 실험적 비디오아트다. 몇몇 예술가들이 작품을 선보이러 파페이까지 왔고 심지어 외국에서도 몇 안 되지만 열성적인 사람들이 찾아왔으며 호기심에 건너온 오크니 사람들도 있다. 축제 동안에는 여관이 거의 꽉 찬다. 비수기에는 드문 일이다. 섬에 사는 여자들이 모든 사람들이 먹을 음식을 만든다.

섬사람들과 방문객들, 어린아이부터 노인, 농부와 행위예술가들이 추운 해조류 상점에 모여서 마스크를 쓴 인물들이 기이한 의식을 하는 한 시간짜리 실험 영화를 충실히 관람하는 모습을 보면 신기하다. 런던에 있는 갤러리에 드나드는 사람들보다 훨씬 다양하고 진지한 관객들이다. 몇몇 사람은 아이가 졸려 한다며 중간에 빠져나가긴 하지만. 파페이 사람들은 대체로 마음이 열려 있다. 이 예술이 누구나 즐길 수 있는 것은 아닐지라도 그래도 무언가 일이 벌어지고 있고 그래서 사람들이 섬으로 모여든다는 걸 알기 때문이다.

노르웨이 예술가 한 사람이 일주일을 들여 장미 오두막 근처에 있는 버려진 농가에 '움직이는 조각'을 설치한다. 나는 망원경으로 예술가가 바람 속에서 낑낑대며 캔버스를 매달려고 하는 모습을 구경한다. 미네소타에서 온 인류학자는 거대한 향유고래 등뼈 위에 프로젝터를 설치하고 강연을 한다. 홍콩에서 온 자칭 '개구리왕'은 학교에서 묵는다.

이스트런던에 있는 갤러리들이 매달 첫번째 목요일마다 늦게까지 문을 열던 일이 생각난다. 사람들이 예술 작품보다도 공짜 음료 때문에 갤러리들을 순회했다. 머리에 거대한 리본을 단 아가씨들과 노인들이 입는 재킷을 입은 젊은 남자들이 길에서 맥주를 마셨다. 이런 밤이면 성공하고 싶은 예술가들이 나와 도시의 로맨스를 담은 사진을 전시했다. 자기들이 하루를 어떻게 보내고 집세는 어떻게 내는지에 대해서는 말하지 않으면서.

어느 날 실수로 작품을 망친 적이 있었다. 정교한 금박 작품이 철사로 갤러리 로비 천장에 매달려 샹들리에처럼 머리 위에 걸려 있었는데, 호기심이 동한 데다가 술에 취해서 발코니에서 몸을 앞으로 숙여 한 개를 끌어당겼다. 경비원이 다가와서 내 어깨를 두드리는 바람에 바로 철사를 놓았는데, 그게 끊겨서 바닥에 떨어졌다. 끔찍한 소리가 났다.

'파페이 자이로 나이츠'에서 모닥불 건축 대회를 열었다. '가연성 중앙 장식'이라는 제목을 붙여서, 페스티벌에서 태울 모닥불 디자인을 전 세계에 공모했다. 건축과 학생들이 구글 지도에서 파페이를 찾아보고 불을 피우기에 가장 적합한 장소를 찾는다. 그러고는 존재 목적이 스스로의 파괴인 구조물을 설계한다. 모닥불은 일종의 통제된 혼란이다. 축제 첫날 밤 우리는 상점에서 옛 부두까지 횃불 행진을 하며 내려가서 횃불을 함께 모아 불을 붙인다.

빛 공해가 없는 이 섬에 와보니 세상이 얼마나 어두워질 수 있는지를 새삼 알게 된다. 한겨울에는 3시 30분이면 해가 져서 커튼을 닫는다. 예전에, 해마다 네 차례 오크니의 언덕 꼭대기들이 오렌지색 불빛으로 물들던 게 기억난다. 고대 축일인 율, 벨테인, 존스마스, 할로마스를 기념하기 위해 거대한 모닥불을 만들고 불을 붙였다. 17세기에는 소, 말, 아프거나 노쇠한 사람들을 이끌고 '태양의 운행 방향'을 따라 모닥불을 돌았다. 불꽃에 정화하고 생기를 북돋는 힘이 있다고 믿었기 때문이다. 옛날에는 헤더 풀과 토탄을 태웠다. 오늘날에는 나무 궤짝이나 낡은 울타리 기둥 따위를 땔 것이다. 모닥불이 겨울밤을 밝히며 흥분과 기대를 불러일으킨다.

겨울에 보름달과 초승달이 뜨는 날은 (자이로의 밤이 열리는 보름날을 포함해서) '스푸트'를 캘 수 있는 때이기도 하다. 스푸트는 맛조개를 부르는 이곳 말이다. 가늘고 긴 조개로 썰물 때 배 없이 잡을 수 있다.

초승달이 뜬 날, 팀이 바닷가에서 썰물 때 '스푸트 모래'가 드러나는 가장 좋은 자리를 알려준다. 우리가 뒷걸음질을 치며 걸으면 모래 표면 바로 아래에 수직으로 있던 스푸트들이 발걸음의 진동을 느끼고 땅 밑으로 파고들며 표면에 공기 방울을 만든다. 뒷걸음질을 치다보면 이 공기 방울을 볼 수 있다. 그 자리를 모종삽으로 마구 파고 고무장갑 낀 손으로 더 파고든다. 그러면 맛조개는 더 깊이 들어간다. 여자 대 맛조개의 싸움에서 승리한 나는 맛조개를 양동이에 넣는다. 그날 밤 맛조개에 마늘을 넣고 볶아 스파게티와 같이 먹는다. 소박한 식사지만 정말 오래간만에 먹어본 맛있는 음식이다. 공짜로, 재미있게 잡아서 만든.

술을 끊은 지 딱 23개월이 됐다. 2월 21일이 사이드가 술을 끊은 날이라는 게 생각이 난다. 우리가 치료 센터에서 매주 이 날짜를 반복해서 이야기했기 때문에 기억이 난다. 사이드는 3개월 동안의 치료를 재발 없이 마친 몇 안 되는 사람 가운데 한 명이었다. 사이드와 소식을 주고받은 지 1년이 넘었다. 몇 달 전에 문자메시지를 보냈는데 답이 없었다. 다시 보내본다. 예감이 좋지 않다.

센터에서 친해진 또 다른 사람에게 문자를 보낸다. 손톱에 보석 장식을 붙인 재미있고 가녀린 아가씨인데 술 말고도 거식증 전력이나 폭력적인 남자와의 관계 등 다른 문제들이 있었다. 프로그램을 절반쯤 마쳤을 때 퇴소당했는데 어느 날 밤 절박한 심정에 남자친구가 처방받은 진통제를 먹었다고 시인했기 때문이었다. 그곳은 조금의 관용도 없는 것이 원칙이다. 나중에 AA 모임에서 만났는데 다시 술을 마시고 있었다. 몇 주 끊었다가 다시 시작하곤 했다. 답장이 왔는데 치안방해죄로 체포

된 뒤 정신병동에 있다고 한다.

치료 센터에서 만난 또 다른 여자도 종종 생각난다. 입주 재활 시설에서 아기와 같이 살다가 나왔고 헤로인을 끊은 지 아홉 달 되었다고 했다. 이런 말로 솔직하게 심정을 밝혔다. "내 몸이 내 몸이 아닌 것 같아요." "아직도 약을 하고 싶어요." 그 사람은 센터 사람들이 듣고 싶은 말만 하지 않았다. 자기 "슈거 대디(젊은 여자에게 성관계를 대가로 경제적 지원을 하는 나이가 많은 남자를 말한다—옮긴이)"에 대해 부끄럼 없이 말하고, 집단치료가 따분하다고 하고, 작업을 시키면 계속 꼼지락거리고 하기 싫어했다.

그 친구가 B&B에 살다가 지자체에서 하는 사회복귀 훈련 시설로 옮긴다고 해서 내가 짐 옮기는 걸 거들어주겠다고 했다. 하지만 만나기로 한 시간과 장소에 나타나지 않았고 전화도 받지 않았다. 놀라운 일은 아니었다. 그 주말 이후에 센터에 오지 않았다. 몸을 팔고 헤로인을 하는 원래 삶으로 돌아갔을 것이고 아기는 뺏겼을 거라는 생각이 들었다.

어떤 사람은 이미 너무 멀리 가서, 어떤 도움을 받아도 회복할 수가 없고, 평범한 삶이 늘 너무나 실망스럽게 다가올 거라는 생각이 든다. 그 친구 생각이 자주 난 것은 나는 금주 생활에 거의 적응했지만 그래도 그 친구 기분이 어떨지 알기 때문이다. 덫에 걸린 듯한 느낌. 불만족스러움. 하지만 그 친구가 지금 저 바깥세상에서 행복하지 않으리라는 것도 안다.

그 사람들, 내 친구들을 떠올리며 그들이 다시 중독에 빠져 있으리라는 생각을 하다보니 내가 돌아갈 수도 없고 돌아가지도 않으리라는 확신이 점점 굳어진다.

맑고 고요한 저녁이다. 맑은 별빛 아래 파라핀 냄새가 감돈다. 개구리왕을 따라 줄줄이 언덕 아래로 내려가 모닥불로 가는데 술이 있으면 훨씬 재미있겠다는 생각이 언뜻 든다. 술에 취하지 않은 상태로 축제에 참여한다는 게 아직도 이상하고 어색하다. 술이 있으면 현재를 만끽할 수 있었다. 술이 불안감을 덜어주고 내적 진동을 느끼게 해주었다. 몇 잔을 마시고 나면 활기와 자신감이 넘쳤다.

하지만 누군가가 휴대용 술병을 나한테 내밀었을 때 나는 고개를 젓는다. 웃음을 지으면서. 나에게 위스키를 권한 사람은 전혀 모를 것이다. 나한테는 선택할 수 있는 일이 아니라는 것을. 선을 한참 넘어서 중독의 지경에 이르러 치료 시설에 갔다온 사람은 술이나 약을 끊지 않으면 무서울 정도로 순식간에 광기, 투옥, 죽음으로 가게 되리라는 것을. 다른 종류의 재미와 축제를 즐기는 다른 방법을 찾아야 한다.

연기 너머에서 노르웨이 예술가가 나에게 웃어 보인다. 전날 바닷가에서 만났다. 그는 여섯 종류의 해초가 담긴 비닐봉지를 들고 있었다. 나와 나이도 비슷하고 키도 비슷하고 긴 금발머리카락도 비슷했다. 나의 남성 버전 같기도 했다. 잠시 이 섬에 휩쓸려 온 떠돌이 예술가.

지금도 전과 비슷한 감정이 들 때가 많다. 진짜 살아 있는 순간은 지금뿐이므로 교감하고 소통하고 싶다. 취하지 않은 채로 이 욕구를 충족할 길을 찾기 위해 극단을 경험하고 싶다. 용감해져야 한다. 술기운 없이도 대범하게 작업을 걸 수 있는지 궁금하다. 그럴 수 있다면 그다음에는 무엇도 나를 막을 수 없을 거다. 지난 몇 달 동안에는 자신감이 떨어지고 불안감에 시달려 아무것도 할 수가 없었다. 이런 상태에서 벗어나려면 시간이 걸리겠지만, 나는 다른 사람들이 취했을 때에만 할 수 있는 말을 취하지 않은 채로 하는 법을 서서히 배워나간다.

술을 마실 때에는 신나는 경험을 하고 싶었지만 그런 한편 게을렀고 상상력이 없었다. 엉망으로 취하면 뭔가 좋은 일이 일어나겠지 하고 막연히 기대할 뿐이었다. 새 친구를 사귀고 그 친구 집에 가서 친구 옷을 입어보고 좋아하는 작가에 대해 이야기하게 될 때도 있었지만, 그냥 홀로 새벽 3시에 겉옷도 잃어버리고 집으로 가는 심야 버스를 찾으려고 비틀거릴 때가 훨씬 더 많았다.

모닥불 축제가 끝나고 누군가가 집에 태워주겠다고 했지만 거절한다. 나는 노르웨이 조각가와 이야기를 나누고 있다. 그가 내 팔을 건드린다. 플레이아데스 성운이 보이고 나는 별빛 아래 바닷가를 걷자고 한다. 노스 윅을 지나갈 때 그에게 셀키 이야기를 들려준다. 바다표범 거죽을 쓰고 평생 바다에서 헤엄을 쳐야 하는 물에 빠진 사람들의 영혼.

장미 오두막에 돌아와 난로에 불을 피우고 우리는 난로를 사이에 두고 앉아 해초, 가족, 예술에 대해 이야기한다. 나는 신발을 벗고 발을 그가 앉은 의자 가장자리에 밀어넣는다. 그는 나에게서 눈을 떼지 않고 계속 이야기를 하면서 내 발목을 손으로 잡는다. 접촉의 느낌이 몸 안에 안도감과 기쁨으로

퍼진다. 다른 사람의 손길이 몇 달 동안의 외로움을 달래준다. 그 하나의 손길로, 그 순간 섹스를 할 수 있다는 걸 알게 된다. 오늘 밤뿐 아니라 앞으로도. 그 사람은 내일 아침에 이 섬을 떠나 스칸디나비아로 돌아가지만. 삶이 열리고 멀리 뻗어 가능성으로 반짝인다. 그가 다른 쪽 발목도 쓰다듬고 대화가 흩어진다.

나는 뻔뻔함을 키우고 싶다. 대담함과 용기. 과거에 고대 축제나 계절의 변화를 기념하는 행사에서 하던 일들을 생각한다. 내가 어느 방향으로 걷든 바람이 방향을 바꾸어 나에게 몰아치는 듯한 늦겨울에 기운을 북돋워줄 새로운 마법을 찾고 있다. 섬에서의 이 시간을 마셔버리고 싶다. 지나가고 나면 그리울 것이기 때문에. 이미 낭비해버린 시간이 너무 많다.

1952년 본섬에 있는 언덕 전체가 불타올랐던 이야기를 듣는다. 불꽃이 바람과 함께 감기며 밤을 환하게 밝혔다. 해마다 이 무렵이면 혼종들이 나타나 사람들과 뒤섞이고, 조상의 영혼이 망자의 땅에서 돌아오고, 우리는 조개를 캐고, 불을 붙여 어두운 밤을 밝힌다. 사람들이 한데 모여 서로의 영혼을 북돋우고 과거를 태워 보내는 때다.

26

바다 밑

기억나는 일들이 있다. 농장 수고양이가 토끼를 쫓아 아웃런으로 나갔다가 사라졌는데, 몇 달 뒤에 예전의 두 배 크기로 자라 돌아왔다. 얼굴에는 흉터가 있고 수염 절반은 뜯긴 상태로 위풍당당하게 집으로 돌아와 우리를 겁에 질리게 했다. 아빠가 스트롬네스에서부터 집까지 7마일을 맨발로 걸어 돌아온 일이 생각난다. 까마귀가 날아다니는 시간에, 오는 길에 짐을 하나씩 잃어버리면서, 우리가 아직 잠자리에 있던 새벽에 집안으로 들어와 검은 황소에 대해 무어라고 소리를 질러댔다.

병원에서 가족력에 대해 물으면 우리 집안에는 심장병,

암, 당뇨 환자가 없다고 말한다. 정신병에 대해서는 그렇게 말할 수 없다. 외가와 친가 양쪽에 있다. 외할아버지도 조울증이 있었고 최근에야 들었지만 아빠 쪽 증조할머니는 자살을 했다고 한다. 내가 술을 끊으면 나에게도 양극성장애가 있다는 걸 알게 되지는 않을까 하는 생각도 했었다. 약 삼아서 술을 마시는 거라고. 내가 미친다고 하더라도 놀라운 일은 아닐 거다.

오크니를 떠나 되돌아보았을 때에야 내 어린 시절이 평범하지 않았다는 게 보였다. 십 대 때에는 바닷가에서 경단고둥을 양동이에 주워 무게를 달아 동네 조개 판매상에 팔았다. 그러면 스페인으로 수출하기도 하고 양어장에서 물 정화용으로 쓰기도 했다. 여름이면 본섬 중앙에 있는 토탄 언덕에서 나날을 보냈다. 농장마다 토탄을 팔 수 있는 지역을 할당해준다. 그러면 토탄덩이를 썰듯이 파내어 겨울에 땔감으로 쓴다. 엄마와 아빠가 토탄 자르는 도구를 수천 년 묵은 습지 안으로 밀어 넣어 벽돌 모양으로 토탄을 자르는 동안 나는 몸을 땅바닥에 붙이고 황새풀과 소금쟁이 사이를 기어다녔다.

톰과 같이 농장 만으로 밀려온 해파리를 수도 없이 봤다. 너무 많아서 바위를 뒤덮을 지경이었다. 우리는 안타까운 생각에 해파리 사이를 돌아다니면서 차가운 젤리 같은 동물을 하나씩 집어 품에 들었다. 어떤 것은 그냥 물크러져버렸다. 그렇게 모아 바닷가로 가져가 다시 바닷물에 넣었다. 보름달물해파리는 쏘지는 않지만 그래도 약한 독성이 있어서 맨팔과 손이 벌게지고 따끔거렸다. 그래도 아랑곳 않았다. 우리는 긴급 구조 활동에 나선 아이들이었으니까. 꾸물거리는 투명한 분홍색 더미를 팔에 가득 안고 미끌거리는 자갈길을 달렸다.

이런 해파리의 대량 '좌초'는 해류가 해파리떼를 물가로 몰고 올 때, 주로 봄에 일어난다. 해파리는 위쪽 방향으로만 이동할 수 있기 때문에 해류과 조류가 들이닥치면 수평 방향으로 밀린다. 영국 해안에서 발견되는 해파리와 히드로해파리들의 이름은 마치 시 같다. 푸른해파리, 나침반해파리, 바람속의뱃사람해파리, 보름달물해파리, 사자갈기해파리, 담자색해파리, 포르투갈군함해파리. 보름달물해파리는 분홍빛이 감돌고 안에 파란 고리들이 있는 투명한 해파리다. 이 고리들이 생식기관이다. 해파리는 있는 듯 없는 듯한 생명체의 윤곽이다. 먼바다에서 물살을 따라 떠다니는 모호한 존재.

바닷속을 찍은 사진을 푹 빠져서 보고 있다. 화려한 빛깔을 띤 낯설고 아름다운 생명체들이라 열대지방의 바다 생물인 줄 알았는데 오크니 바닷가에서 가까운 여울에서 찍은 사진이라고 한다. 이곳 사람들이 스노클링을 하면서 여러 종류의 물고기, 조개, 말미잘, 해파리 등을 찾아 사진을 찍었다. 성게, 해면, 불가사리, 해삼도 있다.

조류협회에서 일하는 내 친구 앤이 본섬에서 파페이로 건너와 스노클링하는 법을 가르쳐준다. 노스 웍만에 있는 바위 지역에서 잠수복, 네오프렌 부츠, 장갑, 후드, 오리발, 스노클 마스크로 무장하고 덜 우아한 바다표범들처럼 물속으로 들어간다.

처음 해보는 스노클링이 새로운 충격으로 다가온다. 첫째로 잠수복으로 몸을 감싸고 스노클을 통해 숨을 쉬면서 물속에 있는 느낌이 새롭고, 또 한편으로 물 아래에서 바다 밑바닥을 보니 전에는 볼 수 없었던 것들을 또렷이 볼 수 있어서 더욱 신기하다. 오늘은 스노클링을 하기에 물이 너무 높고 바람은 너무 강하지만 앤이 그토록 열렬히 말하는 “다른 세계”에 들어간다는 것이 어떤 것인지 느끼기에는 충분하다.

앤이 스노클링 장비 한 세트를 두고 가서 다음 달 보름달이 뜨고 난 뒤 썰물 때 혼자서 시도해보러 나간다. 바다로 걸어가다보니 너무 추워지거나 물살에 휩쓸려 갈까봐 불안해져서 윌리스 탱이라고 불리는 만 구석으로 간다. 바위로 둘러싸여 마치 석호처럼 안전한 곳이다. 머리를 집어넣고 얕은 물에서 기어다니다보니 곧 스노클을 통해 숨을 쉬기가 힘들지 않고 잠수복을 입어 춥지도 않다는 걸 깨닫는다. 긴장을 풀고 즐기기 시작한다.

몸을 움직일 필요도 없다. 그냥 배를 깔고 시체처럼 둥둥 떠다니며 조수에 따라 움직이면서 주위에 있는 것을 구경한다. 내가 물 위에 떠 있다는 사실도 잊고 깊은 해저에 들어온 기분이 든다. 손으로 바위를 잡고 내 몸을 끌어당겨 바다풀을 헤치고 물에 잠긴 보물을 찾는다. 내가 다가가자 집게가 고둥 안으로 몸을 숨긴다. 붉은 말미잘, 그리고 형광 녹색 가닥이 얽힌 작은 덩어리가 젤리 형태로 바위에 붙은 물갈퀴지렁이 알도 발견한다. 녹슨 배의 부속도 보인다. 벨라비스타 호의 보일러에서 떨어져나온 것일지도 모른다.

썰물 때 바닷가에서 해초나 죽어서 쓸려온 해파리는 흔히 보지만 물 아래에서는 생생하게 살아 있는 모습을 볼 수 있다. 더 깊이 들어가자 선명한 녹색과 갈색의 바닷말과 켈프가 똑바로 서서 흔들린다. 무성한 숲속에 들어온 기분이다.

우주에 온 것처럼 낯선 환경을 탐사한다. 도시의 철로 아래에 있는 어둑한 나이트클럽에 처음 가서 화려하게 꾸민 고스들과 피어싱을 한 메탈광들을 보았을 때의 흥분감이 떠오른다. 나도 이런 문신을 새긴 이국적인 사람들과 함께 어울릴 수 있다는 것, 영화나 뮤직비디오에서만 보았던 세계로 이렇게 쉽게 들어올 수 있다는 것에 짜릿함을 느꼈다. 물속에 들어오니 거울나라에 들어온 것 같은 기분이다.

물 밖으로 머리를 내밀고 얼마나 멀리 떠내려왔는지를 보자 가슴이 철렁하다. 물속에서는 시간이나 거리나 방향을 가늠하기가 힘들다. 물속에 얼마나 오래 있었는지도 알 수 없다. 물속에서는 빛의 굴절 때문에 사물이 더 크고 가깝게 보인다. 소리도 더 빨리 전달된다. 이런 왜곡 때문에 균형이 흔들린다. 조개를 잡으려고 손을 뻗지만 손이 물속에서 헛손질을 한다.

이 세계가 내 새로운 현실이 되기까지 시간이 오래 걸리지는 않는다. 흔들리는 해초가 물표면의 아래쪽에 반사된다. 이게 나의 새로운 하늘이 되었다. 잿빛 구름이 낀 날이라 물 밖으로 나오자 바로 다시 물 아래로 들어가고 싶어진다. 물속이 더 밝고 더 넓다. 마침내 몸을 일으켰을 때에는 잠수복을 입어 천하무적인 기분이다. 쐐기풀밭을 가로지르고 호수를 걸어서 건널 수 있을 것 같다. 집으로 돌아와 셀키가 바다표범 가죽을 벗듯 잠수복을 벗는다.

앤이 계속 사진을 올린다. 성게, 꺽정이, 도치, 팔이 일곱 개인 불가사리. 앤은 문어를 찾고 싶어하고 오크니에서 150년 동안 발견되지 않은 해마를 처음으로 발견하겠다는 야심도 있다. 앤은 스캐퍼 플로에서 스노클을 자주 하는데 주위에 움직이는 생명체가 하도 많아서 마치 어항 안에 들어온 기분일 때가 있다고 한다. 나는 더 많이 배우고 더 보고 싶다. 바다가 육지보다 더 깊고 아주 작은 지역에도 여러 층위가 있다. 그 안에 들어갈 수 있다고 생각하니 오크니가 몇 배로 크게 느껴진다. "오크니에서는 숲이 물 아래에 있지." 오크니 북극곰 회원인 샘은 이렇게 말한다.

바다생물이 100만 종은 있고, 아직 발견되지 않은 것도 수십만 종은 된다. 오크니에서 희귀한 새가 발견되면 사람들이 구경하러 몰려오지만 바다 생명체에 대해서는 아직 알려지지 않은 게 너무나 많다. 계속 새로운 것들이 발견되어 해양 보호 구역에 대한 정부 정책도 쉽게 확정되지 못한다. 최근 조사에 따르면 본섬 동쪽에서 "얼굴도 뇌도 없는 물고기 같은" 희한한 생명체가 발견되었다.

파페이 어부 더글러스는 한 해 내내 거의 날마다 '새벽 추수'라는 이름의 배를 타고 바다로 나간다. 섬 주변 바다 밑에 가재와 게 잡이용 통발을 놓고 거두기 위해서다. 더글러스는 이렇게 잡은 가재와 게를 웨스트레이에 있는 갑각류 가공 공장에 판다. 얼마 전까지만 해도 파페이 주변에서 작업하는 어선이 세 척 있었고 그보다 더 전에는 농부들도 대부분 작은 배가 한 척씩 있어 고기를 잡아 저녁거리로 쓰거나 빈약한 수입에 보탰다.

더글러스는 배를 타고 나갔다가 밍크고래, 참고래, 범고래를 보았을 뿐 아니라 개복치도 보았다고 한다. 개복치는 트랙터 바퀴만큼 커다랗고 둥그런 물고기로 등지느러미가 물 위로 삐죽 솟는다. 더글러스 말이 웨스트레이 어부 한 사람이 낚싯줄에 걸린 열대지방 바다거북을 끌어올린 적이 있다고 한다.

북양가마우지가 비닐 목걸이를 걸고 날아다니는 것도 보았단다. 맥주 묶는 비닐 고리 안으로 다이빙을 했던 탓이다. 한번은 30패덤(55미터) 깊이 해저에 있는 통발에서 바다오리를 꺼낸 적도 있단다.

앤은 문어를 한 번도 보지 못했다지만 더글러스는 오크니 바다에 확실하게 있다고 한다. 문어가 통발 안으로 들어가 그 안에 있는 게한테 독을 쏜다. 그러면 껍데기 안 살이 물렁해져 빨아먹을 수 있다. 문어는 영리하게도 더글러스가 잡아놓은 게를 먼저 먹어치우고 껍데기만 남겨둔 채로 통발에서 빠져나간다.

나는 여름에 오크니에 하나뿐인 숲으로 박쥐를 찾으러 간 일이 있다. 박쥐의 초음파를 사람이 들을 수 있는 소음으로 바꾸어 주는 특별한 감지장치를 들고 갔다. 내가 생각했던 것보다 많은 차원이 있었다. 우리가 들을 수 없는 주파수, 우리가 숨을 쉴 수 없는 서식지. 잠깐 동안이라도 그 안에 들어갈 수 있다니 가슴이 뛴다.

사람에게는 오감만 있는 게 아니라는 글을 읽었다. 그래서 살갗이 열을 감지해서 만져보지 않고도 어떤 것이 따뜻한지 아닌지 알 수 있고, 몸이 거꾸로 뒤집혔을 때는 그렇다는 사실을 알 수 있다.

파페이에 처음 왔을 때에는 이 해안선 안에 살면서 그리고 걸으면서 섬과 이 안에 사는 모든 것과 친해질 수 있다는 점에 끌렸다. 작은 섬은 도시보다 알기 쉬우니 금세 속속들이 알게 될 거라고 생각했다. 그렇지만 '해안선 패러독스'라는 것도 알게 되었다. 해안선 길이를 정확히 재는 것이 불가능하다는 이야기다. 더 작은 자를 사용할수록 해안선 길이는 길어진다. 해안선은 프랙탈이다. 수백 마일 되는 것부터 몇 밀리미터짜리까지 점점 더 작은 만, 틈, 곶, 혹 따위로 나뉜다. 그래서 오크니 해안선 길이의 관측치가 큰 폭으로 차이가 나고 그래서 내가 파페이에 오래 머물수록 새로이 발견할 것들이 더 많아진다. 나는 흥분감과 위압감을 동시에 느낀다.

AA 모임에서 술을 끊은 지 오래된 사람들이 말하기를 새로운 삶의 좋은 점은 상상하지 못했던 것, 새로 온 사람들에게 설명하기 어려운 무엇이라고 한다. 내가 원한다고 생각했던 것이 사실은 내가 원하는 것이 아닐 수 있다는 거다.

나는 내가 '야외'로 나가기를 좋아하는 사람이라고 생각한 적이 없고 그런 사람이 되는 것도 꺼려진다. 그렇지만 내가 경험하는 것들이 계속 나를 끌어당긴다. 짜릿하고 빛나는 순간들이 있다. 어느 오후 내 차 옆으로 수컷 잿빛개구리매가 날아가는 몇 초, 내가 탄 작은 배 옆에서 수면 위로 떠오르는 돌고래. 겨우내 실내에서 지내다가 마침내 풀밭에 나왔을 때 기뻐서 꼬리를 하늘로 치켜들고 깡충거리며 뛰어 나가는 소떼.

나는 자유낙하하고 있지만 떨어지면서 이런 것들을 붙든다. 어쩌면 이렇게 되는 건지도 모른다. 나는 약을 끊었고 신도 믿지 않고 사랑은 어긋나버렸다. 그래서 내 주위 세상에서 행복과 흥분을 찾는다.

스노클링은 완전히 새로운 경험이다. 새로운 생태계 안에 들어가 내 생각과 감각을 자극하고 서글픈 일상에서 벗어난다. 스노클링을 하고 나면 기분이 좋아지고 상쾌해지고 우리 일상과 이렇게 가까이에 있지만 거의 보지 못했던 이상한 세계에 대해, 부두 아래와 주차장 가장자리의 비밀에 대해 이야기하고 싶어진다.

나는 미치지 않았다. 아빠는 우울증 치료약을 끊었지만

몇 년째 병세가 심해지지 않았다. 아빠는 스스로 병을 다루는 법을 알아냈다. 어떤 게 발작을 촉발할 수 있는지 알고, 물 밑의 지세와 변동을 파악한다.

술을 끊은 뒤에 나는 때로 일상에서 기쁨과 놀라움을 느끼곤 한다. 이 눈부신 현실이 어쩌면 환상처럼 느껴지기도 한다. 얕은 물 위에 네오프렌 잠수복을 입고 관을 통해 숨을 쉬며 누워 있자면 우리 집에 늘 있었는데 한 번도 보지 못했던 문을 연 것 같은 느낌이다. 삶은 내가 알던 것보다 더 크고 풍요로워질 수 있다.

27

좌초

1952년에 오크니에 강풍이 어찌나 세게 몰아쳤는지 양계장을 날려버려 닭 7만 마리가 죽었고 이 섬의 양계 산업이 사실상 끝이 났다. "밧줄에 묶인 소가 연처럼 공중에 날렸다"는 기록도 있다.

바람이 센 날 초등학교에서는 작은 아이들은 놀이 시간에 밖으로 나가 놀지 못하게 한다. 작년 12월 된바람에 아빠 농장 소 여물통(지름 6피트짜리 둥근 철제 고리다)의 절반이 울타리와 돌담을 넘어가 다섯 농장 건너에서 발견되었다. 내가 뒤에 기대서 쉬곤 했던 상자형 냉동고가 밭 저편으로 날아가 캐러밴에 부딪혔다. 커크월 테스코 슈퍼마켓에 있는 쇼핑 카트 보관소는 휘어지고 찌그러졌다.

오크니 기온은 따뜻한 편이다. 멕시코 만류의 영향으로 비슷한 고도의 다른 지역보다 기온이 높다. 하지만 날씨를 좌우하는 건 기온이 아니라 바람이다. 어찌나 무자비한지 처음 온 사람들이 가장 힘겨워하는 것도 바람이다. 농부들이 바람에 맞서 싸우지만 질 때가 많다. 아빠가 새로 풀을 심었는데 때 이른 강풍이 다 뜯어버리기도 한다.

바람과 소금기 있는 공기 때문에 오크니에는 나무가 거의 없고 특히 농장에는 하나도 없다. 이곳 사람들은 강풍이 몰아치면 바로 날아가버릴 새 모이통이나 온실 같은 것은 만들지 않고 우산도 거의 안 쓴다. 올해 파페이에서는 크리스마스트리를 시멘트로 고정했다. 트리가 바람에 날아간 적이 종종 있었기 때문이다.

나는 바람 속에서 자랐기 때문에 바람이 좋다. 바람이 불면 기분이 들뜬다. 들에 나온 송아지들도 바람이 센 날에는 장난기가 넘친다. 바람이 나에게는 불처럼 에너지를 준다. 전기가 끊겼던 날들이 기억난다. 전등과 텔레비전이 꺼지고 손전등과 양초를 켜고 생활하고 학교도 문을 닫았다. 파페이에서 동풍이 불 때에는 파도와 포말이 파울 크레이그 꼭대기를 덮친다. 잠깐 산책을 나갔다가 귀가 시리고 조증이 도진 상태로 돌아온다. 작은 개울이 바람 때문에 거꾸로 흐르고 물보라가 솟구쳐 햇빛에 반짝인다. 지붕 위의 풍향계는 어느 방향을 가리키기를 포기하고 그냥 빙빙 돈다.

원래 보퍼트 풍력계는 시간당 풍속을 명시하지 않고 항해 중인 배에 미치는 영향에 따라 단계를 묘사했다. '조타에 적당한 정도'에서 '돛을 올릴 수 없는 상태'까지. 올 겨울에 나는 돌풍과 질풍이 급습하는 스코틀랜드 북쪽 섬에서 보퍼트 풍력계의 온갖 계급을 다 겪었다. 파페이와 아웃런은 대서양에 바로 접해 있고 저기압이 지나가는 길목에서 가깝다. 이곳에서는 바람이 대기 압력 변화에 따른 공기의 이동일 뿐 아니라 생활 방식이다.

오늘 밤 동쪽에서 강풍이 몰아친다는 예보가 있다. 큰바람에서 노대바람까지 올라갈 거라고 한다. 기상청 사이트와 데이브 윌러의 웹사이트에서 일기예보를 보며 가파르게 올라가는 풍속 그래프와 오크니를 향해 다가오는 붉은색 저기압을 보자 마음이 들뜬다. 커크월에서 파페이로 오는 페리는 취소되었지만 오후 비행기는 그래도 온다. 비행기가 착륙을 시작해 바람 속에서 살짝 흔들리며 활주로에 접근하는 모습을 본다.

집 안 난롯불가에 있는데도 기압이 떨어지고 바람이 높아지는 게 느껴진다. 갑자기 장미 오두막 주위에서 불어오는 바람소리가 오케스트라가 조율을 하듯 톤을 바꾼다. 새 모이통을 집 안으로 들여오려고 30초 동안 나갔다 왔을 뿐인데 바닷물보라를 맞아 얼굴에서 소금기가 묻어난다.

오크니 사람들은 바람이 아무리 세도 보통 "바람이 좀 있다"는 정도로만 말하는데 오늘은 인터넷에서 다들 "엄청나게 불어댄다"고 인정한다. 오늘 밤 오크니 사람들은 널빤지로 닭장을 고정할 거고 읍내에서는 쓰레기통이나 트램펄린이 날아다닐 거라고 한다. 나는 농장 캐러밴에 있는 아빠에게 연락한다. 아빠는 "지붕이 무너질까봐" 오늘 밤은 농장에서 자겠다고 한다.

새벽 5시, 바람이 최고조에 달했을 때 캐러밴 창문이 안으로 떨어졌다고 한다. 캐러밴 안에 소용돌이가 생겨 농장관련 서류들이 날아다녔다. 우리가 농장 집에 살 때부터 있던 물건들, 사진들, 가구들이 흔들리고 쓰러졌다. 집 안에 폭풍이 일어난 것이다. 아빠는 압력을 낮추기 위해 문을 열었고 임시방편으로 뚫린 창을 합판으로 덮었다.

이틀 뒤 폭풍이 가라앉은 뒤에 파페이에는 걱정과 함께 어떤 변화가 있었나 하는 호기심이 감돈다. 우리 집은 멀쩡했지만 집 밖에 부목을 모아두었던 상자가 다른 데로 가 있다. 음식물 쓰레기통 뚜껑은 길 건너 들판에서 찾는다.

뭐 좋은 게 떠내려오지 않았나 보려고 섬 동쪽 해안을 따라 걷는다. 동풍과 만조의 조합은 흔하지 않다. 바람, 기압, 조수, 해류, 비가 함께 바닷가를 엄청나게 바꾸어놓았다.

파도가 앞쪽 길까지 들이닥치면서 모래언덕들이 무너졌다. 바다는 물러갔지만 바위나 해초 등의 파편이 길 위에 흩어져 있다. 노스윅에는 이틀 전에는 없었던 거대한 해초더미들이 있다. 모래언덕에서 바다로 이어지는 완만한 비탈이 높은 단으로 변했다. 수톤의 모래가 움직여 바위가 드러났다.

바다 건너 노스 로널세이에서는 해초를 먹는 토종 양들을 가두어두는, 2000미터나 되는 유명한 돌담이 파도에 쓸려가고 말았다. 75년 동안 없었던 최대 규모의 피해라고 한다. 샤핀세이에서는 꼬리치, 수염대구, 어린 대구, 명태, 놀래기 등 신기할 정도로 다양한 종류의 물고기들이 물이 높아졌을 때 보트를 대놓는 구덩이로 밀려왔다가 좌초되었단다.

계속 걷다가 오래된 해초 가게 문가 콘크리트 블록 옆에서 새끼 바다표범을 본다. 걸음을 멈추고 잠시 마주보고 있자니 새끼 바다표범이 으르렁거리기 시작한다. 근처 바닷가에 어른 바다표범이 두엇 있는데 이들이 새끼를 불러 데려가기를 속으로 빈다.

어떻게 해야 좋을지 몰라 우리 섬의 야생동물 전문가 팀에게 전화를 건다. 가까이 있는 무인도 파레이에 회색바다표범이 사는데 그곳에서 여기로 쓸려왔다가 어미와 떨어진 것 같다. 어쩌면 바다에서 헤엄친 것이 처음일지도 모른다. 아직 새끼 특유의 흰털로 덮여 있지만 날카로운 이도 있다. 바다에서는 아마 스스로를 지킬 수 있을 것이다.

새끼가 다음 날 아침까지도 그 자리에 있어 팀이 자루에 넣어서 바다로 들고 가 물에 넣어준다. 새끼는 야생에서 자기

길을 찾으려고 힘차게 헤엄쳐 간다.

몇 년 전에 나는 술에 취해서 싸우면 안 되는 사람과 싸웠다. 그 사람이 나를 '끝장났다washed-up(더 이상 가망이 없이 끝났다는 뜻이기도 하고 뭍으로 쓸려왔다는 뜻이기도 하다—옮긴이)'고 부르며 비난했다. 사실이었기 때문에 통렬하게 쓰렸다. 나는 일자리도 없고, 이스트런던에 코딱지만 한 방에서 살았고, 나를 찾는 사람도 없었고, 남자친구에게 실연당했고 혼자 술을 마셨다. 한때는 원대한 꿈을 품고 런던으로 왔지만 이제 쓰라림과 좌절밖에는 남지 않았다. 나에게 남은 것이 점점 사라져갔고 누구한테 기대야 할지도 몰라 하룻밤 잠자리나 강박적 기억에서 절박하게 위안을 찾으려 했다. 내 삶을 내가 감당할 수가 없었다.

처음 오크니에 왔을 때는 모든 사람들이 볼 수 있게 바위 위에 널린 채로 오지도 가지도 못하고 있는 해파리 같은 기분이었다. 나는 뭍으로 쓸려왔다. 이제 더 이상 물에 뜨지 못하고, 지치고 망가진 채로 폭풍에 떠밀려왔다.

내가 잃어버린 것들을 생각한다. 나침반. 도둑맞은 랩탑. 신발 두 짝(하나는 운하에, 하나는 움직이는 차 문밖에). 남자친구.

그런 한편 바다에서 찾아낸 것들도 생각한다. 고깃배. 바다표범. 용연향. 이것들도 닳고 지쳐서 뭍으로 쓸려왔지만 쓸모없는 것들은 아니었다. 각기 저마다의 사연이 있었다.

내가 파페이에 있을 때 어느 일요일 아침에 아주 보기 힘든 짐승이 노스 로널세이 바닷가에 쓸려왔다. 바다코끼리였다. 북대서양 바다코끼리라는 이 거대한 바다동물은 주로 그린란드와 북노르웨이에 살고 오크니에는 1986년 이래로 나타난 적이 없었다. 섬사람들이 모두 보러 나갔다. 엄니가 있는 거대한 동물이 바닷가에서 당당하게 포즈를 취해주었다. 야생동물 애호가들과 사진가들이 앞다투어 비행편을 예약했다. 그런데 밤이 되자 바다코끼리는 거구를 이끌고 물속으로 들어가 북쪽으로 헤엄쳐 갔다. 며칠 뒤에 같은 짐승이 (얼룩 모양으로 알 수 있었다) 노르웨이 해안에서 발견되었다.

바닷가에서 보물찾기를 할 때에 바위 웅덩이나 모래밭 자갈 사이에서 무언가 조금이라도 다른 것이 있으면 눈에 띈다. 대개는 물병이나 슬리퍼 한 짝, 1993년에 나온 과자 봉지, 깨진 생선 박스 등 주로 플라스틱 조각이다. 이런 쓰레기가 수도 없이 많고 썩지도 않기 때문에 새나 바다동물들에게 심각한 위협이 된다. 하지만 '쓰레기'라는 것도 주관적이다. 앤은 파도에 닳아 동글동글해진 유리조각으로 장신구를 만든다. 나는 부목을 모아 불을 땐다.

오늘 해초 무더기에서 무언가가 눈에 띈다. 성냥갑 안에 들어갈 정도로 작은, 머리와 손과 발이 없는 사기 인형을 집어 든다. 소름끼치는 보물이다. 바위 웅덩이에서 진흙을 씻어낸다. 하얗고 벌거벗었고 아기처럼 배와 엉덩이가 튀어나왔다.

1868년 돌풍 때 레싱이라는 배가 독일 브레머하펜에서 뉴욕으로 가는 길에 페어 아일 클래버스 만 바위에 충돌했다. 미국에서 새로운 삶을 시작하려고 이민을 떠난 승객 465명과 선원들 전부 섬사람들에 의해 무사히 구조되었지만 배는 부서졌고 사기 인형을 포함한 화물은 흩어졌다. 셰틀랜드 박물관에 난파선에 있던 사기 인형이 전시되어 있는데 내가 찾아낸 것과 신기할 정도로 닮았다.

지금 웨스트레이 아낙과 같이 주머니에 들어 있는 내 인형도 그 난파선에 실려 있던 것이라고 생각하고 싶다. 바다 밑바닥 깊은 곳에 오랜 세월 묻혀 있다가 그간의 세월, 폭풍이 몰아치는 바다, 동풍, 만조가 완벽한 조합을 이루어 이 겨울 파페이 이곳에서 내가 발견할 수 있게 나타난 것이다.

순환이 일어난다. 우리가 바다에 넣은 것이 다시 우리에게 돌아온다. 물에 빠진 자동차 부속이 다시 뭍으로 쓸려온다. 그렇지만 바다는 어느 곳보다도 더 낮은 곳이기 때문에 뭐든 궁극적으로는 바다로 가게 되어 있다. 런던 운하에서 잃어버린 신발 한 짝을 오크니 바닷가에서 찾을 수 있을지도 모른다. 파페이에서 보내는 나날이 끝을 향해 가면서 나는 고삐가 풀린 것처럼 자유롭게 떠다닌다. 해파리처럼. 이다음에는 무엇이 올까 궁금해하며 나는 한 발 물러서서 예기치 않은 것이 내 발치에 떠밀려오기를 기대한다.

숨을 참고 있었다. 이를 악물었다. 날마다 바닷가를 헤매며 마음이 편해질 순간을 찾았다. 맥주병을 이로 따다가 깨진 이 위를 혀로 훑는다. 이제는 더 매끈해졌지만 그래도 깨진 자리는 계속 있을 것이다. 뒤통수의 흉터를 문지른다. 깊은 밤이면 나는 아직도 전 남자친구 생각을 하고 왜 내가 진작 마음을 다잡아 우리 사이를 지키지 못했을까 생각한다. 그는 지금 미국에서 여자친구와 같이 살고 아기도 낳았다는 소식을 들었다.

사람들은 나를 보면 “좋아 보인다”고 한다. 그렇지만 늦은 시간 혼자 있을 때는 내 심장이 아직도 쓰린 상처 같고 언제야 이 고통이 자꾸 새로이 솟구치기를 멈출까 생각한다. 단층선을 지울 수가 없다. 이런 때면 술이 마치 해결책인 것처럼 생각된다. ‘술을 끊는다’는 것은 모든 게 다 좋아진 다음의 어느 순간이 아니라 계속되는 좌절과 갈등과 유혹을 겪으며 다시 만들어나가는 끝이 없고 지난한 과정이다.

특히 힘든 밤을 보내고 난 어느 아침 파페이 동쪽 해안을 따라 걷다가 바위 사이에서 플라스틱 병 하나를 보고 집어든다. 스칸디나비아에서 여기까지 떠내려온 핀란드 보드카 병이고 딱 한 샷 분량만큼 남아 있다. 병뚜껑을 열고 냄새를 깊이 들이마신다. 십 대 때 파티의 공허한 짜릿함의 냄새다. 어두운 디스코장에서 플라스틱 컵으로 마시는 술. 골목길에서 병나발. 내 안 깊은 곳에서 어떤 충동이 나를 강력하게 끌어당긴다. 바닷물과 뱃사람 침이 뒤섞인 그 한 모금을 넘기라고. 가끔은 “집어쳐, 다 집어치우라고”라고 말하면 재미있을 것 같은 생각이 든다. 내 안의 일부는 누군가가 “죽을 때까지 술을 마셨다”는 말을 들으면 그것도 좋을 것 같다는 생각을 한다. 스스로 선택했고, 자유로워졌으니. 보드카 냄새 때문에 정신이 아찔하다. 바다가 나에게 보낸 한 모금의 망각이라니 너무나 완벽하게 느껴진다.

하지만 지난해 동안 찾은 것들이 더 강하게 나를 끌어당긴다. 맑은 눈, 별똥별, 자고 나면 더 안 좋아지는 게 아니라 상쾌해져서 맞는 아침, 취하지 않고 하루를 마무리했을 때 느끼는 힘. 이런 것이 진정한 자유다. 나는 뚜껑을 다시 닫고 병을 던진 다음 파도를 바라보며 큰 소리로 미친 듯이 웃는다. 이게 다야, 북해? 도전을 얼마든지 받아주마. 나한테 무얼 집어던지든지 맞받아주겠어.

나는 계속 휘적휘적 걷는다. 머리 위로 비행기가 지나간다. 비행기에서 보면 내가 아침마다 장화를 신고 아무것도 아닌 곳의 북쪽, 멀리 떨어진 외진 곳에서 바닷가를 따라 홀로 걷는 사람으로 보일 것이다. 그렇지만 이곳에서, 내 안에서 나는 힘과 의지를 느낀다. 나는 바다에서 살아남았다. 나를 저 아래로 끌고 가려 했던 파도의 아름다움을 느끼고, 차가운 공기를 감사하는 마음으로 들이마신다.

28

재생가능한 것들

아웃런은 바닷가 낮은 언덕 위에 살짝 숨어 있어 다른 집이나 길 쪽에서는 보이지 않는다. 그래서 본섬 서쪽 바다에 있는 조력, 파력 발전 장비와 연결된 거대한 변전소를 설치하기에 '적합한 장소'로 선정되었다.

섬의 강풍, 큰 파도, 조수간만의 차는 천연자원이다. 우리 섬이 대서양과 북해 사이에 있고 섬 사이로 물이 이동하기 때문에 오크니 주위에는 강하고 빠른 해류가 흐른다. 우리 바닷물은 에너지가 풍부하다고 할 수 있다.

이 섬에는 이런 자연의 힘을 활용해온 역사가 있다. 19세기나 그 이전에도 물방아를 이용해 곡식을 빻았다. 파페이에서는 1930년까지 바람개비가 방아를 돌리는 풍차로 곡식을 빻았다. 섬사람들은 오래전부터 바다에서 여러 생계 수단을 찾았다. 고기잡이, 고래잡이, 운송, 레저, 연안 시추 등. '재생가능 에너지'라는 새로운 산업이 지역의 자원, 노동력, 지식, 장비를 이용할 새로운 방법으로 떠오른다.

스코틀랜드 정부는 2020년까지 재생가능 에너지원 발전으로 스코틀랜드의 연간 전력 총사용량의 100퍼센트를 충당한다는 야심 찬 목표를 세웠다. 화석연료를 때면서 이산화탄소 방출량을 줄여야 하는 세계에서 오크니는 재생가능 에너지 기술의 '전 지구적 중심'으로 각광받으며 희망을 불어넣는다.

지난 10년 동안 지방의회 의원, 사업가, 중앙 정치인들이 재생가능 에너지가 오크니에 가져올 경제적 이익에 대해 논했다. 시추 산업과 플로타 유류 터미널이 지난 40년 동안 오크니를 떠받쳐왔던 것처럼. 그렇게 되려면 대규모 기반 시설이 필요하다. 성장하는 산업을 지원하려고 대형 선박들이 정박할 수 있는 부두를 새로 건설한다.

오크니에는 유럽 해상 에너지 센터[EMEC]가 있어 이곳에서 연구자들이 새로운 기술을 개발한다. 본섬 서쪽 바다에서는 조력과 파력을 전기로 바꾸는 장치를 실험한다. '바다뱀'이라는 뜻의 펠라미스라는 장치 안에는 석유 펌프가 들어 있어 파도의 운동에너지로 전기를 생산한다. '굴'이라는 뜻의 오이스터 장치는 가압된 물로 발전기를 돌린다.

내가 런던에서 오크니로 돌아왔을 때 가장 눈에 띄는 변화는 섬 곳곳에 세워진 풍력발전 장치였다. 영국의 소형 풍력발전기 가운데 25퍼센트가 오크니에 있고 대부분 농장에 한 대씩 있다. 이 바람개비가 오늘날의 선돌인 셈이다. 가로로 길게 뻗은 오크니를 세로로 쪼개며 늘어서 있다. 오크니 풍력발전기는 침침한 스코틀랜드 하늘에 너무 두드러지지 않도록 회색 페인트로 칠했다.

캐러밴에 사는 아빠에게 에너지 회사에서 나온 사람들이 수십 명은 찾아왔다. 사람들은 아웃런에서 지리적, 환경적, 공학적 조사를 했다. 아빠에게 지도를 보여주며 큰돈을 암시하면서 계획을 설명했다.

오크니 주위 해저는 왕실 소유인데 입찰 과정을 거쳐 여러 다른 에너지 회사에 땅을 할당했다. 왕실소유지관리위원회는 개발업자들에게 2020년까지 1.2기가와트의 전기를 생산하라는 목표를 정해주었다. 약 75만 가정에서 쓸 수 있는 양의 전기다. 본섬 서쪽 해저에 열세 개 부지가 있는데 수십 개의 파력발전 장비가 건설될 예정이다.

거대한 케이블을 벼랑을 관통해서 설치하고 수면 바로 아래에서 바다로 나오게 해 변전소와 발전 시설을 연결할 거라고 한다. 변전소는 전기를 모아 전국 송전선망으로 보내는 역할을 하고, 또 기계들을 건설하고 설치하고 관리할 수 있게 오가는 접근로 역할도 할 거라고 한다.

1월 중순에 농장 너머 바닷가, 우리가 수영을 하곤 하는 바위 웅덩이 옆에서 이웃 사람이 몇 톤은 나가는 거대한 철제 팔각형 장비가 바위 사이에 끼어 있는 것을 발견했다. 재생가능 에너지 회사에서 만들어 설치하는 '도넛' 가운데 하나다. 해저에 고정되어 물 위에 떠 있게끔 설계된 장치로 수면에서 위아래로 오르내리며 파도의 움직임으로 물에 압력을 가하고 가압된 물을 펌프를 이용해 뭍으로 보내 수력발전 터빈을 돌려 전기를 생산한다.

해저와 연결된 밧줄이 엄청난 힘에도 버티도록 설계했겠지만 밧줄이 무언가에 계속 닿으면서 닳아 끊어져버려 파도에 밀려 떠내려온 것이었다.

가장 큰 문제는 장치가 오랜 기간 유지되며 작동할 수 있느냐에 대한 실험이 아직 이루어지지 않았다는 것이다. 수백만 파운드를 들여 만든 장치가 바다에서 계속 망가지고 부서지고 꼬여버린다. 오크니 사람들은 놀랍지도 않다고 한다. 나만 해도 바다가 바다표범을 울타리 너머로 던지고 1마일 길이의 해변을 주말 사이에 바꾸어놓은 것을 봤으니.

뭍에서는 풍력발전기 부속이 녹이 슬고 망가지고 이 섬을 늘 괴롭혀온 바람과 부식의 힘을 이겨내지 못한다는 문제가 있다. 그래서 예상한 수익을 올리기도 전에, 심지어 건설 비용도 충당하지 못하고 망가져서 교체해야 하곤 한다. 파페이에서는 마을 소유의 풍력발전기가 얄궂게도 바람에 무너지고 말았다.

과학계의 최고 두뇌들이 모여 하는 장대한 규모의 공학적 실험이, 이들이 이용하려고 하는 바로 그 파도, 해류, 바람의 힘에 굴복하고 만다. 망가져 처참한 모습의 몇 톤짜리 바다 쓰레기가 되어 다시 육지로 밀려온다.

오크니를 파력, 조력 발전의 최적지로 꼽는 이유인 힘찬 바다가 또 한편 그걸 어렵게 하는 요인이기도 하다. 전력을 전국 송전선망으로 보내는 케이블 성능 개선 공사를 하기로 한 날짜가 계속 미뤄지고, 오크니 해양에너지의 미래는 불투명하다.

나는 극단의 환경에서 자랐고 나중에는 무의식적으로 경험을 되풀이하면서 나 스스로 극단을 추구했다. 지금도 여전히 고양된 상태를 추구하지만 이제는 스스로를 더 잘 알고 그렇게 한다. 무언가 이야기를 만들고 싶지만 술에 취하지 않은 채로 해야 한다. 나는 힘과 아름다움과 창작을 선택한다. 발전 장비처럼 힘을 이용할 적당한 방법을 찾아야 하지만 내가 갈구하는 그 힘에 의해 파괴되지 않으면서 목적을 달성해야 한다.

알코올이 중독성이 있는 이유 가운데 하나는 그게 효과가 없기 때문이다. 거의 될 것 같은데 되지 않기 때문에 아무리 마셔도 부족하다. 일시적으로 위안을 주기 때문에 계속 그걸 쫓아가지만, 파타 모르가나처럼 잡히지 않고 기분이 점점 안 좋아진다. 나에게는 알코올이 신기루가 되었다. 해결책이 아닌데 해결책이 되어주기를 바랐고 계속해서 절박하게 그것에 매달렸다.

술을 마시고 싶은 충동이 느껴질 때면 그 거짓된 약속을 더 깊이 파헤쳐보려고 한다. 나는 뭔가 불편한 생각이 들면 편안함과 자연스러움을 갈구한다. 날카로운 모서리를 둥글게 달래줄 무언가를 원한다. 그렇지만 불안한 순간은 피할 수도 없고 사실 반드시 있어야 하는 것이기도 하다. 그리고 사실 나는 그런 모서리를 좋아한다. 거기에서 반짝이는 생각들이 나오곤 한다. 나는 모서리에서 왔다. 모서리가 내 고향이다.

음주는 아무 문제도 해결해주지 않는다. 술을 마시고 난 다음에도 문제가 그대로 남아 있다. 런던에서 나는 오크니의 내 삶과 가족들로부터 떠나고 숨고 벗어나고 싶었다. 돌아옴으로써 나는 오크니를 다시 마주했고 이제 오크니가 나를 붙들려 한다. 사람들은 친절하고 나에게 기회를 준다. 내가 아직 가보지 못한 만과 곶과 섬이 있다. 섬의 노래와 목소리가 내 가슴을 부풀게 하고 동시에 다음 페리를 타고 떠나고 싶게 만든다.

다음은 뭐가 될지 알 수가 없다. 어쩌면 파페이에서 겨울을 보내며 돌담 뒤에서 소풍을 하고 난 뒤에 런던으로 돌아가 마천루의 스카이라운지에서 저녁 식사를 할지도 모른다. 과격한 음주에서 엄격한 금주로, 도심에서 외딴 섬으로 왔다. 나는 순수한 감각을 추구한다. 문어가 자기 몸의 피부 전체에서 맛을 느끼듯이. 내가 혼자라는 것, 어딘가로 가고 있다는 게 나쁘지 않다.

개발업자들이 토지 100에이커를 사겠다고 한다. 아빠한테서 아웃런 대부분을 포함해 62에이커를, 이웃 농장들에서 나머지를 사겠다 한다. 10에이커 정도를 차지하는 커다란 건물 두 채를 세울 계획이다. 농부들이 땅을 팔고 싶어하지 않는다고 해도 이 개발은 중요한 사업이기 때문에 결국에는 강제로 팔게 될 수도 있다.

들뜬 시기에 섬으로 돌아왔다. 나는 대체로 재생가능 에너지에 우호적이다. 땅과 천연자원을 이용하는 새로운 방법이고 21세기에 섬에 새로운 수입원이 될 것이며 화석연료 사용을 줄여주고 늙어가는 농부들이 목돈을 쥐어볼 수 있는 기회이기도 하다. 그렇지만 내가 나서 자랐고, 새끼 양을 쫓아다녔고,

새들을 구경했고, 동생과 같이 숨바꼭질을 했던 아름답고 사람 손이 닿지 않은 땅이 산업 지구가 된다는 생각을 하면 아찔하다. 컴퓨터가 그린 설계도가 내 기억과 감정을 뒤흔든다. 아빠와 이웃 농부들은 이러지도 저러지도 못하는 상태에 놓였다.

세상이 바뀌고 상황이 달라진다. 내 어린 시절의 농장은 엄마가 떠나고 집을 팔면서 사라졌다. 아웃런도 변전소 건설을 위해 팔릴 수 있다. 하지만 파도는 여전히 무심하게 벼랑을 할퀼 것이다. 케이블을 놓는 기술자들도 진동을 느낄 것이다. 내 작은 분홍색 오두막 창문 틈으로 불어오던 바람이 풍력발전기의 날을 돌리며 공기를 끝없이 가를 것이다.

봄이 왔다. 바다오리가 파울 크레이그 벼랑으로 돌아오고 왕립조류학회 관리인이 곧 돌아올 것이고 이제 내가 파페이를 떠나야 할 때가 되었다. 나는 비행기 대신 더 느린 증기선을 타고 천천히 떠나기로 한다.

곧 춘분이다. 술을 끊은 지 2년이 된다. 산책, 수영 등 나만의 치료법에 주로 기대고 있지만 지속가능한 삶의 프로그램이 되어줄 12단계도 꾸준히 밟아나가기로 한다. 9단계는 우리가 상처를 준 사람들에게 '보상'을 하는 것이다. 나는 전 남자 친구에게 편지를 쓴다. 보내지는 않을 테지만 혹시라도 만날 때에 대비해 가방 안에 넣고 다닌다. 같이 치료 센터에 다녔고 정신병동에 들어갔던 친구한테서 술을 끊은 지 처음으로 90일(AA에서 중요하게 치는 단계다)이 되었고 간호 실습생으로 입학 허가를 받았다는 문자가 온다.

내가 자라며 느꼈던 힘이 뜻밖의 방식으로 활용된다. 회복이란 전에는 쓸모없다고 생각했던 것을 활용하는 것이다. 내가 파도에 쓸려온 끝장난 존재였는지 몰라도 그래도 다시 살아날 수 있다. 2년 동안 손에 닿지 않는 메추라기뜸부기, 북극광, 희귀한 구름을 찾고, 차가운 바다에서 수영을 하고, 돌무더기 주위를 벌거벗고 뛰고, 버려진 섬으로 배를 타고 가고, 조그만 비행기를 타고 날고, 다시 집으로 돌아오는 데에 내 에너지를 쏟았다.

걸음마를 배우는 조카 조를 보러 가는 길이다. 조는 내가 술을 끊고 난 직후에 태어났으니 내가 술에 취한 모습을 평생 볼 일이 없을 것이다. 나는 강해진 느낌이다. 다른 사람보다 나 자신에게 더 많은 기대를 한다. 밤에는 이전에 내가 있던 공간과 기억들을 완벽한 모습으로 떠올린다. 내가 담배를 피웠던 창문들. 내가 가장 좋아하는 노래들. 내가 갔던 파티들. 비행기에서 보았던, 어느 방향에서 바람이 불어와도 양들이 바람이 피할 수 있도록 엑스 자 모양으로 만든 돌담. 나는 밤에 잠에서 깨어 순간적으로 고양된 의식을 느낀다. 술이 아니라 잠에서 '깨어 있다'는 새로운 상태다.

나에게 비를 내려라. 나에게 불벼락을 내려라. 나는 천천히 움직이는 번개 같은 기분이다. 나는 1패덤 깊이에 있고 알 수 없는 것을 품었다. 나는 사람이 알 수 없는 주파수로 진동하고, 나는 용감해질 준비가 되었다. 소르핀 호의 위쪽 선실에서 파페이가 수평선 너머로 사라지는 것을 본다. 지난 2년이 내 뒤쪽으로 배의 항적처럼 펼쳐지고 반짝인다. 내 안에서 힘이 요동친다.

아웃런

떠나고 돌아오고 멈추고 날아오르다

1판 1쇄 펴냄 2018년 5월 14일

지은이 에이미 립트롯
옮김이 홍한별
펴낸이 김경태 | **편집** 홍경화 김은영 전민영 성준근 | **디자인** 김리영 / 박정영 |
마케팅 곽근호 윤지원 | **표지 손글씨** 장광석 | **표지 사진 및 화보 사진** Shutterstock

펴낸곳 (주)출판사 클
출판등록 2012년 1월 5일 제311-2012-02호
주소 03385 서울시 은평구 연서로26길 25-6
전화 070-4176-4680 | **팩스** 02-354-4680 | **이메일** bookkl@bookkl.com

ISBN 979-11-88907-13-7 03840

이 도서의 국립중앙도서관 출판예정도서목록(CIP)은 서지정보유통지원시스템 홈페이지(http://seoji.nl.go.kr)와 국가자료공동목록시스템(http://www.nl.go.kr/kolisnet)에서 이용하실 수 있습니다.(CIP제어번호: CIP2018012124)